HERMANN EHMANN
Münchner Kollegium

TOD NACH SCHULSCHLUSS Drei Tage vor Beginn der Pfingstferien findet ein Spaziergänger die Lateinlehrerin eines Gymnasiums erstochen am Waldrand nahe einem idyllischen Badesee auf. Am ersten Ferientag wird eine weitere Oberstudienrätin auf bestialische Weise mit neun Messerstichen beim Joggen ermordet. Zwei tote Lehrerinnen mit auffälligen biografischen Parallelen – das neu zusammengestellte Ermittlerteam um Nadine Lange und Simon Sonnleitner von der Kriminalpolizeiinspektion München-West steht vor einem Rätsel. Als die Beamten in der elitären Vorzeigeschule ermitteln, stoßen sie zunächst auf eine Mauer des Schweigens. Nach und nach decken sie haarsträubende Missstände auf – Willkür, Mobbing, Vorteilsnahme und Intrigen sind nur die Spitze des Eisbergs. Während sie sich dem eigentlichen Motiv annähern, plant der Täter minutiös seinen dritten Mord ...

© Fotostudio Luidl

Dr. Hermann Ehmann, geb. 1964, schrieb mit 13 Jahren seinen ersten Jugendkrimi, woraufhin ihm seine Deutschlehrer am humanistischen Gymnasium München nie mehr eine gute Aufsatznote gaben. Nach dem Abitur moderierte er beim Rundfunk und schrieb für Zeitungen. Bereits während seines Psychologie-, Philologie- und Pädagogikstudiums veröffentlichte er seine ersten Bücher. Seit seiner Promotion 1989 unterrichtet er mit Leidenschaft an höheren Schulen und gehört zu der Spezies Lehrer, die auch mal »Fünfe grade sein lassen« können. 1998 heiratete er seine Frau Brigitte, der zuliebe er mit dem gemeinsamen Sohn an den Münchner Stadtrand zog, wo er viel mit dem Radl unterwegs ist und die Seen genießt.

HERMANN EHMANN
Münchner Kollegium
Kriminalroman

GMEINER SPANNUNG

Die automatisierte Analyse des Werkes, um daraus Informationen insbesondere über Muster, Trends und Korrelationen gemäß § 44b UrhG (»Text und Data Mining«) zu gewinnen, ist untersagt.

Bei Fragen zur Produktsicherheit gemäß der Verordnung über die allgemeine Produktsicherheit (GPSR) wenden Sie sich bitte an den Verlag.

Immer informiert

Spannung pur – mit unserem Newsletter informieren wir Sie regelmäßig über Wissenswertes aus unserer Bücherwelt.

Gefällt mir!

Facebook: @Gmeiner.Verlag
Instagram: @gmeinerverlag
Twitter: @GmeinerVerlag

Besuchen Sie uns im Internet:
www.gmeiner-verlag.de

© 2019 – Gmeiner-Verlag GmbH
Im Ehnried 5, 88605 Meßkirch
Telefon 07575 / 2095 - 0
info@gmeiner-verlag.de
Alle Rechte vorbehalten

Lektorat: Claudia Senghaas, Kirchardt
Herstellung: Mirjam Hecht
Umschlaggestaltung: U.O.R.G. Lutz Eberle, Stuttgart unter
Verwendung eines Fotos von: © birdys / photocase.de
Druck: Libri Plureos GmbH, Friedensallee 273,
22763 Hamburg
Printed in Germany
ISBN 978-3-8392-2373-4

Personen und Handlung sind frei erfunden.
Ähnlichkeiten mit lebenden oder toten Personen sind rein zufällig und nicht beabsichtigt.

PROLOG

»Alles geben Götter, die unendlichen,
ihren Lieblingen ganz.
Alle Freuden, die unendlichen,
Alle Schmerzen, die unendlichen, ganz.«
Johann Wolfgang von Goethe, *1831*

Die helle Glocke der etwas in die Jahre gekommenen Friedhofskapelle bimmelte lautstark. Es wehte ein eisiger Spätherbstwind, vereinzelt mischten sich Schneeflocken unter den seit Tagen anhaltenden Dauerregen. Die Trauergemeinde, die sich an diesem tristen Novembernachmittag vor der Aussegnungshalle des kleinstädtischen Friedhofs eingefunden hatte, fror.

Die seitliche Sakristeitür öffnete sich und der Pfarrer schritt, flankiert von zwei Ministrantinnen, bedächtig zu dem mit Chrysanthemen, weißen Rosen und Nelken geschmückten Vorplatz hinüber. Nach einem bedeutungsvollen Rundumblick, bei dem er in viele bekannte Gesichter sah, ergriff er mit tiefer, ernster Stimme das Wort:

»Liebe Angehörigen, liebe Trauergemeinde, wir sind heute zu einem traurigen Anlass zusammengekommen. In tiefer Betroffenheit und Demut nehmen wir Abschied von unserem geliebten Mitbruder Benjamin Sellmeier, der leider viel zu früh von uns gegangen ist. Ein junges Leben wurde vorzeitig seiner irdischen Vollendung zugeführt. Mit unserer menschlichen Begrenztheit werden wir nie ergründen können, was ihn dazu getrieben haben mag, sein Leben bereits in seinem 14. Lebensjahr, in der vollen Blüte seiner Jugend, in freier Entscheidung an seinen Schöpfer zurückzugeben. Für uns ist es unbegreiflich, wie es so kommen konnte. Uns bleibt nur, es zu akzeptieren. Doch wir sind außerstande, es zu erfassen.«

Der Priester betonte jedes Wort. Er atmete tief durch, blickte in die Runde. Aus der Richtung, wo Benjamins Mitschüler standen, meinte er Grummeln zu vernehmen. In den Augenwinkeln sah er in jugendliche Gesichter, auf denen sich Trauer, Verzweiflung und Leere spiegelten. Er fuhr fort:

»Von Augustinus stammt der Spruch: ›Unsere Toten sind nicht abwesend, nur unsichtbar. Sie schauen mit ihren Augen voller Licht in unsere Augen voller Trauer.‹ – Ja, wir sind heute unsagbar traurig. Vielleicht mag uns ein kleiner Trost sein, dass wir glauben, dass der irdische Tod nicht das Ende von allem ist. Jesus Christus versichert uns: ›Im Haus meines Vaters gibt es viele Wohnungen.‹«

Er pausierte erneut, spielte mit der Wirkung der Stille, ehe er fortfuhr: »Wir dürfen hoffen, dass Benjamins irdische Leiden nun ein Ende gefunden haben und er den ihm vorbestimmten Platz im himmlischen Paradies einnehmen wird. Dieser wird im Herzen Gottes sein. Das schönste Denkmal, was ein Mensch bekommen kann, steht im Herzen seiner Mitmenschen. Ein Teil von ihm wird weiterleben – in unseren Erinnerungen, unseren Gedanken, unserem Innersten ... Dennoch: Sein allzu frühes Dahinscheiden lässt uns fassungslos zurück. Wer ihn kannte ... oder besser: Wer das große Glück hatte, ihn kennen zu dürfen, wird unschwer nachvollziehen können, wie tief der Schmerz und der Verlust ist, den wir heute alle empfinden. Benjamin wird eine tiefe Lücke hinterlassen. Eine Lücke, die nicht zu schließen sein wird.«

Einige von Benjamins Mitschülerinnen fingen zu weinen an. Auch seine Mutter und seine Schwester in der ersten Reihe wischten sich Tränen aus den Augen. Der Vater saß gefasst daneben und strich behutsam über die Hand seiner Frau.

»Eines dürfen wir ganz gewiss sein: Die Liebe ist stärker als der Tod. Sie ist heller als alle Dunkelheit. Das göttliche Licht der Hoffnung leuchtet tief hinein in unsere geschundenen Seelen. Jenes Band, das uns unverbrüchlich verbindet, ist selbst über die Schwelle des Todes hinaus lebendig. Unsere Hoffnung ist wie ein Sonnenstrahl, der in ein trauriges Herz zu dringen vermag. Denn was man tief in seinem Herzen besitzt, kann man nicht verlieren.«

Die kräftig gebaute Oberministrantin schwenkte das Weihrauchfass so leidenschaftlich, als ginge es darum, den Teufel höchstpersönlich zu verscheuchen. Die Schneeflocken wurden dichter.

»Und so gehen wir nun hin und übergeben die sterbliche Leibeshülle unseres Freundes und Bruders ihrer letzten Bestimmung. Wie sagte der Apostel Paulus: ›Was du säst, du säst nicht den Leib, der werden soll, vielmehr ein nacktes Korn, es sei von Weizen oder von einem anderen Samen. Gott aber gibt ihm einen Leib, wie Er gewollt hat.‹ Nicht das Samenkorn wird auferstehen, sondern die aus ihm hervorgegangene Frucht.«

Als sich der Leichenzug langsam hinter dem Sarg in Bewegung setzte, löste sich ein einzelner, schmächtiger Junge aus der Schülergruppe. Gebückt, aber sehr zielstrebig ging er allein zu dem großen hölzernen Friedhofskreuz, das auf einer leichten Anhöhe stand, umfasste den Stamm mit den Armen und kniete davor nieder. Mit bloßen Händen vergrub er einen Zettel in der Erde, auf den er geschrieben hatte: »Only the good die young … see you, Benni!« – Er weinte bitterlich.

»*Ein Schulmeister hat lieber zehn notorische Esel als ein Genie in der Klasse, und genau betrachtet, hat er ja recht, denn seine Aufgabe ist es nicht, extravagante Geister heranzubilden, sondern gute Lateiner, Rechner und Biedermänner. Wer aber mehr und Schwereres vom anderen leidet, der Lehrer vom Schüler oder umgekehrt, wer von beiden mehr Tyrann, mehr Quälgeist ist, und wer von beiden es ist, der dem anderen Teile seiner Seele und seines Lebens verdirbt und schändet, das kann man nicht untersuchen, ohne bitter zu werden.*«
Hermann Hesse, Unterm Rad, 1917

»*Unser Schulsystem produziert leidenschaftslos gewordene Pflichterfüller, denen man das Wesentliche aberzogen hat: die Freude am Lernen.*«
Prof. Dr. Gerald Hüther, Hirnforscher, 2017

ZWEIEINHALB JAHRE DANACH

*»Nichts ist gewisser als der Tod,
nichts ungewisser als seine Stunde.«*
Anselm von Canterbury, Theologe und Philosoph
(1033–1109)

DIENSTAG, 30.05.1017,
VIER TAGE VOR BEGINN DER PFINGSTFERIEN

Fast Ferien. Endlich. Die letzten Wochen waren mal wieder reichlich stressig gewesen. Vor Pfingsten kam immer alles zusammen: Abiturprüfungen, Fachbesprechungen, endlose Notenkonferenzen. Dazu Leistungsnachweise in Unter- und Mittelstufe mit zahllosen Korrekturen und zu allem Überfluss Dutzende nerviger Krisengespräche mit besorgten Eltern, die in der zweiten Hälfte des Schuljahres so langsam zu begreifen schienen, dass sie jetzt mal aktiv werden mussten, wenn ihre Sprösslinge das Klassenziel vielleicht doch noch schaffen sollten.

Rike Gruber fühlte sich urlaubsreif. Nur noch drei Schultage, die kriege ich auch noch rum, dachte die 54-jährige Oberstudienrätin für Latein, Spanisch und Deutsch, schloss sorgfältig die Türe ihres gepflegten, in einer Münchener Vorstadtsiedlung gelegenen Reihenhauses ab und stieg auf ihr schneeweißes Mountainbike. Die nächsten beiden Wochen habe ich endlich mal wieder Zeit zu lesen. Diesmal nehme ich mir aber wirklich den Megaseller »Nächste Ausfahrt Zukunft« von Ranga Yogeshwar vor, plante sie. Vielleicht gehe ich auch mal wieder ins Theater oder ins Kino – »das Pubertier« soll ja recht amüsant sein, jedenfalls hatte es super Kritiken.

In ihrem eng anliegenden hellroten Radler-Leuchtfarben-Outfit sah sie deutlich jünger aus. Ein paar Pfündchen zu viel um die Hüften, aber durchaus noch im grünen Bereich, wie sie fand. Für ihr Alter war sie sehr attraktiv, insbesondere wenn sie sich mit ihren übergewichtigen oder aber zur Magersucht neigenden Kolleginnen verglich. Auf einen Helm verzichtete sie aus Eitelkeit, die Dinger sahen einfach zu albern aus. Außerdem liebte sie es, wenn der Fahrtwind durch ihr schulterlanges rotbraunes Haar strich, das in den letzten Jahren leider unübersehbare graue Strähnchen bekommen hatte. Dieser Alterserscheinung wirkte sie gelegentlich mit einer sanften weinroten Tönung entgegen, was ihr ein leicht anzügliches Flair gab und von manchen hinter vorgehaltener Hand mit verständnislosem Kopfschütteln zur Kenntnis genommen wurde.

Sie testete die Bremsen, die sie letzte Woche in der Werkstatt hatte nachstellen lassen, weil sie ständig gerieben hatten. Jetzt quietschte nichts mehr. Gut gelaunt fuhr sie los. Zuerst ein paar Kilometer durch das Gewerbegebiet von Freiham-Bahnhof ortsauswärts, dann weiter über Land auf dem schmalen Verbindungssträßchen parallel zur S-Bahn-Linie nach Aubing.

Sie ließ den Aubinger Lohenwald links liegen und bog über den beschrankten S4-Bahnübergang rechterhand in einen sonnendurchfluteten Feldweg ab, wie es sie vor den Toren Münchens zu Hunderten gibt. Das Wetter hatte es gut gemeint, die Sonne wärmte an diesem Mainachmittag schon ganz ordentlich. Ein herrlich duftendes Blumenmeer in Bunt, das an Rike Gruber vorbeiflog. Löwenzahn, Gänseblümchen, Butterblumen und verführerisch duftender Klatschmohn sprießten aus allen Ecken. Hier konnte sie abschalten, hier bekam sie den Kopf frei. Hier war sie sie selbst. Keine rotzfrechen Schülersprüche, keine zermürbenden Auseinandersetzungen mit Fachkollegen, keine verzweifelten Eltern, die jede ihrer Korrekturen dreimal hinterfragten. Sie drosselte das Tempo, fuhr an einer kleinen Marienkapelle vorbei und kam an den Gröbenbach, der sich inmitten eines Birkenhaines kilometerlang durch die Landschaft schlängelte. Ihr Zwischenziel war der Langwieder See in sechs Kilometern Entfernung – ein in den letzten Jahren immer beliebterer Treff für Naturfans und Verliebte vor den Toren der Großstadt. Um diese Jahreszeit war er zum Baden noch zu kalt, das wusste sie, aber die ehemalige Baggergrube schmiegte sich so herrlich in die wunderbare Vogelschutzlandschaft ein, dass sie dort eine längere Picknickpause machen wollte. Ein Klavierkonzert in der Philharmonie wäre auch mal wieder ganz nett, sinnierte sie, während sie kräftiger in die Pedale trat. Es war schon eine ganze Zeit her, dass sie sich diesen Luxus gegönnt hatte. Oder eine Open-air-Serenade im Schloss Nymphenburg mit anschließender Einkehr in der königlich-bayerischen Schloss-Schänke? Gastierte nicht gerade Lang Lang, jener charismatische chinesische Pianist, in München? Das wäre ein Ohren- und Augenschmaus ...

Jede Weggabelung war ihr vertraut. Wie oft war sie hier schon vorbeigekommen! Jetzt nach dem langen, kalten Winter protzte die saftige Natur in ihrer ganzen Schönheit. Der Schotterweg führte durch ein kleines Nadelwäldchen, ehe sich der letzte Kilometer in sanften Serpentinen zum See hinunterschlängelte. Sie konnte bereits das Blau des Wassers durch die dicht gewachsenen Bäume hindurchschimmern sehen. Seitdem sie vor einer Viertelstunde die Landstraße verlassen hatte, war ihr keine Menschenseele mehr begegnet. Genau das, was sie suchte: Ruhe und Einsamkeit.

Hm, eigentlich könnte ich von Langwied noch weiter in Richtung Pilsensee oder Ammersee fahren, plante sie. Die reizenden Seebiergärten an den Uferpromenaden in Hechendorf oder Herrsching haben sicherlich schon geöffnet. Vielleicht ergibt sich ja was mit einem netten Single-Herrn, wer weiß ...

Jetzt noch eine letzte Biegung. Da erblickte sie das menschliche Hindernis – in ganzer Breite versperrte es völlig unerwartet den Weg. Mit aller Kraft quetschte Rike Gruber die beiden Bremsgriffe, dass ihre Handknöchel schmerzten. Sofort brach das Hinterrad aus, die feinen Steinchen unter den Rädern knirschten bedrohlich, eine gute Sekunde später brachte sie ihr Gefährt zum Stehen. Puh, noch mal gut gegangen.

»Hey! Was soll das?« – Rike Gruber war total erschrocken. Und verärgert. Wie leicht hätte das einen sehr unangenehmen Zusammenprall geben können! »Sie können doch hier nicht einfach mitten …!« – Sie stockte im Satz. In diesem Augenblick erkannte sie ihr Gegenüber. Erleichtert atmete sie auf.

»Ach, du bist es! Mensch, das hätte aber ganz schön ins Auge gehen können!« Sie zögerte. Sie wusste nicht warum, aber plötzlich kam ihr die Situation komisch vor. »Was … was willst du denn hier?«

Anstatt einer Antwort holte die Person mit dem linken Arm weit aus und hämmerte mit einem langen spitzen Gegenstand frontal auf die völlig perplexe Radfahrerin ein. Rike Gruber war so perplex, dass sie noch nicht mal eine Ausweichbewegung machen konnte.

»Eeey, hör auf! Was zum Teufel soll das denn?«, kreischte sie in Todesangst, während sie an sich hinabschaute und instinktiv zu Fuß zu fliehen versuchte. Unterhalb ihres linken Brustkorbs vernahm sie einen stechenden Schmerz, wollte noch etwas sagen, war jedoch außerstande. Sie brachte nur Röcheln, begleitet von einer schrägen Grimasse, hervor und merkte, wie sie in sich zusammensank wie ein Betrunkener. Anstatt von ihr abzulassen, stach die Person schwungvoll ein zweites und drittes Mal zu, ohne ein Wort zu sagen. Jetzt erst begriff Rike Gruber so richtig mit allen Sinnen, was hier gerade vor sich ging. Sie versuchte sich instinktiv aufzubäumen, zu wehren, wegzulaufen, doch ihr fehlte zu allem die Kraft.

»Hilfe, Hi…!«, versuchte sie zu schreien, doch es kam nur ein gedämpftes Gurgeln.

Wie im Rausch stach die Person weiter zu: ein drittes Mal, ein viertes Mal … Da wurde es der Lehrerin milchig-weiß vor Augen, die Umgebung verschwamm zusehends, ihre Hände, die ihr Gegenüber beherzt packen wollten, griffen ins Leere, wurden schlaff. Das Letzte, was sie noch wahrnahm, war, dass sie in die Knie sank und alles an ihr ganz leicht wurde.

O Gott, so also fühlt es sich an, wenn …, war alles, was sie noch denken konnte. Dann wurde alles in ihr seltsam leer und schlaff. Die Person hieb noch fünf weitere Male zu. Anschließend wischte sie das blutverschmierte Messer fein säuberlich an einem mitgebrachten Papiertaschentuch ab, steckte es zusammen mit dem Taschentuch in die Seitentasche ihres Fleeceshirts und setzte zu Fuß ihren Weg fort, als sei nichts geschehen.

*

Kriminaloberkommissarin Nadine Lange stand nach ihrem zweieinhalbstündigen Lauf- und Fitnesstraining am Olchinger See gerade unter ihrem neuen Multifunktions-Regenduschkopf und genoss den warmen Wasserstrahl auf ihrer nackten Haut, als im Flur das Telefon klingelte.

Optimaler Zeitpunkt! Wer das wohl ist?, überlegte sie. Flink sprang sie aus ihrer selfmade-Duschkabine, die sie erst vor wenigen Tagen selbst angebracht hatte und die leider nicht ganz dicht war, warf sich ein Handtuch über und lief hinüber zum Telefon in den Flur. Dort hörte sie ihren Kollegen Simon Sonnleitner auf den Anrufbeantworter sprechen.

Die 32-Jährige hatte sich vor zwei Jahren aus dem sächsischen Zwickau nach München versetzen lassen, nachdem sie sich von ihrem langjährigen Freund getrennt hatte und dringend auch räumlich Abstand brauchte. Doch bei der stark männerdominierten Münchner Kripo, wo ein patriarchalischer Wind wehte, hatte sie als »Ossi-Tusse« von Anfang an einen schwierigen Stand gehabt. Immer wieder hatten die Kollegen sie spüren lassen, dass die »Zuagroaste« am Weißwurstäquator fehl am Platz war. Seit drei Monaten nun war die Polizeidienststelle München-West am Rande der Landeshauptstadt ihre neue Heimat geworden. Hier war sie hervorragend aufgenommen worden, wo sie sich als einzige Kandidatin auf eine vakante Stelle bei der Mordkommission beworben hatte. in den Stadtteilen Pasing, Allach und Menzing mit den historischen Wurzeln tickten die Uhren noch gemütlicher. Alle waren froh, mit ihr eine hungrige junge – und noch dazu hübsche – Kollegin gewonnen zu haben. Denn die meisten strebten doch eher in Richtung Metropole. Hiervon war sie erst einmal gründlich kuriert. Sie nahm den Hörer ab.

»Simon, was gibt's?«

»Ein Glück, dass du da bist, Nadine!«

Kriminalhauptkommissar Simon Sonnleitner, 33, war die Erleichterung anzuhören. »Sorry, ich weiß, du hast deinen freien Tag, aber der Kaindl hat sich krankgemeldet. Und ausgerechnet heute geht's hier rund. Am Morgen ein Juwelier-Überfall mit Todesfolge, wo wir mit fünf Mann stundenlang beschäftigt waren. Du kannst dir vorstellen, was hier alles liegen geblieben ist. Und jetzt noch ein Mord, ich komm mir langsam vor wie in Schwabing – dabei wollte ich doch heute früher Feierabend machen, ich hab doch Karten für die Allianz-Arena: 1860-Relegationsspiel, wird wohl nix.« Er seufzte. »Frauenleiche nahe am Langwieder See. Höchst unappetitlich. Sieht fast wie eine Hinrichtung aus. Da dachte ich, ob du vielleicht ausnahmsweise …«

»Kein Problem. Sag mir einfach, wo!«

Klar, dass Nadine Lange ihren Kollegen nicht hängen lassen würde. Erstens war er ihr Lieblingskollege, und zweitens wusste sie sowieso nicht, was sie mit dem Rest des Nachmittages in ihrem möblierten Singleapartment im fünften Stock des Langwieder Hochhauses anfangen sollte, das sie seit einigen Wochen angemietet hatte. »Wohnen mit Ausblick!«, so hatte das Maklerangebot gelautet. Der Ausblick freilich bestand darin, dass man auf das 50 Meter entfernt stehende nächste Hochhaus sah. Aber sie war heilfroh gewesen, überhaupt zum Zug gekommen zu sein, denn mit ihr hatten mindestens 25 andere Bewerber die Wohnung am westlichen Münchner Speckgürtel besichtigt. Den Ausschlag für sie hatte gegeben, dass das ältere Vermieter-Ehepaar gerne an eine alleinstehende Polizistin vermieten wollte. »Da hat man wenigstens keinen Ärger!«, meinten sie.

Nadine Lange ließ sich den genauen Fundort der Leiche beschreiben, wenige Minuten später saß sie in ihrem metallicgrünen Ford Fiesta, den sie am Vortag umgemeldet hatte, und fuhr zum zehn Minuten entfernten Tatort. Sie kannte die romantische Seegegend rund um die aufstrebenden Vorstädte Langwied, Gilching und Freiham mit ihren Satellitenburgen, aber auch den zahlreichen anheimelnden Reihenhaussiedlungen wie ihre Westentasche – hier ging sie öfters joggen. Inmitten der landschaftlichen Idylle lag völlig deplatziert dieser blutüberströmte Frauenkörper auf dem Schotterweg. Der Tatort war abgesperrt. Kollegen von der Spurensicherung suchten in der Peripherie nach Spuren oder Gegenständen. Neben der Toten kniete die Polizeipathologin Dr. med. Dorothea Thalhammer in ihrem weißgelben Overall. Die Rechtsmedizinerin galt als sehr korrekt. Erst kürzlich hatte sie ein lukratives Angebot einer Privatklinik am Starnberger See ausgeschlagen, da sie ihre Arbeit bei der Polizei leidenschaftlich gerne verrichtete. Hier konnte sie mithelfen, den einen oder anderen Bösewicht hinter Schloss und Riegel zu bringen und so die Welt ein klein wenig besser zu machen, wie sie gern zu sagen pflegte.

Hauptkommissar Simon Sonnleitner, der sich mit einem älteren, etwas hageren Mann unterhielt, machte ein ernstes Gesicht. Nadine Lange gesellte sich zu ihrem groß gewachsenen, schlanken Kollegen, der wie immer gut gekleidet war – heute dunkelbrauner Sommeranzug mit hellem Hemd, wie immer ohne Krawatte. Letztere hasste er.

Der Anblick eines gewaltsam getöteten Menschen ließ Nadine Lange auch nach fünf Jahren bei der Mordkommission noch immer nicht kalt. Trotz der angenehmen Frühlingstemperaturen fröstelte sie.

»Die hat's ja voll erwischt«, stellte sie leicht angeekelt fest.

»Super, dass du so schnell gekommen bist!«

Sonnleitner war sichtlich erleichtert, die Verantwortung teilen zu können. »Du siehst ja selber: mehrere ungezielte Messerstiche. Der Dame wurde vermutlich gezielt bei ihrem Fahrradausflug aufgelauert, wenn's nicht eine völlig spontane Tat eines Irren war. Da hat ihr jemand die wärmende Frühlingssonne nicht gegönnt.«

Typisch Simon!, dachte Nadine Lange. So überspielte er immer seine Gefühle. Im Kommissariat galt der durchtrainierte Sonnleitner mit den schulterlangen braunen Naturlocken als sehr sensibel, aber auch als analytischer Kopf. Und gerade diese seltene Kombination machte ihn zu einem erstklassigen Polizisten, wie sie fand. Kaum einer vermochte sich so hervorragend in andere Menschen hineinversetzen wie er. Aus ihrer Sicht eine absolute Glücksbesetzung.

»Zeugen?«

»Nein, nichts. Der Herr Bleifuß hier«, er zeigte auf den leicht ausgemergelten Mann neben sich, der immer noch ungläubig den Kopf schüttelte und seinen Horrorfund kaum zu fassen schien, »der hat die Tote bei einem Spaziergang gefunden und sofort die Kollegen gerufen. Er geht hier bei schönem Wetter jeden Tag nachmittags spazieren.«

»Spuren? Tatwaffe?«

»Bis jetzt Fehlanzeige. Die Jungs sind dran. Den Ritchie mit seinem Suchhund haben wir schon informiert. Das Fahrrad kommt direkt in die KTU. In ein paar Tagen wissen wir mehr.«

Nadine Lange betrachtete die Tote, die von Einstichen übersät vor ihr lag. »Weiß man schon, wer die Frau ist?« Sie räusperte sich: »Äh ... wer sie *war*?«

»Keine Ahnung. Bis jetzt ist noch keine Vermisstenmeldung eingegangen. Ausweis hatte sie keinen mit. Wir wissen noch gar nichts. Aber das kann sich jederzeit ändern, die Jungs an der 110 sind informiert.«

*

Eineinhalb Stunden später saßen sie in ihrem Zwei-Mann-Büro im Kommissariat und versuchten sich einen ersten Überblick zu verschaffen. Der Suchhund hatte in der Umgebung außer zwei durchgewalkten Kaugummis, die kriminaltechnisch untersucht wurden, keine verwertbaren Hinweise gefunden. Geschweige denn ein potenzielles Mordwerkzeug. Auch die Aussage des Finders gab nicht viel her: Gegen 15.30 Uhr hatte er die Tote entdeckt und sofort per Handy den Notruf gewählt. Geatmet habe sie zu diesem Zeitpunkt schon nicht mehr. Gesehen oder gehört hatte er nichts. Die Polizeipathologin hatte in ihrer ersten Begutachtung festgestellt, dass der Tod zwischen 14.30 und 15 Uhr eingetreten sein musste. Um diese Tageszeit war die bewaldete Gegend rund um den See zwar nie besonders frequentiert, aber angesichts des guten Wetters hätte es gut sein können, dass jemand zumindest in der Nähe war. Der Mörder musste außerordentlich gute Nerven gehabt haben. Oder einen unheimlichen Druck.

»Wenn ich so etwas planen würde, würde ich mir dann nicht eher eine risikolosere Location aussuchen?«, dachte Sonnleitner laut. »In Seenähe besteht doch immer die Gefahr, jemandem über den Weg zu laufen, der mich später wiedererkennt.«

Seine Kollegin nahm den Gedanken auf: »Wir sollten einen Zeugenaufruf in der Lokalredaktion vom ›Münchner Merkur‹ und bei ›Radio Top FM‹ veröffentlichen – ich kümmere mich gleich darum. Vielleicht wurde unser Täter oder unsere Täterin ja tatsächlich beobachtet!«

»Ja, mach das. Gute Idee.«

Während Nadine Lange das Protokoll mit dem Zeugen abtippte und die Mediennummern heraussuchte, packte Sonnleitner seine Sachen zusammen. »Mir reicht's für heute. Ich muss mich mal downcoolen.«

Mit diesen Worten verließ der Hauptkommissar das Büro. Zwei Tote bis 16 Uhr – so hatte er sich den Tag nicht vorgestellt gehabt, als er am Morgen gut gelaunt aus seinem Bett gesprungen war und sich auf das Fußballspiel gefreut hatte. Jetzt war ihm die Lust darauf vergangen. Außerdem war es bereits zu spät. Selbst wenn er wie der Teufel fahren würde, könnte er es höchstens noch für die zweite Halbzeit schaffen. Daher ließ er das Allianz-Arena-Ticket verfallen, holte sich beim Stammitaliener eine Pizza Funghi und fuhr direkt nach Hause, um sich den vielleicht letzten Zweitliga-Auftritt »seiner Löwen« alleine mit einer Flasche Bier in seiner kleinen Altbauwohnung im Fernsehen anzuschauen. Er streckte sich auf dem Sofa aus und verschlang eine ganze Tüte Chili-Chips. Zu allem Überfluss verlor 1860 München das Entscheidungsmatch und musste zum ersten Mal in der Vereinsgeschichte in die Regionalliga absteigen.

MITTWOCH, 31.05.2017, 8.13 UHR

Ohrenbetäubendes Geplärre hallte durch den mit knalligen Aquarellen geschmückten Gang des Schulhauses. 26 Kinder der Klasse 7d kreischten durcheinander, was die jugendlichen Lungen hergaben. Fast schien es so, als hätten sie verabredet, dass derjenige, der am durchdringendsten brüllte, einen Preis bekommen solle. Die Schuluhr in der Aula des Robert-Koch-Gymnasiums zeigte 8.13 Uhr. Der Unterricht begann hier seit 34 Jahren pünktlich mit dem Gong um 8 Uhr. Oberstudiendirektor Johannes Geiger, Lehrer für Mathematik, Physik und Informatik, war das sehr wichtig. Er hasste Unpünktlichkeit. Bei ihm herrschte seit jeher Ordnung und Disziplin. Naja, mit der Disziplin war es die letzten Jahre etwas schwierig geworden, seit er mehrere junge Lehrkräfte hatte einstellen müssen, weil einige seiner Alterskollegen ihre vorzeitige Pensionierung beantragt hatten. Manche der Referendare nahmen es mit der Pünktlichkeit nicht so genau, einige schienen sich – zu seinem Unmut – sogar mit den Schülern verbündet zu haben. Kein Wunder, dass ihnen diese teilweise auf der Nase herumtanzten.

Doch diesmal hatte die 7d in der ersten Stunde keinen Referendar, das wusste er genau, weil die Refs heute Seminartag hatten. Als Geiger auf seiner morgendlichen Runde durch sein Schulgebäude, vom Lärm im ersten Stock angelockt, dort ankam, bot sich ihm ein Bild der Verwüstung. Sechs bis acht der 13-jährigen Jungen sprangen wie vom wilden Affen gebissen durcheinander, warfen Schultaschen wie Bälle hin und her und pufften einander. Zwar eher kameradschaftlich denn feindselig, aber überaus laut. Scheinbar kämpfte hier gerade jeder gegen jeden, während eine Handvoll Mädchen hüpfend daneben stand und lautstark anfeuerte.

»Ru-he!!«, übertönte Geigers tiefer Bass die lärmende Schülerschar. »Hallo, geht's noch? Wo ist euer Lehrer? Wen hättet ihr jetzt?«

Stille. Von einer Sekunde auf die andere. Wo gerade noch markerschütternder Kinderlärm die heiligen Hallen des Vorzeigegymnasiums, das in den 1970er-Jahren erbaut worden war, erfüllt hatte, konnte man jetzt die berühmte Stecknadel fallen hören. 52 Teenageraugen starrten den 1,90 Meter großen, hageren Mann in seinem dunkelgrauen C&A-Anzug an wie ein Wesen vom anderen Stern. Immerhin: Man hatte Respekt vor dem 64-Jährigen mit dem schütteren Haar und dem stets viel zu eng geschnürten Gürtel, der sein Studium mit einer Durchschnittsnote von 0,9 abgeschlossen hatte. Ein blondes dünnes Mädchen trat mutig vor und sagte selbstbewusst: »Wir warten auf Frau Gruber! Sie ist aber noch nicht gekommen. Dabei schreiben wir morgen eine Schulaufgabe. Kommen Sie jetzt zu uns?«

»Soso, Frau Gruber …« Geiger staunte. Ausgerechnet die. Eine seiner zuverlässigsten und besten Lehrerinnen. Das war absolut untypisch. In den ganzen acht Jahren, wo er hier Schulleiter war, hatte er noch nie mitbekommen, dass sie einmal zu spät gekommen oder aber den Unterricht zu früh beendet hätte. Ein Vorbild an Pünktlichkeit und Disziplin.

»Wissen Sie, ob sie krank ist?«, fragte das Mädchen selbstbewusst nach. Und: »Können Sie eigentlich Latein?«

Zu viele Fragen für Geiger. Er überlegte, ging im Geiste seinen Terminplan für den Vormittag durch, dann verteilte er Aufträge: »Du gehst ins Sekretariat. Frau Schwanthaler soll Frau Gruber anrufen, vielleicht ist sie aufgehalten worden. Sag ihr, dass ich so lange Aufsicht führe und im Notfall hier zu erreichen bin. Verstanden?«

Anstatt einer Antwort hüpfte das Mädchen schon den Gang entlang, während Geiger das Klassenzimmer aufsperrte und die Schüler sich ihre Plätze suchten. Doppelstunde Latein, das hatte ihm noch gefehlt! Mehrmals blickte der Direktor verstohlen auf seine Armbanduhr. Wo blieb bloß Frau Gruber? Die Schülerin, die er ins Sekretariat geschickt hatte, hatte ihm gemeldet, dass sie telefonisch nicht erreichbar gewesen war. Seltsam.

In der großen Pause fing ihn Frau Schwanthaler direkt ab. »Chef, Frau Gruber geht nicht an ihr Handy. Im Lehrerzimmer hab ich auch schon rumgefragt, aber keiner weiß etwas. Komisch, nicht?«

In der Tat. Soweit er wusste, war Frau Gruber alleinstehend und kinderlos. Sie lebte ausschließlich für ihren Beruf. Im Kollegenkreis galt sie als sehr engagierte, leicht extrovertierte Pädagogin, manche hielten sie für übermotiviert. Erst letzte Woche hatte es in der Abiturkonferenz wieder einen heftigen Streit über ihre dominante Haltung gegeben, Kollegen hatten sich regelrecht angeschrien und er war kaum imstande gewesen, die erhitzten Gemüter zu besänftigen – konnte das mit ihrem Nichterscheinen zusammenhängen? Er griff zu seinem Telefon und wählte die Nummer des Hausmeisters: »Herr Dorian«, sprach er in den Hörer, »wo sind Sie gerade?«

Dem Handwerker, der erst vor zwei Wochen über die gemeinnützige Integrationsfirma »Weiße Krähe e.V.« befristet eingestellt worden war, schwante nichts Gutes. Wenn sein Chef so fragte, ging es sicher um zusätzliche Arbeit. Dabei hatte er schon alle Hände voll zu tun und musste sich nach seiner Langzeitarbeitslosigkeit erst wieder langsam an regelmäßige Tagesabläufe gewöhnen. Deshalb versuchte er seine leicht gereizte Stimmung zu verbergen: »Im Physiksaal. Ich stehe gerade auf der Leiter und wechsle defekte Leuchtstoffröhren aus. Gleich muss ich noch in den Chemiesaal.«

»Hm, das ist natürlich wichtig«, sah Geiger ein, »aber ich hätte einen kleinen Anschlag auf Sie vor, Herr Dorian. Könnten Sie vielleicht alles stehen und liegen lassen und mal kurz bei der Frau Gruber zu Hause vorbeifahren! Die fehlt unentschuldigt und ich mache mir große Sorgen. Das ist bei der noch nie vorgekommen. Sie sind meine letzte Rettung, ich kann leider nicht weg.«

Der Hausmeister schnaufte in sich hinein. So würde er nie weiterkommen! Aber was blieb ihm anderes übrig, als dem Wunsch seines Chefs zu entsprechen. Schließlich war er heilfroh, nach seiner mehrjährigen Alkoholtherapie endlich wieder eine reguläre Beschäftigung im ersten Arbeitsmarkt gefunden zu haben. »Alles klar, wird gemacht. Mit den Lampen wird's dann heute aber nix mehr, weil danach wieder naturwissenschaftlicher Unterricht hier ist. Ich hab mir gerade die beiden Lückenstunden rausgegriffen.«

»Kommt nicht drauf an«, gab sich Johannes Geiger großzügig. »Ich warte dann auf Ihren Anruf.« Er legte auf und wickelte sein Pausenbrot aus. Endlich ein paar Minuten Ruhe.

Eine Viertelstunde später meldete sich Herr Dorian. »Hier ist niemand. Eine Nachbarin sagt, dass sie Frau Gruber zuletzt gestern Mittag gesehen hat.«

Geiger stutzte. Das war wirklich eigenartig. »Dankeschön. Und nochmals vielen Dank für Ihre Mühe, Herr Dorian«, sagte er. »Sie können dann wieder zurückkommen.«

Geiger grübelte: Was, wenn etwas Schlimmes passiert war? Er nahm die Personalakte seiner langjährigen Mitarbeiterin aus dem großen Wandschrank und suchte nach Kontaktdaten von Angehörigen. Die schien es nicht zu geben. Geiger blätterte weiter. Eine klassische Lehrerlaufbahn mit den üblichen Dienstbeurteilungen und Beförderungen. Dann jedoch, als er schon wieder zuklappen wollte, stieß er auf einen Eintrag, der bereits mehrere Jahre zurücklag. Geiger hatte die

Sache längst verdrängt gehabt. Tatsächlich: Ja, da war mal eine sehr, sehr unangenehme Sache gewesen. Der Oberstudiendirektor überlegte kurz, dann heftete er – von einem spontanen Impuls geleitet – die doppelseitige Notiz aus. Er schaltete den Aktenvernichter unter seinem Schreibtisch an und sah zu, wie die beiden Seiten geräuschvoll zerkleinert wurden und in dem schwarzen Auffangbehälter verschwanden. Niemand Außenstehender musste davon erfahren. Wer weiß, was für falsche Schlüsse aus dieser Lappalie gezogen wurden, wenn er nach einer Vermisstenmeldung womöglich die Polizei im Hause hatte und die Beamten herumschnüffelten! Immerhin hatte diese Sache ihn seinerzeit fast seinen Posten als Schulleiter gekostet – das war weiß Gott ärgerlich genug gewesen und musste nun wirklich nicht neu aufgerollt werden. Anschließend stellte er die Akte in den Wandschrank zurück und schloss diesen sorgfältig ab. In Schubladen suchte er gezielt nach weiteren Notizzetteln und übergab diese ebenfalls dem Reißwolf.

Jetzt ist hier wieder alles clean, freute er sich diebisch. Er wartete noch ein paar Minuten, dann ließ er sich von seiner Sekretärin die Nummer der örtlichen Polizeidienststelle heraussuchen, um seine Mitarbeiterin als vermisst zu melden. Niemand sollte sagen, er nähme seine Fürsorgepflicht als disziplinarischer Vorgesetzter nicht ernst.

*

Die Person klickte sich durch bis zu Radio TOP FM 106,4. Dieser Lokalsender für den Großraum München, Fürstenfeldbruck, Dachau und Starnberg war ihr absoluter Favorit. Besonders gefiel ihr das Konzept aus aktuellen Regionalnachrichten und den besten Songs aus vier Jahrzehnten, hier langweilte sie sich praktisch nie – auch heute war wieder eine bunte Mischung aus Kim Wilde, Michael Jackson und The Chainsmokers vertreten. Nach den Nachrichten verlas die Moderatorin die Polizeimeldung vom Mord einer Fahrradfahrerin am Langwieder See und verband sie mit dem Zeugenaufruf, dass jeder, der etwas Auffälliges bemerkt hatte, sich doch dringend melden möge.

Die können Aufrufe senden, bis sie schwarz werden, lachte sich die Person ins Fäustchen und erfreute sich an den nächsten Songs, einige davon konnte sie sogar laut mitsingen. Die Person war gut drauf, so befreit wie heute hatte sie sich schon lange nicht mehr gefühlt.

Da klingelte das Handy. Anzeige anonym. Die Person zögerte einen Moment, ging dann ran.

»Ja?«

Schweigen.

»Hallo? Wer ist dran?«

Eine Stimme meldete sich: »Sie haben mir einen großen Gefallen getan gestern am See?«

»Wer ... wer sind Sie? Woher haben Sie meine Nummer?«

»Unwichtig.«

»Was ... was wollen Sie?«

»Nichts. Ich hab nichts gesehen und nichts gehört, ich bin wie Luft ...«

»Nochmals: Wer sind Sie? Und was soll das?«

»Egal. Sollte es allerdings eng für mich werden, dann ...«

»Ja?«

»... dann wäre ich eventuell gezwungen zu sagen, was ich gesehen habe.«

Die Person schluckte. Überlegte, was sie sagen sollte. Da ertönte auch schon wieder das Freizeichen. Der Gesprächspartner hatte aufgelegt.

MITTWOCH, 31.05.2017, 10.07 UHR

»Wir wissen jetzt, wer unsere Tote ist, Simon«, begrüßte Nadine Lange gut gelaunt ihren Kollegen. »Lehrerin am Robert-Koch-Gymnasium, Latein und Deutsch. Ihr Chef hat sie als vermisst gemeldet. Ich hab ihre Wohnadresse. Können wir?«

Sonnleitner stöhnte. Auch das noch! Seine Lust auf Mordermittlungen hielt sich nach dem gestrigen Abstieg »seiner« Löwen stark in Grenzen. Der Traditionsverein, dessen Anhänger er seit frühester Kindheit war, war jetzt viertklassig, das musste er erst einmal verdauen. Schon als kleiner Junge war er an der Hand seines Vaters auf Giesings Höhen ins Stadion gepilgert. Aber ein Gutes hatte es doch: Mit der mondänen Allianz-Arena war er nie so recht warm geworden, jetzt würden die Heimspiele wieder im guten alten »Grünwalder« stattfinden.

Nadine Lange tippte die Adresse ins Navigationssystem ein, der Weg führte sie in eine leicht abseits gelegene Reihenhaussiedlung am Ortsrand von Freiham-Bahnhof nahe dem Ikarus-Einkaufscenter beim neuen Gewerbegebiet. Schachtelhäuschen mit eingewachsenen Vorgärten – einige leicht heruntergekommen, andere liebevoll renoviert und farbig gestrichen. Frau Grubers Reihenmittelhaus wirkte sauber, auch das Ambiente machte einen sehr aufgeräumten Eindruck. Die Polizisten blickten sich um, da streckte eine aufmerksame Nachbarin den Kopf aus dem Fenster.

»Hallo … Kann ich behilflich sein? Suchen Sie wen?«

»Kriminalpolizei, Mordkommission!« Nadine Lange hielt ihren Ausweis hoch. »Wer sind Sie, bitteschön?«

Aus einem Nachbarsgarten bellte ein Hund. Eine schwarzweiß getigerte Katze, die vor dem Hauseingang Wache zu halten schien, ergriff panisch die Flucht.

»Kripo?« Die korpulente Mittfünfzigerin riegelte das Fenster ganz auf. »Reithofer mein Name. Ich wohne hier direkt daneben. Was gibt's denn?«

»Frau Gruber ist tot.«

Ihr fiel alles aus dem Gesicht. »Was sagen Sie da? Frau Gruber? Das ... das ist ja furchtbar ... gibt's doch nicht«, stammelte sie entsetzt. »Ich hab mich gleich gewundert, dass sie gestern Abend nicht nach Hause kam. Das war sehr ungewöhnlich. Sie ist eigentlich nie länger als 18 Uhr weg, außer wenn sie mal ausgeht. Aber das kam in letzter Zeit fast nie vor.«

»Sie kriegen hier alles mit?«, erkundigte sich Nadine Lange. »Sie scheinen eine sehr aufmerksame Beobachterin zu sein.«

Die Dame lachte und knetete ihre Hände. »Naja, Frau Kommissarin, wenn man so dicht zusammen wohnt, ist das kaum zu vermeiden. Wie ist das denn überhaupt ... also, ich meine, wie und wo ... ?«

»Sie wurde erstochen, beim Fahrradausflug!«

»Ach herrje!« Sie atmete schwer aus und rang gleichzeitig nach Luft. »Was für ein schrecklicher Tod ... Haben Sie die Täter?«

»Frau Reithofer, wir fangen mit unseren Ermittlungen gerade erst an. Für uns wäre wichtig zu wissen, wie und mit wem Frau Gruber ihre Zeit verbrachte. Können Sie uns dazu was sagen?«

Die Nachbarin überlegte kurz, nickte und sagte: »Hm, nachmittags fuhr sie immer Fahrrad. Um 14 Uhr ging's los, da konnte man die Uhr danach stellen. Zu jeder Jahreszeit, bei jedem Wetter. Ich hab sie oft damit aufgezogen, dass ich sagte, sie könnte doch bei der Tour de France mitmachen.«

Sie schüttelte den Kopf, wiegte den Hals hin und her. »Ich kann's einfach nicht glauben, nein, so was. Ausgerechnet die Frau Gruber. Die hat doch keinem was zuleide getan. Abends war sie immer zu Hause, soweit ich das mitbekommen habe. Es wäre mir bestimmt aufgefallen, wenn da ...«

Davon waren Nadine Lange und Simon Sonnleitner überzeugt. Wenn jemandem etwas aufgefallen wäre, dann sicherlich Frau Reithofer. Deshalb hakte Nadine Lange nach: »Was für Hobbys hatte sie sonst? Außer Rad fahren? Freunde?«

»Nur ihre Schule. Sie hat mir mal gezeigt, wie viele Korrekturen sie hatte.« Sie formte mit den Händen theatralisch einen Berg. »Hunderte von Aufsätzen. Jeder einzelne sechs Seiten. Aber in letzter Zeit war ein paarmal ein eleganter Herr zu Besuch. Typ Anwalt oder Berater, jedenfalls kein Lehrer. Ich habe aber nicht nachgefragt, man will ja nicht neugierig sein.«

Nadine Lange musste grinsen und warf ihrem Kollegen einen vielsagenden Blick zu.

»Ist Ihnen sonst etwas aufgefallen? War sie zuletzt anders als sonst? Wirkte sie ängstlich?«

Frau Reithofer nahm eine Nachdenkhaltung ein und zögerte einen Moment, ehe sie sprach: »Nein ... Sagen Sie, wollen Sie sich Frau Grubers Haus ansehen? Ich habe einen Zweitschlüssel hier.«

»Prima. Das erspart uns ein paar Anrufe«, gab Nadine Lange freundlich zurück. Wenige Sekunden später reichte ihr Frau Reithofer einen Schlüssel aus dem Fenster. Sie nahm ihn und wandte sich zum Eingang von Frau Grubers Haus. »Danke. Wenn wir noch was wissen wollen, kommen wir auf Sie zu.«

Die Kommissare betraten das Haus. Frau Reithofer warf ihnen einen leicht beleidigten Blick zu, so als wolle sie sagen: Was, war das schon alles? – Als die Polizisten von innen die Tür hinter sich zuzogen, schloss die Nachbarin lautstark ihr Fenster.

Bücher. Jede Menge Bücher. Kiefernholzregale statt Bilder und Tapeten. Zentral platziert im sonnenbeschienenen Wohnzimmer rund um den Flatscreen ein paar gediegene, vermutlich einigermaßen wertvolle Originalausgaben antiker Autoren, außerdem reihenweise Doktorarbeiten verschiedener Fachrichtungen. Ansonsten Nachkriegsliteratur: Ortega y Gasset, Elia Barceló, etwas Lenz, Böll, Grass.

Im Schlafzimmer ein penibel gemachtes Kingsize-Bett. Daneben eine Bluetooth Stereo-Kompaktanlage mit hochwertigem WMA-Player-Soundsystem, im Nachtkästchen ein Plastikvibrator. Die Wandregale wurden dominiert von Musik- und Filmliteratur: Fellini, Hitchcock. Dazu Bildbände über Theater, Tanz, Erotik sowie Fachbücher aus verwandten Disziplinen. Alles penibel thematisch geordnet und alphabetisch durchsystematisiert, dass jede Stadtbücherei neidisch werden konnte.

»Keine Krimis!«, stellte Simon Sonnleitner trocken fest.

»Aber sonst fast alles. Die Frau scheint ein wandelndes Lexikon gewesen zu sein.«

»Einsame Universalgelehrte!« – So wie Simon Sonnleitner das sagte, klang das etwas abschätzig.

Nadine Lange sah ihren Kollegen nachdenklich an. Bei dem Wort »Universalgelehrte« fühlte sie sich an ein Buch über die große Hildegard von Bingen erinnert, das ihr ihre Mutter zum 30. Geburtstag geschenkt hatte – mit der Bemerkung, dass es sich dabei um eine der klügsten Frauen der Weltgeschichte handele. Eines der wenigen Bücher, die Nadine Lange begeistert verschlungen hatte. Ansonsten stand sie eher auf triviale Unterhaltung »à la Rossmann«, am liebsten als E-Book, da sie leicht weitsichtig war und Gedrucktes nur mit Brille lesen konnte.

»Wenn die das alles gelesen hat, dann hat der Mörder definitiv eine ganze Menge Wissen auf einmal vernichtet«, meinte Sonnleitner.

»Dabei täte ein bisschen mehr Klugheit dieser Welt ganz gut, denk ich mir manchmal«, scherzte Nadine Lange, biss sich aber sofort auf die Zunge. Sie wollte nicht salopp oder besserwisserisch erscheinen. Womöglich bekam ihr neuer Kollege das in den falschen Hals! Sie beobachtete ihn verstohlen von der Seite, stellte jedoch erleichtert fest, dass er schmunzelte. Glücklicherweise schienen sie den gleichen Humor zu haben.

In der hoch modernen Küche stapelten sich Geschirr und Töpfe, aus Geschirrspülmaschine und Abfalleimer roch es faulig. Offenbar hatte die Tote vergessen, vor ihrem Ausflug den Müll rauszubringen. Oder aber sie hatte beschlossen, dies erst nach ihrer Rückkehr im erholten Zustand zu tun.

»Wir brauchen unbedingt die Spurensicherung«, sagte Sonnleitner. »Fingerabdrücke, Notebook, Kontodaten. Soll sich der Ritchie drum kümmern, am besten gleich.« Er griff zu seinem Handy und rief den Kollegen an.

Im Flur gegenüber dem Eingang blinkte auf dem Anrufbeantworter die Ziffer »2« rot. Nadine Lange drückte auf »Play«. Anruf eins war kaum zu verstehen, vermutlich von einem Handy mit schlechtem Empfang. Die Polizisten mussten ihn mehrfach anhören. Die fragmentarische Stimme einer jüngeren Frau. Ausländerin. Gebrochenes Deutsch. Afrikanerin? Araberin? Unklare Botschaft.

Anruf zwei klang zackig-knackig: »Hier Theo. Warum bist du nicht gekommen? Ich habe über eine halbe Stunde auf dich gewartet. Wir müssen dringend reden, wir brauchen eine Lösung ... Ciao.«

Sie hatten fürs Erste genug, den Rest mussten die Spu-Si-Kollegen erledigen. Als sie das Haus verließen, wurden sie von Frau Reithofer abgefangen. Sie schien unbedingt noch etwas loswerden zu wollen: »Frau Kommissarin, Herr Kommissar, was ich vergessen hatte: Frau Gruber war etwa seit einem Jahr ehrenamtliche Helferin im Asylhelferkreis. Ich meine nur, falls das in irgendeiner Weise für Sie interessant sein sollte. Sie hat mich sogar gefragt, ob ich nicht auch mitmachen möchte. Ich habe aber abgelehnt, weil ich finde, dass wir uns erst mal um unsere eigenen Probleme hier kümmern sollten. Ich kenne ältere Leute, die noch was hinzuverdienen müssen, weil ihre Rente hinten und vorne nicht reicht, obwohl sie 40 Jahre lang gearbeitet haben. Wir müssen hier die Horrormieten und hohe Abgaben zahlen – und den anderen, die für dieses Land überhaupt nichts geleistet haben, wirft man alles hinterher, ist das nicht eine Schande? Aber nicht, dass Sie das jetzt falsch verstehen, ich bin nicht fremdenfeindlich!«

Nadine Lange und Simon Sonnleitner gingen nicht weiter drauf ein.

»Danke schön. Ihr Hinweis hilft uns auf jeden Fall weiter«, gab die Kommissarin zurück – das erklärte den schlecht verständlichen ersten Anruf auf dem Anrufbeantworter. Sicher eine Klientin aus dem Asylbereich. In jedem Fall ein Anhaltspunkt, dem nachzugehen sich lohnen konnte. Nadine Lange und Simon Sonnleitner zwinkerten sich zu.

»Ach, übrigens, Frau Reithofer: Sagt Ihnen der Name ›Theo‹ etwas?«

»The-o?« Die Nachbarin wiegte die einzelnen Buchstaben scheinbar genüsslich hin und her. Sie ließ sich Zeit, kostete es aus, die Kommissare zappeln zu lassen. Dann sagte sie: »Nein, da bin ich mir schon sehr sicher, dass ich den Namen bei Frau Gruber noch nie gehört habe. Wer soll das sein? Ein Verehrer?«

»Wir wissen es nicht«, antwortete Simon Sonnleitner wahrheitsgemäß. »Eigentlich hofften wir, Sie wüssten etwas damit anzufangen.«

»Leider nicht. Frau Gruber hat ihn nie erwähnt.«

»Na, macht nichts. Trotzdem vielen Dank für Ihre Auskünfte.«

»Gern geschehen«, brummelte Frau Reithofer und zog sich wieder in ihr Häuschen zurück.

Die Polizisten kannten den Weg zur Asylunterkunft. Fünf Minuten später parkten sie vor dem zweigeschossigen ehemaligen Fabrikgebäude. Leider war es in letzter Zeit unter den auf engem Raum zusammengepferchten Menschen ein paar Mal zu handgreiflichen Auseinandersetzungen gekommen, die vom Streifendienst geschlichtet werden mussten. Einmal hatte auch die Kripo wegen schwerer Körperverletzung anrücken müssen.

Dunkelhaarige, braun gebrannte Kinder im Kindergartenalter wuselten lärmend auf dem Außengelände des mit Drahtzaun begrenzten Areals hin und her oder fuhren auf bunten Fahrrädern herum, ein paar ganz Kleine strampelten sich auf Dreirädern ab. Allen gemeinsam war, dass sie die beiden Neuankömmlinge misstrauisch beäugten. Nadine Lange und Simon Sonnleitner fühlten sich als das identifiziert, was sie waren: Polizisten. Wie auf Kommando verschwand die Kinderschar einer nach dem anderen ins Gebäude, als müssten sie alle augenblicklich zum zweiten Frühstück antreten. Vor dem Hauseingang parkte ein gutes Dutzend Kinderwagen und Buggys.

Noch ehe die Kommissare auf die Außenklingel drücken konnten, erschien ein hellhäutiger, leicht pummeliger, untersetzter Mann mittleren Alters mit Dreitagesbart, abgewetzten Puma-Turnschuhen und legerer Kleidung im Hauseingang. Sein dunkelblondes Haar war zu einer Art misslungenem Rastazopf zusammengebunden, seine Unterlippe war gepierct. Interessiert, aber nicht sonderlich freundlich rief er zu ihnen herüber: »Kann ich helfen?«

»Guten Morgen!«, rief Simon Sonnleitner zurück und

zeigte seinen Ausweis. »Wir würden gern kurz reinkommen. Wer sind Sie?«

»Schreiner. Sozialarbeiter.« Nadine Lange glaubte einen sächsischen Dialekt durchzuhören.

»Ist der Herr Haberl nicht mehr hier?«, rief Simon Sonnleitner. Ein paar Male hatten sie Berührungspunkte mit dem absolut fähigen, wenngleich etwas grimmigen Joseph Haberl gehabt, der sich stets für »seine« Jugendlichen eingesetzt und sich vor sie gestellt hatte, wenn die Polizei, aus welchen Gründen auch immer, gegen sie ermitteln musste. Dies hatte Sonnleitner stets sehr imponiert, obwohl es seine Arbeit nicht gerade erleichterte.

»Der hat gekündigt, ich mach das hier seit drei Wochen.«

Die Kommissarin rief: »Könnten wir reinkommen? Dann müssen wir uns auch nicht anschreien. Wir hätten ein paar Fragen!«

»Okidoki!« Er drückte den Öffner für die Außentür.

»Hi, bin der Willi!«, stellte sich der Sozialarbeiter flockig-salopp vor. Er wechselte direkt kumpelhaft-kollegial ins »Du«: »Geht bitte sensibel vor, ja? Diese Menschen hier haben Schlimmes erlebt und sind zum Teil schwer traumatisiert. Worum geht's denn?«

Nadine Lange sagte ruhig: »Ein Mordfall – wir wollten ...«

»Ach du Scheiße!«, entfuhr es Schreiner. »Das hat uns gerade noch gefehlt.«

Er presste die Hände gegen die hohe Stirn. Dabei konnte Nadine Lange ein Tattoo am Unterarm entdecken: ein Matrose. Na bravo, dachte sie geringschätzend, ein sächsischer Seemann! Wie hat es den denn in die bayerische Landeshauptstadt verschlagen? Gleichzeitig fiel ihr ein, dass ihr kürzlich eine Jugendamtsmitarbeiterin beiläufig erzählt hatte, dass es im Raum München einen enormen Mangel an Sozialarbeitern gab, weil die Bezahlung so mau sei.

»Könnt ihr euch vorstellen, was das für Wellen schlägt, wenn das nach draußen dringt, dass ihr hier ermittelt?«, sorgte sich Schreiner. »Die allermeisten hier sind absolut friedlich und wollen nichts Böses. Das wird vom Boulevard total aufgebauscht.«

»Das bezweifeln wir ja gar nicht«, nahm Sonnleitner den Faden auf. »Wir wollten nur wissen, ob eine Frau Gruber ehrenamtlich tätig war und wer mit ihr etwas zu tun hatte.«

»Die Rike? Die ist hier bekannt wie ein bunter Hund. Wir beide sind im Helferkreisvorstand. Sie kümmert sich um die Melkam, die kam vor einem Jahr aus Äthiopien hierher.«

Herr Schreiner machte eine einladende Handbewegung und schlurfte voraus. Die Kommissare betraten die Unterkunft. Fremdländischer Essensgeruch. Aber auch Zigarettenqualm, wahrscheinlich sogar Hanf, wenn Nadine Lange das richtig erschnupperte.

Schreiner drehte sich zu ihnen um, musterte Sonnleitner kritisch. »Was ist denn mit der Rike? Sagtet ihr gerade eigentlich ›tätig *war*‹? Oder hab ich mich da verhört? Jetzt sagt bloß ...«

»Sie haben schon ganz richtig gehört. Frau Gruber wurde ermordet. Wir ...«

»Shit!« Seine Augen wanderten zwischen Nadine Lange und Simon Sonnleitner hin und her. »Also echt, Leute! Doch nicht die Rike, so eine Seele von Mensch, die hat doch sicher keinem was ... so eine Scheiße. Und wie kommt ihr da auf uns?«

»Auf ihrem Anrufbeantworter war die Stimme einer jungen ausländischen Frau. Deswegen wollten wir ...« Sie setzte neu an: »Ist diese Dame aus Äthiopien denn da, die Sie gerade erwähnten?«

Herr Schreiner ging einen Schritt vorwärts, blieb dann stehen. »Die hab ich vorher hier rumschwirren gesehen.«

Sie durchschritten den Linoleumgang, an dessen Ende eine bis zum Fußboden reichende Glasfront reichlich Tageslicht hereinließ. Den Kommissaren stach der Geruch eines scharfen Reinigungsmittels in die Nase. Schreiner bemerkte, wie Nadine Lange die Nase rümpfte. Er erklärte: »Die Putzfirma ist gerade fertig geworden. Das mieft heute mal wieder beschissen, meine Fresse!«

Nadine Lange fragte sich, warum dafür eine professionelle Reinigungsfirma beschäftigt werden musste. Konnten die Menschen das eigentlich nicht selber regeln? Tat man ihnen einen Gefallen, wenn man ihnen alles abnahm? Sie begegneten einem Security-Mann, der mit einer saloppen Handbewegung grüßte. Vor einer Tür, an der außen ein kleines rotes Herzchen klebte, blieb Schreiner stehen. Eine junge Frau öffnete auf das Klopfen. Nadine Lange schätzte sie auf 18, höchstens 20 Jahre.

»Hi, Melkam, die Herrschaften sind von der Polizei. Wegen Rike ...«

Die Äthiopierin erschrak. Als sie das Wort »Polizei« hörte, veränderte sich von einer Sekunde auf die andere ihr Gesichtsausdruck von freundlich-offen hin zu angsterfüllt. Ihre dunklen Augen suchten misstrauisch die Umgebung ab, als fürchtete sie, die drei unerwarteten Gäste wären nicht allein. Sie war sehr europäisch gekleidet: luftiges geblümtes Oberteil, aus dem ein dunkelblauer BH-Träger vorwitzig herausschaute; dazu enganliegende Bluejeans in moderner destroyed-Optik, beige Riemchen-Sandalen mit Glitzersteinen. Auffällig an ihr waren ihre überdimensionierten silberfarbenen Ohrringe und ihre dunkelbraune Hautfarbe. Ein hübsches Gesicht, aber figürlich für ihr Alter zu kräftig.

»Was wollen? Ich unschuldig, nix gemacht«, presste sie hervor.

»Sie brauchen keine Angst zu haben«, beruhigte Simon

Sonnleitner, »wir wollten Sie nur etwas fragen. Der Herr Schreiner kann auch gerne dabei bleiben, wenn Sie das möchten.« Er lächelte sie freundlich an. »Wann haben Sie Frau Gruber das letzte Mal gesehen?«

Sie schien nicht sofort zu verstehen. Hilfe suchend blickte sie Schreiner an, antwortete dann: »Vor zwei Tage. Nein, drei. Lernen mir deutsch Sprach, language. Deutsches Grammatick. Möchten machen Abschluss Mittelschul.«

»Sie will ihren Mittelschulabschluss machen«, meinte Schreiner übersetzen zu müssen.

Nadine Lange sah ihn scharf an: »Danke, wir haben es verstanden.« Dann ließ sie die Bombe platzen: »Es ist so: Rike Gruber ist gestern tot aufgefunden worden. Sie wurde mit neun Messerstichen ermordet. Und wir stehen am Anfang unserer Ermittlungen.«

Die junge Farbige schaute jeden einzeln an, als hoffte sie, irgendeiner würde ihr erklären, dass es nur Spaß gewesen sei. Nervös kaute sie auf einem Kaugummi herum. »Ermordet? Das ich nicht glauben! Sie war immer nur freundlich. Unmöglich!«

»Leider doch«, entgegnete Nadine Lange trocken. »Sie sagten vorher, dass Sie eine Schule besuchen. Welche ist das?«

»Kirchlich Berufsschul München. I-Klasse. Vorher ich schon gemacht A2 Deutsch bei Rotes Kreuz in München.«

Wieder schaltete sich Schreiner ein: »›I‹ steht für ›Integration‹. Die Migros werden in allen Abschlussfächern unterrichtet. Nach einem Jahr bekommen sie ein Abschlusszeugnis, welches den Mittelschulabschluss inkludiert.«

»War Frau Gruber beim letzten Treffen anders als sonst?«

»No. Wie immer. Gut drauf. Wir haben gemacht zusamm Schwarztee.«

»Wie lange lernen Sie schon mit ihr Deutsch?«

Melkam überlegte. »So halbes Jahr ...«

»Waren Sie befreundet?«

»Oh, ja, Rike für mich war gut Freundin. Haben gesagt: ›Melkam, kannst mich immer fragen, wenn du brauchst Hilfe.‹«

»Hat sie mal erwähnt, dass sie Ärger hatte?«, fragte Nadine Lange. Als sie merkte, dass ihr Gegenüber schon verneinen wollte, schob sie nach: »Ich meine, man redet ja vielleicht so manches von Frau zu Frau.«

»Naja, sie haben kennen gelernt Mann«, erklärte Melkam. »Verheirat. Ich sagen, du besser nicht mehr treffen diese Mann, lieber suchen neu Freund. Verheirat Mann nix gut, Melkam gesagt, verheirat Mann soll bleiben bei sein Frau. Und Rike leicht finden anderen Freund. Ich gleich sagen, das nicht geht gut, Rike. Ehe Sakrament.«

Sonnleitner registrierte ein Goldkreuzkettchen, welches auf ihrem dunklen Dekolleté kontrastreich funkelte. Jedes ihrer Worte unterstrich sie gestenreich, es klang fast wie eine kleine Predigt.

»Wissen Sie einen Namen? Hat sie Ihnen ein Foto gezeigt? Oder eine Adresse erwähnt?«

»Foto nein, aber Adresse ist in Starnberg. Melkam wissen sein Nam: Dr. Theo. Theo vom Internet. Nicht von Schul. Letzter Freund war von Schul. Viel Streit an Rike-Schul, sie sagen mir. Melkam sagen, Theo zwar guter Name. ›Theo‹ heißen übersetzt ›Gott‹, aber trotzdem kein gut Mann für dich, Rike. Hat er, ich meine, ... hat er ... töten sie? Sagt man ›töten‹? Dieser Teufel!«

Nadine Lange versuchte das Gespräch zu beruhigen. »Nein, wir können momentan noch gar nichts sagen. Der Täter könnte zum Beispiel auch eine Frau gewesen sein.«

Der Sozialarbeiter meinte eine Lanze für seinen Schützling brechen zu müssen. »Also, die Melkam ist eine ganz Liebe, müsst ihr wissen. Die tut keiner Fliege was zuleide. Sie möchte Pflegehelferin werden.«

»Meine Kollegin hat lediglich gesagt, dass grundsätzlich auch eine Frau als Täterin in Frage kommt, sonst nichts«, wies ihn der Kommissar leicht gereizt zurecht. Und zu Melkam gewandt. »Bitte halten Sie sich zur Verfügung, es kann sein, dass sich noch Fragen ergeben. Klar?«

Sie nickte und wischte sich eine Träne ab.

»Wir bräuchten bitte noch Ihren vollständigen Namen! Haben Sie einen Ausweis und Ihren Asylbescheid da?«

Wortlos ging sie zurück ins Zimmer und nestelte in ihrer gelben Louis-Vuitton-fake-Handtasche herum. Dabei schimpfte sie weiter: »Rike nicht wollen glauben. Melkam haben gespürt, Internet-Mann kein gut Sache für Rike. Mein Gott im Himmel! So ein Unglück!« – Sekunden später hielt sie den Beamten das behördliche Schreiben vom Bundesamt für Migration sowie ihren Ausweis hin: Melkam Jala Ashanti Abebe, geboren am 20.8.1999 in Yewlakidanmheret, Provinz Dire Dawa, äthiopische Staatsbürgerin. Ausgestellt in Adama, international gültig bis 20.8.2020.

*

Zwei Stunden später saßen die Ermittler bei Oberstudiendirektor Geiger im Schulleiterbüro. An den Wänden ein paar Kunstdrucke großer Meister im DIN-A2-Format, daneben ein Jahreskalender und zwei farbige Riesenposter: eines mit dem Lehrerkollegium, das andere zeigte die gesamte Schulfamilie. Eine Wandfront zierte ein mannshoher grauer Aktenschrank, daneben ein Bücherregal mit allerhand Nachschlagewerken.

»Bitte sorgen Sie dafür, dass wir nicht gestört werden, Frau Schwanthaler!«, wies Geiger seine Sekretärin an, nachdem sie drei Gläser und eine große Wasserkaraffe auf den Besprechungstisch gestellt hatte. Geschwind huschte die 44-Jährige aus dem Zimmer. Sie musste noch einen Elternbrief zum Schullandheimaufenthalt fertig machen und sich um die Absenzenlisten kümmern; es waren immer die gleichen Kandidaten, die vergaßen, ihre Krankmeldungen abzugeben.

»Entschuldigen Sie«, sagte Geiger tonlos, »ich stehe unter Schock. Am Telefon vorhin sagten Sie mir ja schon, dass Frau Gruber tot sei. Sie können sich gar nicht vorstellen, was für einen Verlust das für unsere Schule darstellt. Vor allem menschlich. Frau Gruber ist …«

Er schluckte, »Frau Gruber *war* mehr als nur eine Lehrerin, eines unserer Aushängeschilder.« Er machte eine kurze Pause. »*Die* Ansprechpartnerin für Eltern und Schüler. Nicht umsonst war sie unsere Schullaufbahn-Beratungslehrerin … Was ist denn eigentlich mit ihr passiert? Sie war nie krank.«

Simon Sonnleitner räusperte sich, dann sagte er mit fester Stimme: »Sie wurde ermordet. Gestern bei einem Radausflug in der Nähe des Langwieder Sees. Mit neun Messerstichen. Kein schöner Anblick.«

Sonnleitner blickte dem Schulleiter tief in die Augen, um seine Reaktion genau zu studieren. Dieser nestelte an seiner weiß-blau gepunkteten Krawatte.

Geiger bekam Schnappatmung: »Gott im Himmel! Wissen Sie schon, wer …?« Er zögerte. »Ich meine: Wer macht denn so was? Ein Verrückter, oder?«

Nadine Lange antwortete. »Das wüssten wir auch gern, die Obduktion läuft. Gut möglich, dass Frau Gruber ihren Mörder gekannt hat. Erzählen Sie uns bitte etwas über Ihre Mitarbeiterin! Was für ein Mensch war sie? Wie würden Sie ihr Verhältnis zu den Kollegen beurteilen? Gab es Neider? Probleme im beruflichen oder persönlichen Bereich, von denen Sie etwas mitbekommen haben?«

Das war zu viel für den Direktor, erregt sprang er auf.

»Wo denken Sie hin, junge Frau?«, entrüstete er sich. »Sie war eine hochangesehene Lehrerin, absolut integer! Beim besten Willen kann ich mir nicht vorstellen, dass Frau Gruber Feinde hatte. Dafür war sie viel zu ... äh ... liebenswert. Das muss ein Irrer gewesen sein!«

Wie er wohl auf den Irren kommt?, überlegte Nadine Lange und sah Geiger scharf an. Dieser trat von einem Bein auf das andere und wirkte sehr nervös. Er setzte sich wieder hin und kratzte sich am Hals. Der Schulleiter vermied es, seine Gesprächspartner frontal anzusehen. Er schien jetzt sogar leicht zu zittern. Nadine Lange registrierte aufmerksam jede Bewegung ihres Gegenübers. Auf der Polizeiakademie hatte sie gelernt, besonders auf Gestik und Mimik von Gesprächspartnern zu achten und ihre Rückschlüsse daraus zu ziehen. Geiger hatte eindeutig ein hohes Stresslevel. Wusste er mehr, als er sagte?

Sonnleitner versuchte das Gespräch zu beruhigen. »Wir würden gerne dabei sein, wenn Sie gleich Ihrem Kollegium die Nachricht vom Tod von Frau Gruber überbringen. Könnte ja sein, dass einer Ihrer Lehrer etwas beitragen kann, das für uns von Wichtigkeit ist.«

Entschlossen stand Geiger auf und wies mit der Hand in Richtung Ausgang. Anscheinend erachtete er das Gespräch als beendet. »Das kann ich mir nicht vorstellen – aber bitte. Bringen wir es hinter uns. Ich komme ja nicht drum herum. In wenigen Minuten endet die sechste Stunde. Dann gehen die meisten noch mal ins Lehrerzimmer und packen ihre Sachen zusammen. Bei der Gelegenheit haben wir alle versammelt, außer meiner Stellvertreterin Frau Hofmiller – die ist auf Kur.«

Langsam, fast bedächtig schlenderten sie die wenigen Meter vom Schulleiterbüro den Gang hinüber zum Lehrerzimmer. Die Flure waren erfüllt von den Stimmen jüngerer Schüler, die etwas früher entlassen worden waren. »Manche Kollegen hören gerne früher auf – damit es sich bei den Fahrradständern gleich nicht so staut«, erklärte Geiger, schloss die Tür des Lehrerzimmers auf und ließ seine Gäste vorangehen.

»Ich bin davon nicht so begeistert, wegen möglicher Versicherungsprobleme.« Simon Sonnleitner rollte die Augen. Dieses Pseudoargument kannte er noch aus seiner eigenen Schulzeit.

»Ach ja, wir bräuchten bitte eine Kopie von Frau Grubers Personalakte«, bat Nadine Lange. »Und außerdem eine Liste mit Telefonnummern und Adressen aller Ihrer Mitarbeiter.«

»Natürlich, können Sie haben«, antwortete Geiger schnell. »Wir haben sogar einen Schlüssel von ihrem Häuschen, für alle Fälle. Schließlich hat sie keine Angehörigen. Das soll Ihnen Frau Schwanthaler alles mitgeben.« Er lachte sich ins Fäustchen: Ein Glück, dass ich vorhin den peinlichen Eintrag rechtzeitig entfernt habe!

Die Kaffeemaschine im Lehrerzimmer zischte wie eine zornige Schlange, als die drei den Raum betraten. Eine jüngere, stark geschminkte Lehrerin im geblümten Sommerkleid und Seidenschal drückte ein paar Knöpfe und zapfte eine Tasse schwarzen Kaffee.

»Mathilde, darf ich vorstellen: Frau Lange und Herr Sonnleitner von der Kriminalpolizei München-West.«

»Oh oh, Polizei, das heißt nicht Gutes, oder?«, flüsterte sie fast beschwörend. »Hat einer unserer Schüler was angestellt?«

Ihr Chef ging nicht darauf ein: »Vielleicht kannst du gleich drauf achten, dass keiner nach Hause geht. Wir müssen eine Ansage machen.« Er zeigte auf Nadine Lange und Simon Sonnleitner.

»Alles klar«, nickte die Frau und wandte sich umständlich ihrer Kaffeetasse zu.

Die Ermittler sahen sich im Lehrerzimmer um – das Allerheiligste, wo über Schulkarrieren entschieden wurde, hatten sie sich etwas anders vorgestellt. Geiger sah die fragenden Blicke. »Wir haben 96 Pädagogen beschäftigt. Da bleibt für jeden einzelnen nur ein winziges Refugium. Aber Quantität ist weniger entscheidend als Qualität. Da sind wir Spitze.«

Der 13-Uhr-Gong ertönte, wenige Sekunden später füllte sich der Raum. Pädagogen unterschiedlichen Alters mit Aktenköfferchen, Ledertaschen, Mappen und Jutetüten wuselten durcheinander, steuerten ihre Schreibtischchen an – ein kleines Reich für eine große Aufgabe: junge Menschen zu bilden. Einige warfen ihnen einen fragenden Blick zu, kümmerten sich aber nicht weiter um sie.

Der Schulleiter hob die Hände und rief laut in die Runde: »Hal-lo, alle mal herhören! Ich bitte um Ihre Aufmerksamkeit! Ich möchte etwas ansagen!«

Es dauerte ungefähr eine halbe Minute, bis alle saßen und halbwegs Ruhe eingekehrt war. Alle blickten erwartungsvoll ihren Chef an, der verlegen dreinschaute, so als würde er sich am liebsten an einen weit entfernten Ort wünschen.

»Liebe Kolleginnen und Kollegen«, er vollzog einen bedeutungsvollen Rundumblick, machte eine längere Pause und schluckte, »ich muss Ihnen leider eine traurige Mitteilung machen: Unsere allseits geschätzte Kollegin Rike Gruber ist … tot. Sie, sie ist gestern Nachmittag verstorben. Erstochen. Bei einem Fahrradausflug. Die Polizei tappt noch im Dunkeln, es wird in alle Richtungen ermittelt.«

Stille. Fragende Blicke. Ungläubiges Flüstern.

Oberstudiendirektor Johannes Geiger wedelte mit den Armen und wandte sich an sein Kollegium: »Hören Sie noch … Hal-lo! Zu meiner Rechten sehen Sie zwei Spezialisten der Kriminalpolizei München-West: Kriminaloberkommissarin Frau Lange und Kriminalhauptkommissar Herrn Sonnleitner. Sie benötigen unsere Unterstützung.«

Der Schulleiter blickte die Kommissare an: »Und jetzt gebe ich das Wort weiter.«

»Vielen Dank!« Nadine Lange drehte sich frontal zum Kollegium und sagte mit kräftiger Stimme, die man ihr aufgrund ihrer Körpergröße von 1,67 Meter kaum zutraute: »Wie Herr Geiger schon sagte: Wir fangen gerade an, uns ein Bild zu machen. Es kann gut sein, dass wir es mit einer Beziehungstat zu tun haben. Anders gesagt: Ihre Kollegin könnte ihren Mörder gekannt haben. Von daher ist es wichtig für uns, dass wir möglichst viel über sie erfahren, was für ein Mensch sie war. Mit wem sie Kontakt hatte ...«

Nadine Lange hielt kurz inne, blickte in die Runde, und fuhr dann fort: »Gibt es unter Ihnen jemanden, der Frau Gruber näher kannte, vielleicht sogar mit ihr befreundet war oder privat etwas mit ihr unternommen hat?«

Keine Antwort. Mehrere Lehrer schauten verlegen zu Boden, niemand meldete sich.

»Ok, dann zweite Frage: Wer hatte enger beruflich mit ihr zu tun? Zum Beispiel im Rahmen gemeinsamer Projekte oder Ähnliches?«

Jetzt zeigte eine jüngere Dame, die ganz hinten saß, zaghaft auf. »Sie war meine zugeteilte Betreuungslehrerin, ich bin Referendarin. Mein Name ist Heinlein.«

»Alles klar, Frau Heinlein. Wir würden Sie gerne im Anschluss kurz persönlich sprechen.« Die Ermittler nickten ihr zu, während diese leicht verunsichert zu ihrem Schulleiter blickte; er gab ihr ein aufmunterndes Zeichen.

»Letzte Frage: Ist vielleicht irgendjemandem von Ihnen aufgefallen, dass Ihre Kollegin in der letzten Zeit anders war als sonst? Hat sie etwas erwähnt oder getan, was Sie von ihr so nicht gewohnt waren?«

Erneut keine Wortmeldung. »In Ordnung. Haben Sie vielen Dank, das war's fürs Erste«, sagte Simon Sonnleitner. Er wunderte sich etwas, dass im Kollegium offenbar niemand persönliche Beziehungen zur Toten hatte. »Seien Sie versichert, dass wir alles dran setzen werden, den Fall aufzuklären.

Es kann gut sein, dass wir in den nächsten Tagen nochmals auf Sie zukommen werden. Bitte gehen Sie alle nochmals in sich und falls Ihnen etwas einfallen sollte, bitten wir dringend, sich bei uns zu melden. Auch jeder noch so kleine Hinweis, der unbedeutend erscheinen mag, kann hilfreich sein. Natürlich behandeln wir alles diskret. Wir hinterlassen unsere Visitenkarten auf dem Schwarzen Brett am Eingang.«

Damit war die Veranstaltung beendet, die Lehrerschaft löste sich zügig auf, denn draußen schien ein größeres Gewitter aufzuziehen. Da wollte es jeder noch vorher nach Hause schaffen – bis auf ein paar, die Tische zusammenstellten, um miteinander Weißwürste zu essen, die in einem großen Topf dampften. Eine improvisierte Geburtstagsfeier?

»Das Schwierigste kommt ja noch auf mich zu«, meinte Johannes Geiger fast flüsternd zu Nadine Lange gewandt. »Morgen muss ich die Horrornachricht unseren Schülern beibringen. Am besten hole ich mir dabei die Unterstützung unseres Schulpsychologen Herrn Dröge. Der kennt sich mit Krisenintervention aus. Vor einer solchen Aufgabe graust es jedem Schulleiter, die Elternschaft wird auch alles andere als erfreut sein. Einen Mord hatten wir hier noch nie.«

»Wir würden auch gerne noch ein paar Worte mit diesem Herrn Dröge sprechen«, meinte Simon Sonnleitner. »Vielleicht ist ihm als Psychologen etwas aufgefallen.«

»Kein Problem.« Er sah sich im Lehrerzimmer um. »Anscheinend ist er schon weg.« Er zückte sein Smartphone und gab den Namen ein. »Er hat morgen in der vierten Stunde Sprechzeit, es ist noch niemand angemeldet. Soll ich Sie vormerken?«

»Wäre super.«

»Brauchen Sie mich noch? Äh ... Was ich noch fragen wollte: Wie geht das jetzt weiter? Ich meine, Frau Gruber hatte keine Angehörigen ... wegen der Trauerfeier.«

»Darum dürfen Sie sich gerne kümmern, sobald die

Gerichtsmedizin den Leichnam freigibt. Sie bekommen von uns Bescheid.«

»Nun ja … nicht dass ich mich darum reiße, aber jemand muss ja …« Er druckste herum. »Wenn Sie irgendwas brauchen, also … ich gebe Ihnen meine private Nummer.« Er nestelte ein Visitenkärtchen aus seiner Jackentasche – offensichtlich benötigte er sie nicht häufig – und hielt es Nadine Lange hin. Diese bedankte sich und steckte es ein.

Die Kommissare zogen sich mit der Referendarin ins Elternsprechzimmer im Erdgeschoss zurück, schlossen die Tür und platzierten sich um einen runden Tisch. Die Kommissarin schätzte die Junglehrerin mit dem dunkelblonden Pferdeschwanz auf Ende 20. Für ihr Alter war sie sehr konservativ gekleidet: anthrazitfarbene Cordhose, schwarze Ballerinas, helle Rüschenbluse mit Schleife.

»Wie sah denn Ihre Zusammenarbeit so aus?«, wollte Nadine Lange wissen.

Draußen blitzte und donnerte es. Regen klatschte gegen die Fensterfront, die bis zum Boden reichte. Die Lehrerin musste laut reden, um sich gegen die Naturgewalten überhaupt verständlich machen zu können: »Also, man soll über Tote ja nicht schlecht reden, aber wenn Sie mich so fragen, muss ich ehrlich sein. Frau Gruber wollte über jede einzelne Unterrichtsstunde von mir genauestens vorab informiert werden. Es war manchmal ziemlich anstrengend und ging weit über das hinaus, was Referendare an anderen Schulen leisten müssen. Sie korrigierte jeder meiner Leistungsnachweise exakt nach und hin und wieder sollte ich Noten verschlechtern, was ich befremdlich fand. Schließlich habe ich ja die Kinder unterrichtet und nicht sie …«

»Dann war Ihr Verhältnis wohl etwas angespannt?«

»Als Referendar sitzen Sie am kürzeren Hebel. Seinen Betreuungslehrer kann sich halt niemand aussuchen. Man macht, was der will, und verhält sich ansonsten unauffällig.«

»Schon klar«, sagte Nadine Lange. »Haben Sie zufällig irgendetwas mitbekommen, was von Bedeutung sein könnte? Probleme? Gab es Streit?«

Wieder ein Donnerschlag. Die drei zuckten zusammen. Frau Heinlein zögerte. »Streit würde ich das nicht nennen, aber es gab öfters Unstimmigkeiten in ihren Fachkonferenzen. Das läuft in anderen Schulen aber auch nicht immer reibungslos. Und das hat ja mit ihrem Tod nichts zu tun.«

Nadine Lange wurde hellhörig. »Was denn für Unstimmigkeiten?«

»Naja, wie selektiv die Leistungsnachweise gestaltet sein sollten und so weiter. Sie war sehr kompromisslos, das missfiel manchen. Da flogen die Fetzen, weil es wohl auch immer wieder großflächig Beschwerden gab über zu strenge Benotungen. Es wurde teilweise richtig lautstark, vor allem mit dem Herrn Heilander. Von alledem darf natürlich nichts nach extern dringen. Für mich als Neuling war das in kritischen Elterngesprächen nicht immer einfach auszubalancieren.«

Sonnleitner, der bisher nur zugehört hatte, schaltete sich ein: »Was ist das denn für einer, dieser Herr Heilander?«

Sie lachte kurz. »Hochgebildet. Auf Seiten der Schüler. Ein Philosoph wie aus dem Bilderbuch – mit Frau Gruber hat er sich oft gezofft. Aber der hat sie mit Sicherheit nicht umgebracht, dafür ist der viel zu vergeistigt. Wenn man sich wegen fachlicher Meinungsverschiedenheiten jedes Mal gleich umbringen würde, gäbe es wahrscheinlich an keiner Schule mehr Lehrer – außerdem war er nicht der Einzige, der ihr Kontra gab.«

»Wie würden Sie die Kooperation unter den Lehrern beurteilen?«

»Klassisches Fluchtkollegium. Alles Einzelkämpfer. Mit Frau Gruber war niemand befreundet, falls Sie das meinen. Und wir Refs stehen alle in gegenseitiger Konkurrenz, da will sich jeder optimal präsentieren. Eine verdammt harte Zeit, es geht ja ums Zweite Staatsexamen.«

»Nicht gerade optimal für ein positives Lernklima, oder?«

»Wenn man von der Uni kommt, lebt man in einer Blase und dann sind Sie mittendrin im Praxisschock. Ich weiß noch nicht, ob ich in einem solchen System alt werden will, wo jeder auf jeden Druck ausübt: die Lehrer untereinander, die Lehrer auf die Kids, das Ministerium auf die Schulleitung und ganz unten in der Kette als schwächstes Glied immer wieder die Kids. Kann so Bildung funktionieren? … Oh, entschuldigen Sie, ich glaube, ich habe jetzt schon viel zu viel erzählt. Das wäre Herrn Geiger wahrscheinlich gar nicht recht.«

»Da machen Sie sich mal keine Sorgen. Jedes noch so unbedeutend scheinende Detail kann wichtig sein. Und Sie haben ja niemanden beschuldigt.«

Die Junglehrerin schluckte zweimal: »Das ist mir auch ganz wichtig. Kann ich jetzt gehen?«

Nadine Lange nickte freundlich, stand auf und gab Frau Heinlein die Hand. Es hatte inzwischen aufgehört zu regnen, das Gewitter war vorbeigezogen. Am Horizont zeigten sich schon wieder erste Sonnenstrahlen, in wenigen Minuten würde außer dem dampfenden Teerboden des Pausenhofes nichts auf das reinigende Gewitter hindeuten.

»Friede, Freude, Eierkuchen scheint hier nicht gerade an der Tagesordnung zu sein, wie ich das durchhöre«, stellte Sonnleitner lapidar fest, als sie gegen 14.30 Uhr die Schule verließen. Sie ahnten beide, dass dies nicht ihr letzter Besuch hier gewesen war.

*

In Höhe Gut Freiham kamen sie auf ihrem Weg zurück zur Dienststelle vor dem hochmodernen Geothermie-Kraftwerk in einen Baustellenstau. Sonnleitner überlegte einen Moment, ob er das mobile Martinshorn aufs Dach stellen sollte, entschied sich dann aber dagegen – schließlich befanden sie sich nicht im Einsatz. Er schob sich zwei Nougatkekse in den Mund und bot seiner Kollegin auch einen an, die ihn gerne annahm.

»Ich wusste gar nicht, dass du eine Schleckerkatze bist«, schmatzte sie genüsslich.

Er streckte ihr die ganze Kekspackung hin. Da sie noch fast nichts gegessen hatte, stürzte sie sich ausgehungert auf die restlichen Kekse. Gleichzeitig plagte sie sofort schlechtes Gewissen – ihr war eingefallen, dass sie ja in wenigen Wochen beim großen Münchner B2 run in der oberbayerischen Polizeistaffel starten wollte und seit Ostern einen strengen Trainings- und Ernährungsplan einhielt. Andererseits: Konnte eine halbe Packung Kekse da was kaputt machen? Wohl kaum. Simon Sonnleitner lachte und holte eine weitere Kekspackung aus seiner Seitentasche. Hatte der sich da ein Süßigkeiten-Depot eingerichtet?

»Wer dieser Melkam wohl den Floh ins Ohr gesetzt hat, mit derart bescheidenen Sprachkenntnissen den Mittelschulabschluss machen zu können?«, überlegte Nadine Lange laut. »Meine Nichte hat sich da letztes Jahr durchgequält, im wahrsten Wortsinne. Obwohl sie ein lupenreines Deutsch spricht, hat's bei ihr gerade mal für Note 4 gereicht. Ich will ja gar nicht die Nachhilfefähigkeiten unserer Toten in Frage stellen, aber wenn du mich fragst …«

»… dann braucht diese Melkam erst noch mal einen Vollzeit-Sprachkurs über mindestens zwei Jahre«, vollendete Sonnleitner.

Seine Kollegin nickte zustimmend: »Gut getroffen, Herr Kollege. Ich frag mich auch, ob sie als Täterin in Frage kommen kann. Kräftig genug wäre sie allemal.«

Sonnleitner zögerte. »Prinzipiell schon. Aber welches Motiv sollte sie haben? Die Tote war ihre Mentorin, nicht ihre Konkurrentin. Niemand bringt seine Förderin um, die einem behilflich ist, eine Eintrittskarte für ein Land zu bekommen. Nein, Nadine, mit einem Messer in der Hand kann ich mir die gar nicht vorstellen. Außerdem trug sie ein Kreuz. Die meisten Äthiopier sind orthodoxe Christen, soweit ich weiß. Die gelten als besonders strenggläubig.«

Das überzeugte Nadine Lange gar nicht. In ihrer bisherigen Ermittlungsarbeit hatte sie diesbezüglich schon manche Überraschung erlebt. »Als ob alle Gläubigen Heilige wären! Wie wäre es mit Neid? Verletzte Eitelkeit, falsch verstandener religiöser Fundamentalismus, was weiß denn ich? Vielleicht auch eine spontane Kurzschlussreaktion, weil es mit der Integration nicht so klappte wie gewünscht? Wenn du mich fragst, war ihr Auftritt eine Spur zu theatralisch.«

Simon Sonnleitner kaute auf seiner Unterlippe. »Hm, kann schon sein, dass sie mauert. Wie der Geiger. Was mich etwas wundert: Warum lebt sie als junge Frau ganz allein in der Einrichtung? Ohne Anhang. Ungewöhnlich, oder?«

Sie fuhren eine Weile schweigend. Als sie am Präsidiums-Neubau angekommen waren, begann es wieder leicht zu regnen. Nadine Lange stieg aus und ging zu ihrem Ford, um zum Polizei-Schwimmtraining zu fahren. Sie sperrte auf und sagte: »Ich bin auf den Schulpsychologen gespannt. Vor allem aber müssen wir etwas über diesen ominösen Theo herausfinden.«

Bevor Nadine Lange losfahren wollte, fasste Sonnleitner sie an den Arm. »Du, Nadine«, sagte er zögerlich, »danke, dass du so spontan für den Tobi Kaindl eingesprungen bist und dich hier einbringst, obwohl das gar nicht deine Baustelle war. Alleine wär ich ganz schön aufgeschmissen gewesen. Darf ich dich was fragen?«

Nadine Lange stutzte. Ihr Kollege machte es vielleicht spannend. »Klar.«

»Am liebsten«, fing er an, »würde ich den Fall weiter mit dir zusammen federführend bearbeiten – natürlich nur, wenn du Lust hast.«

Nadine Lange zögerte keine Sekunde. »Von mir aus gern. Für Oberrat Schätzler geht das sicher ok. Der Tobi Kaindl kann ja dann mit der Saskia Schmelzer zusammen das zweite Tandem bilden. Sie sagte mir neulich sowieso mal, dass sie den Kaindl gut findet. Für den Cheffe ist es doch unter dem Strich völlig egal. Hat der nicht sowieso neulich beim Oster-Mannschaftsessen erzählt, dass er auf Fortbildung gehört hätte, heterogene Teams würden besser funktionieren? Dann hätte er seine gemischten Teams.«

*

Die Person hatte sich den ganzen Tag gefragt, wer der ominöse Anrufer gewesen sein konnte, nachdem dieser Zeugenaufruf bei »TOP FM 106,4« ausgestrahlt worden war. Die Worte des Anrufers ließen ihr keine Ruhe mehr: »Sie haben mir einen großen Gefallen getan …«

Was sollte diese Bemerkung? Was für einen Gefallen?, grübelte die Person. Wollte dieser seltsame Anrufer Rike Gruber am Ende sogar selber umlegen? Hatte die Lehrerin noch mehr Feinde gehabt, von denen die Person gar nichts wusste?

Und was bedeutete der eigenartige Satz »Ich habe nichts gehört und nichts gesehen, ich bin wie Luft.«? – Sollte das eine Beruhigung sein? Oder eine Drohung?

Die Person zwang sich zur Ruhe, ging gedanklich nochmals alles durch. Sie war sich sicher, keinen Fehler gemacht zu haben. Auffällig war allerdings gewesen, dass da, nachdem sie die Lehrerin abgestochen und längst weggeradelt war, an einer Bank dieser Unsympath im Nadelstreif gesessen, sie angegrinst und doch tatsächlich gesagt hatte: »Schöner Tag heute, was?« – Irgendwie passte der mit seinem Anzug nicht in die Umgebung. War das ein Zufall? War er dieser Anrufer? Konnte der von seiner Position aus überhaupt etwas beobachtet haben? Eher nicht, schließlich hatte die Person ganz bewusst eine schlecht einsehbare Stelle gewählt.

Und woher zum Henker hatte dieser Anrufer die Telefonnummer? Viele Fragen.

Egal. Die Person verspürte jetzt sogar doppelte Genugtuung – ganz offensichtlich hatte es genau die richtige erwischt. Anscheinend hatte sie auch noch andere nach ihrer Pfeife tanzen lassen, die hatten jetzt alle wieder ihren Frieden. So gesehen war doch allen bestens gedient.

Dennoch: Ein ungutes Gefühl blieb zurück. Hoffentlich hielt dieser Anrufer dicht!

DONNERSTAG, 01.06.2017, 9.05 UHR

Polizeiobermeister Richard »Ritchie« Müller, 25, war Spezialist für aufwändige Recherchen im Münchener Westen und außerdem Leiter der überregionalen Hundestaffel. Schnell hatte der homosexuelle dunkelhaarige Sport- und Tierliebhaber, der seit Jahren in der Regionalliga kickte und davon träumte, eines Tages von einem Talentscout für höhere sportliche Aufgaben entdeckt zu werden, den Notebook-Sicherheitscode geknackt und sich einen Überblick über Rike Grubers digitale Aktivitäten verschafft. Erst mal schien nichts ungewöhnlich zu sein: seitenweise Word-Datei-Verzeichnisse, schulische Arbeitsblätter und Leistungsnachweise für den Schulunterricht, dazu seitenweise Powerpoint-Präsentationen. Eigentlich war es ihm zuwider, im Leben anderer herumzuschnüffeln, aber dies war nun mal seine Profession, für die er ausgebildet war und im gehobenen Dienst vergütet wurde. Also musste er eine gewisse Distanz aufbauen, um seine Arbeit nutzbringend verrichten zu können. Erfahrungsgemäß lag der Schlüssel für so manche Aufklärung eines Tötungsdelikts in der Privatsphäre des Opfers begründet. Nicht selten sogar in der Intimsphäre, das wusste er genau.

Den gehackten Rechner würde er gleich noch etwas genauer unter die Lupe nehmen. Erst einmal legte er das Gerät zur Seite und widmete sich den sechs sichergestellten DIN-A4-Ordnern der Toten, die mit rotem, blauen und grünem Filzstift beschriftet waren: »Home sweet home«, »Arbeit 1-4« und »Privat«. Der »Home sweet home«-Ordner mit rotem selbst klebendem Herzchen auf der Stirnseite enthielt Gebührenbescheide, Mietvertrag, Nebenkostenabrechnungen, Handwerkerleistungen, diverse Kaufverträge.

Die »Arbeitsordner« waren am dicksten und untergliedert in »Unterstufe«, »Mittelstufe« und »Oberstufe, Abitur + Sonstiges« – nichts, was auf den ersten Blick fallspezifisch verwertbar gewesen wäre. Im »Privat«-Ordner Versicherungspolicen, Einkommensteuerbescheide, Providerdaten sowie die Bankauszüge der letzten Jahre. Letztere interessierten Müllers besonders: Girokonto, ein Direktdepot mit Aktien, zwei variabel verzinste Tagesgeldkonten von verschiedenen Instituten, darunter die Liechtensteinische Landesbank. Müllers Aufmerksamkeit war geweckt. Eine Lehrerin mit Auslandskonto in einer Steueroase? Gab es da was zu verbergen? Über die Jahre hatte sich ein ansehnliches Sparvermögen um die 200.000 Euro angesammelt.

Hübsches Pölsterchen fürs Alter, dachte Müller leicht neidisch. Wer das wohl erbt? Die Dame war doch Single. Immobilienvermögen schien keines vorhanden zu sein, jedenfalls fand sich nirgendwo ein notarieller Kaufvertrag; ein kurzer Anruf beim Grundbuchamt bestätigte dies, zumindest für ihren Heimatlandkreis.

Beim Nachlassgericht musste er länger warten, bis er die entsprechende Sachbearbeiterin, die die Erbangelegenheiten bearbeitete, an der Leitung hatte. Tatsächlich war ein Testament hinterlegt worden – mit mehreren Begünstigten: »Pro wildlife e.V.«, eine Organisation zum Erhalt des Artenreichtums; weiter die »Kindernothilfe e.V.« sowie eine Stiftung namens »Pfotenhelfer e.V.« für herrenlose oder in Not geratene Vierbeiner, die Müller als Hundebesitzer bestens kannte. Plötzlich jedoch stutzte der Beamte: Ein richtig ordentlicher Batzen, nämlich ein Sechstel des gesamten Vermögens, sollte an den »Asylhelferkreis e.V.« ihrer Heimatgemeinde gehen.

Puh!, schoss es dem Beamten durch den Kopf. Eine ganze Menge Holz. Da muss eine alte Frau aber lange für stricken, mein lieber Scholli. Ob die Asylleute wohl von ihrem Glück wissen?

Aufschlussreich war auch das Surf-Profil – ein kurzer Anruf beim zuständigen Untersuchungsrichter und keine zwei Stunden später hatte Müller die vom Provider freigegebene Aufstellung der Browserverbindungen der letzten beiden Wochen ausgedruckt auf seinem Schreibtisch. Ein bunter Mix: Nachrichtenpages, Einkaufsportale, Reiseveranstalter.

Sehr auffällig: Seiten über wissenschaftliches Ghostwriting hatte sie mehrfach angeklickt. Besonders häufig war sie auch auf der Site einer großen Online-Partnervermittlung gewesen, die Müller bestens bekannt war, weil er selber schon versucht hatte, darüber einen Partner zu finden. Seiner Ansicht nach gehörte diese Firma im www-Partnersuche-Dschungel zu den seriöseren Plattformen, sofern man überhaupt davon reden konnte. Denn er hatte immer das Gefühl gehabt, dass es dort zuging wie auf einem großen Viehmarkt. Jetzt loggte er sich mit dem Kennwort, das im »Privat«-Ordner mit rotem Filzstift notiert war, in das E-Mail-Konto der Toten ein und überflog die Nachrichten.

»Guck mal einer an!«, entfuhr es ihm. »Die biedere Frau Oberstudienrätin hatte es ja faustdick hinter den Ohren. Jaja, das hat man oft bei so vordergründig spießigen Existenzen.«

In seiner Ausbildung war ihm immer wieder eingebläut worden, alle Fakten möglichst völlig wertungsfrei zusammenzutragen, sie objektiv zu analysieren und dabei jegliche emotionale Eigenwertung zu unterlassen. Das fiel ihm nicht immer leicht, und er wusste auch, dass dies seine große Schwäche war. Er wurstelte sich noch weiter durch den Mailverkehr. Eine Stunde später griff er zum Telefon und rief seine Kollegen an.

»Hi, Nadi. Habt ihr gerade etwas Luft? Ich hätt da was für euch …«

Nadine Lange war froh, Müllers Stimme zu hören. Sie stellte ihr aus Avocado, Mango und glutenfreien Haferflocken liebevoll selbst zubereitetes Anti-Kalorien-Energie-Müsli, das sie seit Jahren jeden Morgen löffelte, augenblicklich zur Seite. Dumm nur, dass Sonnleitner gerade aushäusig war, weil er endlich mal die Sommerreifen an seinem Privatauto aufziehen lassen wollte. Ende Mai wurde es auch allerhöchste Zeit.

»Simon kommt in zehn Minuten wieder«, wich sie aus.

»Aber ich hätte gerade Zeit. Willst du runterkommen? Ich hätte auch einen Kaffee für dich aus unserem neuen Espresso-Automaten.«

»Da sag ich nicht Nein«, freute sich Müller, der noch nichts gefrühstückt hatte. »Bei mir im Büro steht grade eh alles voll. Dann kann der Simon gleich dazustoßen und muss uns nicht erst suchen.«

Zwei Minuten später saß Ritchie Müller bei Nadine Lange im Büro und nahm einen Espresso sowie zwei Stücke des köstlichen selbst gebackenen Birne-Apfel-Kuchens entgegen, den ihm Nadine Lange anbot. Er hatte erst am Spätnachmittag Training, da konnten ein paar Kohlenhydrate im Vorfeld nicht schaden, die zusätzlichen Kilojoule würde er schnell wieder abbauen. Kaum hatte er den ersten Bissen genossen, als die Tür aufging und Sonnleitner hereinschneite. Jetzt konnte Müller endlich loslegen, er brannte darauf, seine Erkenntnisse mitzuteilen.

»So, ihr zwei Hübschen«, fing er geheimnisvoll an, »die Dame scheint nicht gern einsam gewesen zu sein. Jedenfalls stand sie in regem E-Mail-Austausch mit Herren, ich hab euch mal eine Dating-Liste ausgedruckt, sie war recht aktiv in einer bekannten Single-Online-Plattform. Alles Weitere entzieht sich meiner Kenntnis«, setzte er schelmisch hinzu. Er wedelte mit der Personalakte, die ihnen Johannes Geiger ausgehändigt hatte. »Aber vielleicht fangen wir mal mit den Basics an: 54 Jahre alt, ledig, keine Kinder. Geboren in Aschaffenburg, aufgewachsen in Würzburg-Heidingsfeld, nach dem Abitur Au-pair in Venezuela, anschließend Lehramtsstudium Deutsch, Latein, Spanisch in Bamberg und Erlangen-Nürnberg, Auslandssemester in Pamplona. Ein Sprachentalent! Anschließend Referendariat in München, im Anschluss an das Zweite Staatsexamen mit einem Durchschnitt von 1,3 sofortige Übernahme ins Beamtenverhältnis, Zuteilung an das Gymnasium.

Bilderbuchkarriere im Staatsdienst, wenn du mich fragst. Seit acht Jahren Schullaufbahnberaterin und Seminarleiterin für die Referendarausbildung. Eine Frau mit Ambitionen. Offenbar war sie scharf auf den Posten als Schulleiterin.«

Nadine Lange zog die Stirn in Falten und genehmigte sich einen Knusperschokokeks aus ihrer Schreibtischschublade. »Wie kommst du da drauf?«, wollte sie wissen.

Müller nippte an seinem Kaffee. »Sie schrieb rege mit einem Typen im Kultusministerium hin und her, der dort anscheinend was zu sagen hat. Die beiden kennen sich aus der Studentenzeit. Übrigens auch gut möglich, dass sie als wissenschaftliche Ghostwriterin aktiv war – ihr Surfprofil könnte darauf hindeuten, zumindest hat sie sich brennend dafür interessiert.«

»Als was, bitteschön?« Nadine Lange hatte den Begriff »wissenschaftliche Ghostwriterin« noch nie gehört.

»Grauzone. Läuft folgendermaßen ab: Jemand schreibt im Auftrag für andere Studien- oder Doktorarbeiten und lässt sich dafür fürstlich bezahlen – heißt auch ›Promotionsberatung‹. Lukratives Geschäft, da den Auftraggebern der Titel oft viel Geld wert ist. Das gab es schon in der Antike. Cicero oder Platon ließen sich ihre Reden von anderen schreiben, wie die Politiker und Wirtschaftsbosse heute. Experten erstellen Auftragstexte im Namen anderer, Letztere publizieren die dann in ihrem Namen – spätestens seit unserem lieben Exverteidigungsminister Guttenberg und unserer Exwissenschaftsministerin Schavan ist bekannt, dass das keine Einzelfälle sind. Die beiden mussten ihre Doktortitel wieder zurückgeben, weil sie beziehungsweise ihre bezahlten Ghosts unsauber gearbeitet und Quellen nicht genannt hatten. Tja, Künstlerpech. Mit unserer Toten als Ghost wäre ihnen das definitiv nicht passiert, so exakt und penibel wie die war.«

In Simon Sonnleitner arbeitete es: War es denkbar, dass

dafür jemand einen Mord beging? Wollte Rike Gruber jemanden hinhängen? Stand womöglich der wissenschaftliche Ruf eines prominenten Auftraggebers auf dem Spiel?

»Wie sicher bist du dir da, Ritchie?«, wollte Sonnleitner wissen.

»Ziemlich. Sie unterhielt ein Konto in Liechtenstein – für eine Lehrerin eher ungewöhnlich. Ich hab übrigens eine dpa-Pressemitteilung gefunden, derzufolge fast jede dritte Doktorarbeit in den Bereichen Jura und Wirtschaftswissenschaften aus der Feder von Ghostwritern stammen soll. Totaler Boom-Markt.«

Sonnleitner ging nicht näher darauf ein. »Irgendwelche verwertbare Spuren am Tatort?«, fragte er.

»Komm ich gleich drauf.« – Müller grinste vielsagend und blätterte in seinen Unterlagen. »Noch was zu den Männergeschichten. Ihre Web-Aktivitäten konnte ich nur für die letzten 14 Tage checken, länger hat der Provider nicht gespeichert. Das Ganze scheint überwiegend sexuell gewesen zu sein. Dem Mailverkehr nach zu urteilen, ist sie schon länger partnersuchend. Ziemlicher Handlungsbedarf, um es in Behördendeutsch zu sagen, vielleicht auch verbaler Austauschbedarf, wer weiß das schon? Frauen haben ja immer ein hohes Mitteilungsbedürfnis.«

Nadine Lange schmunzelte. Dass ihr geschätzter Kollege sich aber auch immer so geschwollen ausdrücken musste!

»Über welche Typen reden wir denn da? Ich meine, so Nullachtfuffzehn-Luftnummern oder eher seriöse Exemplare?«

Müller spickte auf seinen Block: »Die Typen existieren alle in natura, keine Fake-Profile. Bei einigen hab ich sogar Beruf und Adressen gegoogelt, durch die Bank hochrangige, ehrenwerte Persönlichkeiten, keine Luftikusse. Die hab ich euch separat ausgedruckt.«

Er deutete auf die Liste, die er auf dem Schreibtisch vor

sich abgelegt hatte. »Da haben wir's: Dr. med. Robert Hauenstein, Unfallchirurg im Klinikum rechts der Isar; Dr. Raimund Behren, Lektor in einem angesehenen Schwabinger Verlagshaus; Timo Sölders, SVP Process and Coordination im Medienzentrum in Unterföhring ...«

»SVP was bitte?« Nadine Lange verstand gerade gar nichts.

»Senior Vice President. Wichtiges Tier im TV-Dschungel«, klärte Müller seine Kollegin verschmitzt lächelnd auf. »Habt ihr so was in Sachsen nicht?«

Nadine Lange warf ihm einen bitterbösen Blick zu, aber schon erkannte sie, dass er sie nur geneckt hatte. Immer muss er seine Witze auf Kosten anderer machen, schmollte sie, aber ansonsten ist er ja ganz okay.

Er tätschelte sie kumpelhaft am Oberarm, was ihr nicht unangenehm war, und fuhr fort: »Man kennt das ja: Je denglisher, desto wichtiger. Schließlich hätten wir noch einen ... Momentchen, wie heißt der Typ noch mal ... ach ja, da haben wir ihn ... Theodor Britting. Sorry, Dr. Britting. So viel Zeit muss sein.«

Theodor. Abgekürzt Theo! Da war der Name. Bei Nadine Lange klingelten alle Glocken, sie saß jetzt kerzengerade. Der Typ vom AB.

»Was wissen wir über diesen Dr. Britting?«, hakte sie nach.

Müller blätterte in seinem Stapel. »Wenig. Außer dass sie vor ein paar Tagen per Mail Schluss mit ihm gemacht hat. Er war die letzte Mail in ihrem Postfach. Vielleicht ein Ghost-Kunde ... auf jeden Fall aber ihr Liebhaber – oder ihr Ex, wie man's nimmt.«

Er suchte in seinem Papierstapel. »Wartet, hier hab ich's: Er schreibt: ›Du kannst mich doch nicht so einfach abservieren. Wir müssen uns unbedingt weiter treffen. Es lässt sich doch für alles Lösungen finden.‹«

Der Polizeiobermeister machte eine eindrucksvolle Kunstpause, als er in die gespannten Gesichter seiner Kollegen sah. »Ich hab mich ein bisschen schlaugemacht und rausgefunden, dass dieser Theo Jurist ist. Fachanwalt für Steuerrecht mit eigener Kanzlei in Starnberg. Könnte unser Mann sein.«

Die Kommissare pfiffen durch die Zähne. Starnberg – nobel, nobel, freute sich Nadine Lange. Das gibt eine interessante Spritztour, dem Herrn werden wir auf den Zahn fühlen.

Müller zählte weiter auf: »Und dann hat da noch einer öfter geschrieben, ein Willi Schreiner.«

»Stopp!«, fuhr ihm Nadine Lange ins Wort. »Frage: Bist du sicher, dass sie diesen Willi auch über das Dating-Portal kennengelernt hat?«

»Nö, die Schriftwechsel wirken nicht intim. Jedoch ist noch was anderes interessant. Wisst ihr, wer einen großen Teil ihres Vermögens erbt?« Er machte eine bedeutungsvolle Pause. »Der örtliche Asylhelferkreis.«

Nadine Lange verschluckte sich fast am Müsli. »Über welchen Betrag reden wir da?«

»Rund 30.000 Euro.«

»Wow, nicht gerade ein Pappenstiel!« Jetzt wurde Nadine Lange einiges klar. »Und wer ist dort Vorstand? Simon, klingelt's bei dir?«

Dieser pfiff durch die Zähne und murmelte: »Der Schreiner ...«

»Mit dem hatten wir schon unser Vergnügen «, setzte Nadine Lange ihren Kollegen ins Bild, der schon wieder auf den Kuchen schielte.

»Noch ein Stückchen?«, bot sie an, auch in der Hoffnung, noch mehr wertvolle Informationen aus Ritchie Müller herauslocken zu können.

»Gerne, danke. Dann komme ich jetzt noch mal zum Tatort.«

Ihre Taktik mit dem Kuchen schien aufzugehen. Müller

schmatzte genüsslich und lief zu Hochform auf: »Tatwerkzeug haben wir wie gesagt keines gefunden. Den Spuren nach, die das Messer im Körper der Toten hinterlassen hat, handelt es sich um ein ganz normales handelsübliches Küchenmesser, Keramik- oder Stahlklinge. Flachschliff gegen null, Klingenhöhe 45 Millimeter, Klingenlänge von 100 bis 120 Millimeter. Wenn es nicht die spontane Tat eines Irren war, was man natürlich nie ganz ausschließen kann, wird es vermutlich so gewesen sein, dass unser Täter oder unsere Täterin dem Opfer aufgelauert hat. Wenn ihr mich fragt, spricht einiges für eine Beziehungstat, so wie der sie zugerichtet hat. Da dürfte eine ganze Menge persönlicher Hass oder Eifersucht im Spiel gewesen sein. Das heißt, er oder sie müsste eigentlich schon länger dort gewartet haben. Und er oder sie muss darüber Bescheid gewusst haben, dass das Opfer bei schönem Wetter um diese Uhrzeit öfter zum Langwieder See radelt. Vermutlich wurde da einiges an Vorbereitungsarbeit geleistet. Umso erstaunlicher, dass niemand was bemerkt haben will. Das Einzige, was wir haben, sind mickrige Fußspuren auf dem platt gedrückten Gras und in ein paar älteren Matschpfützen neben dem Schotter rund um den Tatort, die noch nicht ganz ausgetrocknet waren. Aber machen wir uns nix vor: Die können grundsätzlich von jedem x-beliebigen Passanten stammen.«

Nadine Lange stellte sich ihre Kollegen vor, wie sie beim Fundort der Leiche Gips in jede noch so kleine Matschpfütze gekippt und danach mühsam die Dreckskrumen abgekratzt hatten. Eine Sisyphus-Arbeit. Müller referierte weiter: »Auffällig ist freilich die Häufung eines bestimmten Profils, wir gingen zuerst von Turn- oder Laufschuhen aus, Schuhgröße 40 bis 43. Genau bestimmen ließ sich das leider nicht, weil die Spuren zum Teil ineinander verschwimmen. Und jetzt kommt's. Ich hab meinem Trainer ein Abdruckfoto gemailt, der ist nämlich Sportschuhfachverkäufer und kennt alle neuen Profile aus dem Effeff. Ihr müsst wissen, dass da nämlich jede Firma ihre speziellen Erkennungszeichen hat.«

»Bravo, Ritchie!«, bauchpinselte Nadine Lange ihren Kollegen und zapfte ihm noch einen neuen Espresso. Seine kleine Breitseite von vorhin hatte sie längst vergessen. »Jetzt mach's nicht so spannend, was hat dein Trainer gesagt?«

Ritchie Müller puhlte genüsslich zwei Apfelschnitzchen aus dem Kuchenteig und biss herzhaft hinein. Er plusterte sich etwas auf. »Mein Trainer sagt, vom Profil her kommt da eigentlich nur Brooks in Frage. Amerikanischer Markenhersteller mit markantem Vorderfuß-Profil. Er ist sich sogar ziemlich sicher mit dem Modell: Brooks Unisex Track 2017.«

»Krass. Super Trainer!«, bemerkte Simon Sonnleitner trocken.

»Grundsätzlich schon. Blöd nur, dass er mich immer dann nicht aufstellt, wenn mich ein Spielerscout beobachten will – damit ich bloß nicht abgeworben werde«, lachte Müller etwas schief. »Dabei möchte ich doch so gerne für Deutschland zur Schwulen-WM nach Kopenhagen fahren. Und zwar nicht als Zuschauer.«

Simon Sonnleitner ging nicht drauf ein. »Herren- oder Damenschuh?«

»Beides möglich. Deswegen ja Unisex. Wenn es ein Mann war, dann einer mit relativ kleinen Füßen. Außerdem waren die Press-Abdrücke im Boden nicht sehr tief, was auf ein relativ geringes Gewicht des Trägers hindeuten könnte. Aber kommen wir nochmals auf unseren Tatort zurück. Ich hab ja mit meinem Sammy auch die Umgebung abgesucht, weil manchmal Messer auch in der Umgebung weggeworfen werden. Aber wir haben nix gefunden. Außer ...« Er machte es spannend.

»Komm, raus damit! Was hat dein Schoßhündchen gefunden?«, drängte Sonnleitner ungeduldig, dem Müllers Hinhaltspielchen auf den Keks gingen.

Müller holte tief Luft. »Zwei Kaugummis und ein Schokoladenpapierchen in unmittelbarer Umgebung. Letzteres allerdings nicht mehr ganz taufrisch.«

»Na bravo«, stöhnte Sonnleitner. »Könnte aber auch von einem Kind oder einem anderen Passanten stammen, richtig?«

»So ist es, Meister. Im Falle des Schokopapierchens sogar recht wahrscheinlich. Aber wir haben die DNA der Kaugummis. Wird gerade im Labor extrahiert und mit dem System abgeglichen. Vielleicht passt sie ja auf einen unserer Kunden.«

Nadine Lange lobte ihren Kollegen demonstrativ – auch, um ihn bei Laune zu halten. »Das ist doch schon mal eine ganze Menge. Gute Arbeit, Ritchie. Kompliment auch an dein Team. Was würden wir bloß ohne euch anfangen?«

»Das frag ich mich auch oft. Ach, übrigens: Wenn ihr Lust habt: Ich feiere heute Abend im Englischen Garten meinen Geburtstag nach. Vierteljahrhundert. Das tolle Frühlingswetter muss man doch ausnutzen. Erst Frisbee und Speedminton-Session, danach eine gepflegte Maß am Chinesischen Turm. Auch gern zwei oder vier. Treffpunkt 17 Uhr auf der Monopteroswiese.«

Das war ganz nach Nadine Langes Geschmack. Sie hatte für den Abend sowieso noch nichts vor, und ein paar Relax-Stunden mit den Kollegen waren ganz nach ihrem Geschmack, zumal sie sich nach dem gestrigen Lauftraining reichlich geschlaucht fühlte. Und Freunde, mit denen sie etwas unternehmen konnte, hatte sie in ihrer Wahlheimat noch nicht gefunden. Polizistinnen-Schicksal? Immerhin wartete Simba, ihr neunjähriger Kartäuser-Stubentiger, den sie von Zwickau über München bis nach Langwied umgezogen hatte, jeden Abend sehnsuchtsvoll auf sein Frauchen.

Vielleicht kann ich dem lieben Ritchie bei der Gelegenheit

mal sanft zu verstehen geben, dass ich bei Witzen über meine sächsische Heimat etwas empfindlich bin, sinnierte sie. Doch sie wollte noch nicht sofort zusagen. »Hoffentlich sind wir bis dahin mit dem Programm hier durch! Bin gespannt, was ermittlungstechnisch noch rumkommt.«

»Ihr macht das schon, Leute. Jedenfalls freue ich mich, wenn ihr kommt, gerne ganz spontan.«

Die Kommissare schlossen die Bürotür, da sich einige Kollegen auf dem Flur angeregt über die europäische Flüchtlingspolitik unterhielten und dabei anscheinend unterschiedlicher Meinung waren. Nadine Lange machte grünen Tee – seit sie in einer naturheilkundlichen Zeitschrift gelesen hatte, dass dieser ein natürlicher Wachmacher sei und beim Abnehmen helfe, war dieser ihr neues Lieblingsgetränk. Dann legte sie eine neue Word-Datei an und schrieb in einer Tabelle zusammen, was sie bisher herausgefunden hatten.

Simon Sonnleitner setzte seinen Analyseblick auf und überlegte laut: »Diesen Dr. Theo sollten wir uns vorknöpfen.«

»Seh ich genauso. Ich liebe Starnberg. Vorher sprechen wir aber ein paar Takte mit diesem Schulpsychologen, wir haben ja gleich unseren Termin.«

Als sie im Auto saßen, kämpfte sich die Frühlingssonne durch einen Wolkenmix durch. Es schien ein schöner Tag zu werden. Schade, dass der Ausflug zum Starnberger See nur dienstlicher Natur ist!, überlegte sich Nadine Lange. Andererseits: Was nicht war, konnte ja immer noch werden. Ihr Kollege schien alles andere als abgeneigt zu sein, das glaubte sie zu spüren.

Der Gymnasiumsparkplatz war übervoll, Simon Sonnleitner musste weit außerhalb am Seitenstreifen neben dem Sportplatz parken.

»Übrigens, Simon«, meinte Nadine Lange, als sie in Richtung Haupteingang marschierten, »was ich noch sagen wollte: Ich hab heute Morgen schon mit dem Schätzler gesprochen.

Für ihn geht es in Ordnung, dass wir beide das eine und der Kaindl mit der Saskia das andere Team bilden. Er sagt, er hat schon länger überlegt, ob er die Teams mal durchmischen soll. Nach ein paar Wochen will er dann endgültig entscheiden, ob es so bleibt.«

»So gefällt mir das«, freute sich Simon Sonnleitner sichtlich. »Jetzt müssen wir nur noch zeigen, dass wir ein perfektes Ermittlerteam sind.«

Worauf du dich verlassen kannst!, dachte Nadine Lange und schaute ihren Kollegen verstohlen von der Seite an. Hm, alles andere als optimal rasiert, stellte sie kritisch fest. Seltsamerweise störte sie sich in keinster Weise daran, obwohl sie diesbezüglich in der Vergangenheit bei anderen Männern immer recht empfindlich war. Aber bei Simon Sonnleitner war irgendwie alles anders.

*

Schulpsychologe Andreas Dröge, 45, thronte selbstbewusst hinter seinem Schreibtisch wie ein saturierter Vorstandsvorsitzender eines DAX-Konzerns, dabei vermochte er aufgrund seiner geringer Körpergröße kaum über die Tischplatte zu blicken. Sein Büro war deutlich kleiner als das des Schulleiters, nicht einmal halb so groß. Genau genommen bestand es nur aus dem opulenten Schreibtisch, der fast zwei Drittel des Raumes einnahm, sowie einem kleinen weißen runden Besprechungstisch mitsamt zwei Holzstühlen mit federnder Lehne.

Den Typ könnte man glatt mit einem Schüler verwechseln, dachte Nadine Lange, größer als 1,70 ist der sicher nicht, falls überhaupt. Aber von einer Selbstsicherheit wie der amerikanische Staatspräsident. Eine Maske?

Andreas Dröge saß kerzengerade und blickte seinen Gästen tief in die Augen. Für Sonnleitners Geschmack war er für seinen Schulalltag viel zu elegant gekleidet: schwarze Lederschuhe, schwarze Stoffhose mit französischem Hermes-Gürtel, blaues Leinenhemd, der oberste Knopf stand offen.

»War echt heavy, den Schülern heute die Todesnachricht zu überbringen«, fing er an. »Wissen Sie, als Mitglied im Jugend-Kriseninterventionsteam des Landkreises München habe ich öfters mal prekäre Einsätze. Aber Theorie und Praxis sind natürlich zwei verschiedene Paar Schuhe.«

Als die Kommissare nichts entgegneten, lehnte er sich zurück, machte eine bedeutungsvolle Pause und sprach dann weiter: »Wir haben ein Kondolenzbuch aufgestellt, wo sich jeder eintragen kann. Ansonsten muss der Unterrichtsbetrieb bis zur Beisetzung möglichst normal weitergehen.«

So, muss er das?, fragte sich Nadine Lange. In dem Moment fiel ihr ein, dass ihr beim Reinkommen aufgefallen war, dass alle Erwachsenen, denen sie begegnet waren, einen Trauerflor trugen. Viele hatten einen leeren Gesichtsausdruck. In der Aula war ihr eine Menschentraube aufgefallen, die sich um das Kondolenzbuch drängelte. Sie fragte geradeheraus. »Sagen Sie, Herr Dröge, gibt es Kollegen, die eventuell nicht ganz so mitgenommen sind. Oder anders gefragt: Frau Gruber wird ja sicher nicht nur Freunde im Kollegium gehabt haben?«

Aus den Augenwinkeln glaubte sie eine Reaktion in der Mimik des Psychologen erkannt zu haben, deswegen schob sie nach: »An einer so großen Schule kann man ja nicht mit jedem gleich gut befreundet sein. Da gibt es doch sicher auch Konkurrenz, vielleicht auch Neid. Das ist ja nur menschlich.«

»Ich verstehe, worauf Sie hinauswollen. Natürlich gibt es auch unter uns Kollegen Wettbewerb und auch mal eine Kontroverse. Aber alles im gesunden Rahmen, glauben Sie mir.«

»Wie ist das mit Herrn Heilander?«, mischte sich Simon Sonnleitner ein.

Dröge lachte fast ein wenig hysterisch auf. »Ach, hören Sie

mit dem auf! Ein Außenseiter! Lebt ganz und gar in seiner antiken Welt und geht darin auf. Wir fragen uns, was der hier an einem Gymnasium macht, der ist ganz in seiner Anderswelt versunken. Immer gibt er den Moralapostel und hat für jede Situation ein passendes Zitat parat. Wenn Sie meine Meinung hören wollen: Der wäre an jeder Montessori- oder Waldorf-Schule besser aufgehoben. Das Härteste ist, dass der in wichtigen Prüfungen schon mal absichtlich drei, vier Fehler übersieht, damit er den Kindern kein ›mangelhaft‹ oder ›ungenügend‹ geben muss, das müssen Sie sich mal vorstellen! So was geht ja gar nicht.«

Dieser Herr Heilander scheint ein Pädagoge ganz nach meinem Verständnis zu sein, einer, der auch mal Fünfe gerade sein lässt!, lachte Simon Sonnleitner in sich hinein.

»Wie war Frau Grubers Verhältnis zu den Schülern und Eltern?«, hakte er nach.

Dröges Gesichtszüge verzogen sich leicht ins Spöttische. »Kurze Antwort, Herr Kommissar: Ordentlich! Klar gab es mal die eine oder andere Unstimmigkeit, weil Eltern schon mal meinten, dass ihre Sprösslinge notenmäßig zu schlecht weggekommen seien. Aber das ist normal, hier gibt es nun mal strenge Vorgaben. Zu gute Noten und zu viel Lob können auch kontraproduktiv wirken, da muss immer Luft nach oben sein. Nach diesem Grundsatz verfuhr sie. Auch mit dem Elternbeirat gab es nie Probleme, um ihrer möglichen nächsten Frage gleich zuvorzukommen. Ich kann Ihnen die Kontaktdaten geben … Moment.« Er kramte aus seinem Schreibtisch ein Visitenkärtchen hervor und schob es Nadine Lange mit einer leicht blasierten Handbewegung hin. Diese steckte die Karte ein.

Simon Sonnleitner registrierte die überdeutlich zur Schau gestellte Selbstsicherheit seines Gegenüber mit einer gewissen Abscheu. Bei dir möchte ich als Schüler lieber keine Krisenintervention in Anspruch nehmen müssen!, dachte er angewidert. Er fragte: »Sagen Sie, Herr Dröge, haben Sie denn viele Krisengespräche hier? Am Gymnasium?«

Der Psychologe zupfte willi-wichtig-mäßig an seiner Brille. Die Antwort kam wie aus der Pistole geschossen: »Es gibt hier gut zu tun, die ganze Palette: angefangen beim ADHS-Klassenkasper, der sich nirgends einordnen kann und so stört, dass die Kollegen keinen vernünftigen Unterricht mehr halten können. Und dann …«

In diesem Moment fühlte Simon Sonnleitner sich in seine eigene Kindheit zurückversetzt, als der 13-jährige Simon, der im Unterricht nie still sitzen konnte, mit seiner Mutter zum Schulleiter zitiert worden war und wegen angeblicher Unbeschulbarkeit des Gymnasiums verwiesen worden war. Fortan musste er sich durch diverse Privatschulen und mehrere Ehrenrunden bis zum Abitur quälen, ehe er den Aufnahmetest für den gehobenen Polizeidienst schaffte und endlich in seinen Traumberuf einsteigen konnte. Die Wunden aus dieser Schulzeit aber waren auch nach über 20 Jahren noch nicht verheilt. Immer noch quälten den Hauptkommissar nachts zuweilen Alpträume.

»Haben Sie hier denn viele verhaltensgestörte Schüler?«, fiel er dem Psychologen ins Wort.

»Nennen wir sie ›verhaltensoriginell‹ – oder ›verhaltenskreativ‹. Von denen trennen wir uns normalerweise rasch. Und dann sind da neuerdings die Digital Junkies: Wussten Sie, dass laut Bundes-Drogenbericht 2016 mehr als eine Million zwischen 14 und 64 Jahren in Deutschland als abhängig von PC-Spielen und Internet gelten? Und diese Zahlen sind vorsichtig geschätzt. Jeder zweite Online-Süchtige ist zwischen 14 und 24 Jahre alt, jeder fünfte Betroffene zwischen 14 und 16 Jahre. Die sind süchtig nach Games, Youtube oder Social-Media-Programmen mit weitreichenden

Auswirkungen auf ihr Sozial- und Lernverhalten sowie ihre Persönlichkeit. Wenn Jugendliche in sozialen Netzwerken oder Computerspielen so gefangen sind, dass sie nicht mehr ihrem Schulalltag nachgehen und im Notenspektrum rapide abfallen, brauchen sie Hilfe. Aber das können wir hier natürlich nicht leisten. Mit denen können wir nicht arbeiten. Uns geht es hier um Wissenschaft.«

Sonnleitner wurde schlecht. Einen Moment lang fragte er sich, ob diese Arroganz gespielt sein konnte? Doch welchen Zweck sollte der Psychologe damit verfolgen? Seine Kollegin nickte höflich, obwohl sie den Ausführungen des Schulpsychologen ganz und gar nicht ganz folgen konnte. War es nicht gerade auch ein wichtiger Teil des Selbstverständnisses moderner Pädagogik, jungen Menschen die neuen Medien nahezubringen und sie im verantwortungsvollen Umgang damit anzuleiten beziehungsweise sie darin zu begleiten, anstatt sie zu verteufeln und sich von diesen Schülern zu trennen? Um sich jedoch nicht in eine Sachdiskussion zu verstricken, sagte sie: »Das führt sicher oft zu Tränen bei den Beteiligten, oder?«

Dröge war so richtig in Fahrt. »Da können Sie Gift drauf nehmen. Das viel zitierte Tal der Tränen – Depressionen und so weiter.«

Dies scheint ihn ja nicht sonderlich zu berühren, vermutete Simon Sonnleitner. Der redet davon wie von Äpfeln und Birnen. Er blickte kurz seine Kollegin an und ging dazwischen: »Depressionen? Bei Kindern?«

»Die kommen im Jugendalter häufiger vor, als man denkt. Das Perfide ist, dass sie sich auf sehr vielfältige Weise äußern können. Die Depression ist die Verwandlungskünstlerin unter den Krankheiten: Sie verbirgt sich hinter allen möglichen Störungen: Müdigkeit, Antriebslosigkeit, Schlafstörungen, Legasthenie, Dyskalkulie, auch Hyperaktivität oder ADHS, ja sogar ausschließlich körperliche Schmerzen, für die es keine medizinische Erklärung gibt. Oft bekommen Kinder mit einem Aufmerksamkeits-Defizit-Syndrom irgendwelche Psychopharmaka verabreicht, was ihnen aber nicht hilft, sondern sie noch tiefer in ihre Krankheit hineintreibt, die eigentlich Depression heißt.«

»Bieten Sie als Schule denn Hilfestellungen an?«

»Nun, Frau Gruber war diesbezüglich immer besonders engagiert, indem sie den Schülern behilflich war, eine besser zu ihnen passende Schule zu finden.«

Aha. Also nur Schulwechsel als Hilfe!, übersetzte Simon Sonnleitner für sich selbst. Er fragte weiter: »Welche Rolle spielte sie dabei genau?«

Der Psychologe schnaufte selbstgefällig. »Wir haben hier in Bayern das dreigliedrige Schulsystem, da geht es um strenge Auslese. Zu uns als Vorzeigeschule muss keiner kommen, wenn er sich nicht selber intrinsisch motivieren kann. Bei uns können nur die Ausnahmetalente und die überdurchschnittlich Begabten einen Platz finden, das ist unser Auftrag. Als überaus innovative Schule bilden wir die zukünftigen Leistungsträger der Gesellschaft aus. Und dafür sind Talent, Fleiß, Disziplin und Pünktlichkeit wichtige Tugenden. Die Durchschnittlichen und weniger Begabten sind hier falsch.«

Hm, wieder keine Antwort auf meine Frage, überlegte Simon Sonnleitner leicht verärgert. Wer nicht wie vorgegeben funktioniert, wird entweder passend gemacht oder abgeschoben!, begriff er als Quintessenz des Vortrages. Also noch genauso wie vor 20 Jahren, als ich selber zur Schule ging. Und ich hatte immer gehofft, dass sich da inzwischen was getan hätte.

Seine Kollegin wollte sich mit Dröges Worthülsen noch nicht zufriedengeben, deshalb unternahm sie nochmals einen

Versuch: »Welche Sonderaufgaben bekleidete Frau Gruber genau?«

Dröge war deutlich anzumerken, dass er keine Lust mehr auf das Frage-Antwort-Spielchen hatte. »Schullaufbahnberaterin. Lotsin durch die verschiedenen Schularten; dann noch Seminarleiterin für die uns zugeteilten Studienreferendare. Als Direktoratsmitarbeiterin war sie prädestiniert, irgendwann in die Schulleitung aufzusteigen. Auch sonst erwarb sie sich Meriten, vor allem fällt mir das Projekt ›Schule ohne Rassismus – Schule mit Courage‹ ein, das war ihr Verdienst. Sie kennen es vermutlich.« Das hörte sich wieder etwas von oben herab an. Oder klang da womöglich ein Schuss Ironie mit? Als die Polizisten ihre Köpfe schüttelten, schnaufte Dröge kurz unmerklich in sich hinein, ehe er fortfuhr: »Ein unabhängiges europäisches Qualitätszertifikat, mit dem wir uns neuerdings schmücken dürfen. Nicht zuletzt dank Frau Grubers unermüdlichem Engagement. Auch dank der Schülermitverwaltung haben 92 Prozent der Schulfamilie das Projekt durch ihre Unterschrift unterstützt – ein fantastischer Wert. Wir gehören damit zu etwa Tausend anderen deutschen Schulen. Dieses Merkmal steigert unsere Reputation nach extern enorm.«

»Darf man fragen, wie hoch der Migrationsansteil an Ihrer Schule ist?«, wollte Nadine Lange wissen, »rein interessehalber«. Als sie ihrem Gegenüber in die Augen blickte, wusste sie sofort, dass Schüler mit ausländischen Wurzeln und entsprechend reduzierten Deutschkenntnissen hier so gut wie keine Chance hatten, angenommen zu werden.

»Nun ja«, antwortete der Psychologe etwas verlegen, »wir haben ein Geschwisterpaar aus Südkorea. Er sticht durch exorbitante mathematische Begabung heraus und sie ist eine absolute Klaviervirtuosin, die mit einem selbst komponierten Song beim Eurovision Song Kids Contest den zweiten

Platz holte – eine tolle Publicity für uns. Ansonsten ist unser Anteil an ausländischen Schülern gering.«

Super!, dachte Nadine Lange, In der *Schule mit Courage und ohne Rassismus* gibt es praktisch gar keine Ausländer, die würden hier alle scheitern. Aber ich muss ja nicht alles verstehen. »Frau Gruber wollte in die Schulleitung, sagten Sie gerade?«

»Ja, es wurde darüber spekuliert, dass sie Herrn Geiger beerben wollte. Der hat nämlich zum übernächsten Schuljahr seine vorzeitige Pensionierung beantragt. Natürlich gibt es mehrere qualifizierte Kandidaten, die sich ebenso Chancen ausrechnen.«

»Sie auch?«

»Wie bitte?«

»Ob Sie sich auch Chancen ausrechnen, Herrn Geiger zu beerben?«

»Gott bewahre«, entgegnete der Schulpsychologe, vielleicht eine Spur zu entschlossen. »Für mich wäre das nichts. Ich bin lieber näher an den Schülern dran. Als Schulleiter ist man das nicht so sehr.«

Na, hoffentlich ist er nicht *zu nah* an den Schülern dran! Simon Sonnleitner graute, wenn er nur daran dachte. Ich als Kind hätte zu diesem Dampfplauderer jedenfalls kein Vertrauen aufbauen wollen. Er blickte Dröge direkt an. »Ihr persönliches Verhältnis?«

Dröge grinste leicht von oben herab. »Gut. Oder was wollen Sie hören?«

Für Sonnleitners Verständnis kam die Antwort etwas zu musterschülerhaft. Jetzt sah Dröge seinem Gegenüber fest in die Augen, doch Sonnleitner stieg nicht auf das Machtspielchen ein.

»Alles klar. Das war's dann auch schon wieder. Vielen Dank für Ihre Zeit«, beendete der Kommissar das Gespräch und konnte sich einer kleinen Ironie nicht enthalten. »Sie haben heute vermutlich noch eine ganze Menge zu tun!«

Dröge blies Luft aus und nahm die Bemerkung für bare Münze. »Sie sagen es, Herr Kommissar.«

Die Polizisten standen auf und verabschiedeten sich. Als sie dem Hauptausgang zusteuerten, war gerade die zweite Pause zu Ende, und sie mussten sich auf der Treppe nach unten gegen die Masse der Schüler quetschen, die johlend in ihre Klassenzimmer zurückströmten. Einige besonders aufmerksame Mittelstufen-Schülerinnen, die die Blicke der Kommissare nicht zuletzt deshalb auf sich zogen, weil sie extrem freizügig gekleidet waren, registrierten die beiden Schulfremden und begannen hinter ihnen herzuzeigen und zu kichern. Ein paar pickelübersäte Jungen schoben die Kommissarin auf ihrem Weg nach oben einfach rotzfrech und wie selbstverständlich ein Stück zur Seite, da sie ihnen den Weg versperrte.

»Die haben es aber eilig!«, schüttelte Nadine Lange den Kopf. »Wenn wir früher Pause aus hatten, haben wir immer noch versucht, sie durch Trödeln möglichst künstlich in die Länge zu ziehen. Hier scheint das etwas anders zu sein ...«

Sonnleitner zuckte grinsend die Schultern: »Strenges Regiment, das stärkt die Ellbogenmentalität, du hast den Psycho-Fuzzi ja gehört. Ich frage mich, ob der das selber alles glaubt: Eliteschule, Ausnahmetalente, spätere Leistungsträger der Gesellschaft. Geht's nicht auch eine Nummer kleiner? Diese Vorstadt-Neurotiker schnitzen sich ihren konformistischen Einheits-Schüler zurecht. Einer, der kreativ sein will, hat's hier schwer bei dem Konkurrenzdruck – und die Gruber war die Rausschmeißerin, so hab ich das rausgehört. Ob die Eltern wohl einen Schimmer haben, was an dieser selbst ernannten Vorzeigeanstalt so abgeht?«

»Dz, dz, Simon! Eltern wollen immer nur das Beste für

ihren Nachwuchs«, tadelte Nadine Lange ihren Kollegen, aber ihr sarkastisches Grinsen verriet, dass sie ihm voll und ganz zustimmte. »Die meisten werden vermutlich viel zu beschäftigt sein, um das überhaupt mitzubekommen. Und wenn doch, dann denken sie vermutlich, etwas Strenge hat noch keinem geschadet.«

»Dann muss sich ja auch niemand wundern, dass es Mord und Totschlag gibt.«

*

Während Simon Sonnleitner auf die A 96 in Richtung Starnberg-Garmisch auffuhr und sich in der mittleren Fahrspur einfädelte, klingelte Nadine Langes Handy.

»Hallo, Frau Kommissarin«, meldete sich Willi Schreiner. »Jemand an Ihrer Dienststelle hat mir Ihre Mobilnummer gegeben. Stör ich grade? Ich hör Sie relativ schlecht.«

Nadine Lange schaute reichlich verdutzt. Den locker-flockigen Dreitagesbart-Flüchtlingsbetreuer mit den abgetragenen Sozpäd-Turnschluppen hatte sie am allerwenigsten erwartet. »Herr Schreiner? Nein, Sie stören nicht. Was gibt's?«, schrie sie gegen das Funkloch an und achtete darauf, mit dem Mund ganz nah an das Smartphone-Mikro zu gehen.

Simon Sonnleitner blickte fragend zu seiner Kollegin herüber, musste sich aber auf den Verkehr konzentrieren. Nadine Lange machte eine Geste der Verwunderung zu ihrem Kollegen.

Schreiner schrie ins Phone: »Also, ich wollt mich melden, weil ... also ... weil ... die Melkam ist verschwunden.«

»Bitte was?«, fragte Nadine Lange. Sie glaubte sich verhört zu haben, weil nebenan gerade ein Autofahrer gehupt hatte. »Melkam ... verschwunden?«

Sonnleitner am Steuer bekam lange Ohren.

»Nachdem ihr gestern wieder weg wart, war die ganz komisch, richtig ganz zappelig. Und heute Morgen rief ihre Schule bei mir an, dass sie fehlt. Unentschuldigt. Ihr Zimmer ist leer. Scheint abgehauen zu sein. Hinterlassen hat sie nichts, noch nicht mal einen Zettel oder so hat sie hingelegt.«

Schreiner schien persönlich beleidigt zu sein, dass jemand ganz plötzlich seine Einrichtung verließ, ohne ihm Au revoir zu sagen.

»Ist ja ein Ding!«, stellte Nadine Lange fest und blickte hinüber zu ihrem Kollegen, der auf dem Standspurstreifen anhielt, um das Gespräch besser verfolgen zu können. Nadine Lange hatte den Lautsprecher angemacht und schrie ins Handy: »Haben Sie eine Idee, wohin sie verschwunden sein könnte? Hatte Sie Kontakte außerhalb?«

»Wenn ich das wüsste …!«

Die Kommissarin konnte vor ihrem geistigen Auge sehen, wie Schreiner ratlos mit den Schultern zuckte. Immerhin war die Verbindung jetzt von einer Sekunde auf die andere glasklar. »Schon seltsam, dass sie ausgerechnet jetzt weg ist …«

Vor allem machte es Melkam Abebe in der Mordsache verdächtig, das schmeckte der Kommissarin gar nicht. Sie konnte sich die reißerischen Schlagzeilen in den Zeitungen gut vorstellen: »Afrikanischer Flüchtling ersticht deutsche Lehrerin!« oder so ähnlich. Sie fragte: »Mit wem kam sie denn eigentlich damals nach Deutschland? Weiß man da irgendwas? Doch sicher nicht alleine, oder?«

Schreiner schnaufte. »In den Unterlagen steht, dass sie mit ihrem minderjährigen Bruder und ein paar anderen Leuten aus ihrem Heimatdorf auf dem Münchner Hauptbahnhof ankam. Das war damals September 2015, als tagtäglich mehrere Tausend Menschen mit dem Zug eintrudelten. Nach wenigen Tagen wurden sie in das regionale Sammellager in der Turnhalle des Robert-Koch-Gymnasiums verlegt. Noch bevor die Gruppe registriert werden konnte, waren die Männer über Nacht ausgebüxst, eine offizielle Fahndung nach denen wurde aber nie eingeleitet. Die sind auch nie in einer anderen Einrichtung oder einer Statistik wieder aufgetaucht, die hatten ja keinerlei Papiere dabei und waren auch nirgends registriert. Und die Polizei hatte damals alle Hände voll zu tun, das wisst ihr selber ja am besten. Die hätten gar nicht nach denen suchen können, selbst wenn sie gewollt hätten. Mehr weiß ich auch nicht, ich bin ja erst ...«

»Okay, wir leiten eine Fahndung nach Frau Abebe ein«, fiel ihm Nadine Lange ins Wort. »Vielleicht kommt sie ja von selber zurück, wenn wir Glück haben. Dann rufen Sie uns bitte sofort an oder sagen ihr, dass sie sich bei uns melden soll!«

»Versteht sich von selbst.«

Bevor der Sozialarbeiter auflegen konnte, ließ Nadine Lange die Katze aus dem Sack. »Ach, noch was, Herr Schreiner: Wussten Sie, dass Frau Gruber dem Asylhelferkreis testamentarisch Geld hinterlassen hat?«

Wenn er etwas wusste, so war Willi Schreiner ein perfekter Schauspieler. »Geld hinterlassen? Nö, kein Schimmer. Die gute Rike, die hatte wirklich ein großes Herz. Das ist ein schönes Zeichen von ihr ... äh, darf man fragen, wie viel so ...?«

Das werde ich dir jetzt ganz bestimmt nicht auf die Nase binden!, dachte Nadine Lange. Deshalb antwortete sie ausweichend. »Muss alles erst noch genauer abgeklärt werden«, ließ sie den Sozialarbeiter im Ungewissen, »aber nach Abzug aller Gebühren dürften schon ein paar Tausend Euro übrig bleiben.«

Schreiner pfiff durch die Zähne. »Heidewitzka! Nicht schlecht! Damit lässt sich ja eine ganze Menge auf die Beine stellen. Mir war schon klar, dass die Rike das hier so als eine Art Family-Ersatz angesehen hat, aber dass die deshalb gleich ... Wahnsinn! Hey, Mann! Ich bin echt total platt.«

»Okay. Wir bleiben in Verbindung, Herr Schreiner!«

»Alles klar. Sobald sich was tut, seid ihr die Ersten, die es erfahren. Ehrenwort.«

Die Kommissarin legte auf und wandte sich zu ihrem Kollegen. »Ich glaub nicht, dass der schon vorher etwas von dem Testament wusste.«

»D'accord. Außerdem arbeitet er ja auch erst seit ein paar Wochen da.«

»Aber dass die Abebe nach unserem Gespräch verschwindet, ist trotzdem heftig. Du hast ihr extra noch gesagt, dass sie sich zur Verfügung halten soll. Wir müssen sie zur Fahndung ausschreiben lassen.«

Ihr Kollege nickte: »Trotzdem: Einen Mord traue ich der nicht zu, das wäre zu einfach. Für eine Mörderin erscheint sie mir zu sensibel. Warum ist die nur abgehauen?«

Sie saßen ein paar Sekunden schweigend da. Nadine Lange verstand, dass ihr Kollege sich sehr gut in andere hineinversetzen konnte. Er scheint so was wie eine Antenne ins Herz anderer Menschen zu haben, dachte sie bewundernd. In dem Moment spürte sie, dass sie sich zu Simon Sonnleitner sehr stark hingezogen fühlte. Trotzdem blieb ihr rätselhaft, wieso er sich so sicher sein konnte, dass die Afrikanerin unschuldig war. Ihr Gefühl hatte sie jedenfalls in früheren Fällen schon mehrmals getäuscht.

Simon Sonnleitner riss sie aus ihren Gedanken: »Wie wär's mit einem kleinen Abstecher zum See? Ich mein, nachdem wir mit diesem Britting gesprochen haben. Das Wetter passt super. Vielleicht ein Läufchen am Ufer oder ein Cappuccino an der Frühlings-Seepromenade?«

Nichts lieber als das, freute sich Nadine Lange im Stillen. Von mir aus auch gerne ohne die vorherige Vernehmung.

Sie strahlte ihren Kollegen an: »Worauf warten wir?«

Simon Sonnleitner reihte sich wieder auf der Autobahn A 952 ein, während Nadine Lange wie besprochen zum Autotelefon griff und die Fahndung rausgab. Anschließend rief sie bei der Integrations-Berufsschule in München an, deren Nummer sie auf ihrem Smartphone gegoogelt hatte. Die Sekretärin verband sie mit Schulleiterin Andrea Sengpiel i. K.

»Au weh! Hat Frau Abebe was angestellt?«, wollte diese als Erstes wissen, nachdem Nadine Lange sich vorgestellt und sich nach der Schülerin erkundigt hatte.

»Das wissen wir noch nicht«, antwortete Nadine Lange wahrheitsgemäß. »Fakt ist, dass wir sie gestern zu einem Mordfall befragt haben – wohlgemerkt nicht als Beschuldigte! – und sie seit heute Morgen aus der Einrichtung, wo sie wohnt, verschwunden ist. Wir suchen sie aktuell.«

Der Direktorin verschlug es fast die Sprache. »Mein Gott! Mordfall, sagen Sie? Das ist ja entsetzlich. Ich hoffe mal sehr, dass sie nichts damit zu tun hat.«

»Würden Sie ihr so was denn zutrauen?«

»Nie und nimmer. Unter ihren Mitschülern gilt sie als äußerst friedliebend.«

»Wie gesagt, nach unserem aktuellen Kenntnisstand gibt es bislang keine Anhaltspunkte, dass sie etwas damit zu tun haben könnte. Allerdings kannte sie das Opfer gut. Und wir hatten ihr gesagt, dass sie sich zu unserer Verfügung halten soll. Das hat sie nicht getan.«

»Frau Abebe ist eine unserer engagiertesten Schülerinnen in der Integrationsklasse. Sie hatte großes Glück, dass sie zu uns gefunden hat. Und nun das! Wer ... wer wurde denn ermordet?«, fragte die Direktorin.

»Ihre Deutschnachhilfelehrerin. Vielleicht kannten Sie sie sogar: Frau Rike Gruber, Oberstudienrätin im Gymnasialdienst.«

»Ach du Schreck! Wie schauderhaft. Aber der Name sagt mir nichts«, erklärte die Schulleiterin. »Jedoch freut es mich zu hören, dass Frau Abebe sich offenbar entschließen konnte, an ihren Sprachkenntnissen zu arbeiten. Mein Gott, was passierte denn mit der Deutschkollegin?«

»Das ist jetzt nicht so wichtig. Was uns vor allem interessieren würde, ist: Hat Frau Abebe denn überhaupt eine reelle Chance, den Mittelschulabschluss zu bestehen? Uns schien es so, als seien ihre Deutschkenntnisse ziemlich, naja ...«

»Sagen Sie es ruhig«, ermunterte die Schulleiterin die Kommissarin, »sie spricht fragmentarisch. Das bedarf dringend einer Verbesserung, wenn sie als Pflegehelferin Fuß fassen will, das weiß sie auch. Aber sie ist noch nicht lange hier und hat schon Fortschritte gemacht. Deswegen wird sie ein Abschlusszeugnis erhalten mit ›Deutsch als Fremdsprache‹. Wir können ihr A2- oder B1-Kenntnisse nach dem Europäischen Referenzrahmen bescheinigen. Damit kann sie sich dann als Pflegehelferin bewerben.«

Nadine Lange verstand nur Bahnhof. »Was heißt das genau? Ist dieser Mittelschulabschluss, den Sie vergeben, denn dann gleichwertig zu einem Abschluss an einer normalen staatlichen Schule?«

Die Schulleiterin klärte die Kommissarin auf. »Doch, absolut. Hundertprozentig gleichwertig, zumindest formal gesehen. Inhaltlich gibt es natürlich riesengroße Unterschiede zwischen den verschiedenen Schulen, die diese Abschlüsse erteilen. Aber das interessiert die Betriebe, an die wir unsere Schüler vermitteln, praktisch gar nicht. Die suchen händeringend Arbeitskräfte, zum Beispiel in der Pflegebranche, und dafür ist formal der Mittelschulabschluss Voraussetzung. Wie und wo der zustande gekommen ist, das will gar keiner wissen. A2-Niveau ist übrigens die zweitniedrigste Stufe und steht für ›erweiterte elementare Sprachverwendung‹. Auch in Mathematik besitzt sie lediglich Grundschulkenntnisse, aber als Pflegehelferin muss sie ja nichts rechnen.«

Nadine Lange wunderte sich, diese lockere Vergabepraxis staatlicher Abschlüsse überraschte sie doch einigermaßen. »Entschuldigen Sie meine Frage: Aber ist das dann nicht mehr oder weniger geschenkt? Grundschulniveau in Mathe, Anfängerkenntnisse in der Sprache – und trotzdem normaler Mittelschulabschluss?«

Frau Sengpiel lachte ein wenig von oben herab, sofern Nadine Lange das durch das Telefon richtig interpretierte. »Ich sagte ja schon, dass es da eine große Spanne gibt. Ich habe es sogar schon erlebt, dass unsere Zeugnisanerkennungsstellen ausländische Schulabschlüsse auf Basis einfacher Selbstauskünfte direkt so durchwinken, selbst wenn keinerlei Urkunden beigebracht werden können – ohne zu prüfen, ob derjenige überhaupt entsprechende Kenntnisse besitzt. Das ist ein Politikum und von der Bundesregierung exakt so gewollt, auch wenn das nicht explizit an die große Glocke gehängt wird. Natürlich verführt das zu Missbrauch, aber die Integration der Geflüchteten soll ja nicht scheitern. Das wäre politisch fatal, verstehen Sie. Man will der Bevölkerung ja was verkaufen können, sonst treibt man die immer mehr zu den Protestparteien. Ich persönlich frage mich nur, ob man so nicht genau das fördert, denn die Leute merken ja, was läuft. Die sind ja auch nicht blöd.«

Bei Nadine Lange fiel der Groschen. »Verstehe – so eine Art bildungspolitische Eintrittskarte in den Arbeitsmarkt zur Vermeidung längerer Arbeitslosigkeit. Willige Billiglohnempfänger für Mc-Jobs, im Gegenzug dafür ein hübsches Abschlusszeugnis zum Vorzeigen. Vielen Dank, Frau Sengpiel, das war wirklich sehr informativ.« Sie drückte den Stopp-Button und schüttelte den Kopf.

»Sachen gibt's«, Nadine Lange schüttelte den Kopf. »Einerseits schmeißen sie Leuten Abschlüsse hinterher, egal ob die lesen oder schreiben oder rechnen können – und ein paar Kilometer weiter können sie in ihren Vorzeige-Kaderschmieden bei den einheimischen Kids gar nicht genug Leistungsdruck ausüben. Wer soll das bitteschön verstehen? Wer denkt sich so einen Mist aus?«

»Da muss niemand neidisch werden, Nadine«, entgegnete Simon Sonnleitner. »Die Migranten sind doch eh alles arme Schweine, dann hilft man denen halt etwas nach. Auch wenn das bei einheimischen Schülern natürlich zu bösem Blut führen kann. Das nimmt man billigend in Kauf, schließlich brauchen wir massenhaft Arbeitssklaven, nicht zuletzt in der Pflegebranche.«

»Exakt. So sieht's aus.«

Sie waren inzwischen im mondänen Starnberg angekommen und Simon Sonnleitner steuerte den Dienst-Audi zielsicher durch den üblichen Nachmittagsstau an der vierspurigen Hauptstraße in Richtung Seeufer. Neben dem direkt am See gelegenen S-Bahnhof suchte er vor einer Nobelpizzeria mit angeschlossenem Hotel einen Parkplatz und wurde sogar fündig.

In diesem Moment hatte Nadine Lange eine Erscheinung. Eine Fata Morgana mitten im bayerischen Sommer, durchfuhr es sie. Sie schaute nochmal genau hin, da fuhr es in sie wie ein Blitz aus heiterem Himmel: Zwischen lauter weißen, spärlich bekleideten Körpern bewegte sich auf dem Bahnsteig ein einziger schwarzer Farbtupfer, aber nicht irgendeiner. »Da ist sie! Simon, schau doch!«, schrie sie ihren Kollegen an. »Da drüben! Die Abebe! Auf dem Bahnsteig! Die Welt ist doch ein Dorf – Zufall? Sie war schneller als wir, vermutlich war sie bei diesem Dr. Britting! Hoffentlich hat sie den nicht im Affekt umgelegt!«

Nadine Lange riss die Beifahrertür auf. Ohne auf die hinter ihnen fahrenden und hupenden Autos zu achten, sprang sie auf die Straße und formte die Hände zu einem Trichter: »Frau Abebe, hallooo!!! Bleiben Sie hier! Polizei!!«, brüllte sie mit ihrer lautesten Stimme, wohl wissend, dass die Angerufene sie kaum hören konnte, da gerade die S-Bahn Richtung München einfuhr. Spätestens bei dem Wort »Polizei« blieben Passanten stehen und gafften ihr hinterher wie einem vorbeifliegenden Skispringer.

Hoffentlich entkommt sie mir nicht!, pochte es in ihrem Kopf, während sie entgegenkommende Personen rücksichtslos zur Seite schob. Die Polizistin sprintete zur Unterführung, die unter den Gleisen hindurch zu den Bahnsteigen führte. Jetzt kamen ihr ihre Läuferqualitäten zugute. Allerdings lagen ihr die Kekse von vorhin im Magen. Sie quetschte ihre letzten Reserven aus sich heraus und kümmerte sich dabei nicht um die Blicke einiger Passanten, die sich ihr in den Rücken bohrten. Dummerweise waren die Fahrgäste inzwischen eingestiegen und die S-Bahn piepte abfahrbereit. Nur noch 100 Meter, 80, 50 … jetzt noch der Stufenaufgang. Mist! Keine Rolltreppe!, schimpfte sie in sich hinein. Kann sich dieses Promi-Kaff denn nicht mal eine Rolltreppe am Bahnhof leisten? – Sie nahm immer zwei, teilweise sogar drei Stufen auf einmal, dennoch erschien es ihr wie eine halbe Ewigkeit, bis sie oben war. Aber schon auf den letzten Stufen merkte sie, dass die S-Bahn gerade losgefahren war.

Ein paar Leute auf dem Bahnsteig, die auf den Zug in die entgegengesetzte Richtung warteten, grinsten ihr schadenfroh zu. Ja, sie ärgerte sich grün und blau, der Auftritt war ihr peinlich. Nadine Lange, die Halbmarathon-Wettkämpferin, war ein paar Sekunden zu spät gekommen, während die Äthiopierin im Zug nach München saß, wo sie hervorragend in der Großstadtmasse untertauchen konnte.

Jetzt kam auch Simon Sonnleitner keuchend auf den Bahnsteig. »Hast du sie noch erwischt?«, rief er ihr atemlos entgegen. Aber als er ihren Gesichtsausdruck sah, wusste er, dass die Gesuchte entkommen war.

»Shit!«, dröhnte er für seine Verhältnisse ganz ungewohnt, dass der halbe Bahnsteig zu ihnen rüberglotzte. »Na, die kommt nicht weit!« Er nestelte sein Smartphone aus seiner Jackentasche und informierte die Fahrdienstleitstelle an der Hackerbrücke unweit des Münchner Hauptbahnhofs. Spätestens in München-Pasing oder in Laim würden Kollegen die Afrikanerin aus der S 6 fischen – vorausgesetzt, sie stieg nicht schon vorher wieder aus.

Sonnleitner ließ seinem Ärger freien Lauf: »Jetzt bin ich aber so richtig schön geladen für ein Gespräch mit diesem Herrn Nobelanwalt. Ist ja offensichtlich, dass sie bei ihm war. Bin gespannt, was der uns erzählt!«

Gemeinsam gingen sie entschlossen durch die Unterführung auf die Hauptstraße zurück und bogen in die Fußgängerzone ab. Das Büro des Fachrechtsanwalts für Steuerrecht befand sich in sehr zentraler Lage nahe dem Starnberger See-Arkaden-Einkaufszentrums der gehobenen Klasse, nur einen Steinwurf vom S-Bahnhof entfernt. Zwischen prahlerisch wirkendem Ärztehaus mit plastischem Schönheitschirurgen, Reiki-Therapeuten, Brillengeschäft, Blumenladen, Boutique und Nobelconfiserie machte ein auffälliges Schild auf die mondäne Kanzlei aufmerksam: »Dr. Theodor Britting, Fachanwalt für Steuer-, Unternehmens- und Wirtschaftsrecht«. Daneben ein schwarzer Porsche Cayenne S E-Hybrid Platinum Carbon mit 21-Zoll-Alufelgen. Sonnleitner schätzte den Marktwert auf rund 60.000 Euro.

Hier also wird für zahlungskräftiges Klientel Recht und Gerechtigkeit zurechtgebogen, dachte Nadine Lange, als sie entschlossen den goldfarbenen Klingelknopf betätigte und mit ihrem Kollegen die Marmortreppe in den ersten Stock hinaufstapfte. Oben stand die Türe sperrangelweit offen, am Empfangstresen saß eine etwa 40-jährige vollschlanke Frau mittlerer Größe mit dunkelblondem Kurzhaarschnitt und beiger Bluse. Eine Parfümwolke umgab sie wie eine Art olfaktorischer Heiligenschein. Allerdings strahlte sie alles andere als Sicherheit aus. Blickte die Dame nicht sogar reichlich verunsichert, ja fast verstört drein? Sie nahm sich zusammen und sah den Ankömmlingen professionell-tapfer in die Augen.

»Guten Tag, meine Dame, mein Herr! Was kann ich für Sie tun?«

Sonnleitner fiel direkt mit der Tür ins Haus. In rauem Ton fragte er: »Was wollte vorhin die farbige Dame, die vor ein paar Minuten hier war?« Zur Erklärung fügte er hinzu: »Kriminalpolizei München-West. Mordkommission!«

Er hielt ihr kurz seinen Ausweis unter die Nase. Die Dame erschrak. »Was? Wie bitte? Mordkommission? Was ...«

»Noch mal: Was wollte die Frau?«

Die Empfangsdame war etwas durch den Wind. Sie atmete schneller. Dennoch versuchte sie zu mauern. »Also, ich weiß gar nicht, ob ich Ihnen ...«

Nadine Lange wurde es zu bunt. »Hören Sie: Wir müssen dringend Herrn Dr. Britting sprechen!«

»Äh, mein Mann ist leider gerade nicht da ...«

»Ihr Mann, ach so.« Ein Familienbetrieb also.

»Denke ich aber doch, dass der da ist! Wir müssen sofort zu ihm!«, blaffte Simon Sonnleitner und fixierte die entgeistert dreinblickende Anwaltsgattin, die sich jetzt immerhin in Bewegung setzte und aufreizend langsam voranging.

»Moment ... Ich werde nachsehen, was sich machen lässt. Vielleicht kann er ein paar Minuten ...«

Die Kommissare ließen ihr Gegenüber einfach stehen und rissen ohne Anklopfen die Tür des Anwaltsbüros auf. An der großflächigen, nach Süden hin ausgerichteten Fensterfront stand ein gerade mal etwa 1,75 Meter großer Mann im eleganten maßgeschneiderten Anzug und schwarzen Lederschuhen und schaute auf die Fußgängerzone hinunter. Als die Polizisten in den Raum stürmten, zuckte er zusammen wie ein Schuljunge, der beim Lesen unter der Bettdecke ertappt worden war. Entgeistert schaute er zu ihnen herüber.

»Aber hallo, was wird das denn? Darf ich fragen, was ...« Als er seine Frau erblickte, fragte er sie: »Inge, wer sind diese Herrschaften? Was wollen die? Hast du ihnen nicht ...?«

Weiter kam er nicht. Die Kommissare konfrontierten ihn sofort mit dem, was sie wussten. »Guten Tag, Herr Dr. Britting! Mordkommission. Sie waren der Letzte, der Frau Gruber vor ihrem Tod auf den Anrufbeantworter gesprochen hat. Und jetzt würden wir gerne von Ihnen wissen, was die farbige Dame vorhin ...«

»Moment mal. *Wer* ist tot?« Dr. Theodor Britting stellte sich überrascht. Er wischte sich narzisstisch über das Haar. »Ich verstehe gerade nur Bahnhof.«

»Hören Sie auf! Sie wissen genau, wovon wir reden!«

Nadine Lange war auf 180 und nahm keinerlei Rücksicht darauf, dass Dr. Brittings Frau im Türrahmen stand und jedes Wort mitbekam. Bildeten sich auf deren Gesicht nicht gerade hektische rote Flecken?

Nadine Lange registrierte ein goldenes Kettchen an Brittings rechtem Handgelenk, was sie bei Männern ziemlich eklig fand. Sie sagte: »Ihre Internetbekanntschaft Frau Gruber war Ihre Geliebte, richtig? Aber Sie wollten sie nicht loslassen, nachdem sie sich von Ihnen getrennt hatte. Dummerweise ist sie jetzt tot. Bestialisch ermordet. Und Sie haben ein Erklärungsproblem. Aber das wissen Sie ja längst – spätestens von dieser farbigen Dame, die Ihnen gerade vor ein paar Minuten einen freundlichen Besuch abgestattet hat. Was wollte sie?«

Natürlich war das ein Schuss ins Blaue und eine ziemliche Provokation, aber die Kommissare merkten an der nervösen Reaktion ihres Gegenübers sofort, dass Nadine Lange den Nagel offenbar direkt auf den Kopf getroffen hatte. Der Anwalt flüchtete sich in Ironie:

»Liebe Frau Kommissarin, ich wusste nicht, dass es verboten ist, über das Internet Bekanntschaften zu schließen und auf Anrufbeantwortern Nachrichten zu hinterlassen«, sagte er mit spöttischem Grinsen.

»Sparen Sie sich Ihren Sarkasmus! Ein Mensch, den Sie gut kannten, ist ermordet worden, und unsere Aufgabe ist es, ihren Mörder zu finden. Und Sie sollten uns alles sagen, was Sie wissen: Wo waren Sie vorgestern Nachmittag zwischen 13 und 16 Uhr?«

»War das die Zeit, in der Frau Gruber ermordet wurde?«

Jetzt schaltete sich Simon Sonnleitner ein: »Beantworten Sie einfach ihre Frage!«, wies er den Anwalt leicht genervt, aber in betont ruhigem Tonfall zurecht.

»Warten Sie, vorgestern … ja, da war ich die ganze Zeit hier in der Kanzlei. Ich hatte noch eine ganze Menge Bürokram zu erledigen. Akten studieren, Gerichtsverfahren vorbereiten, Plädoyers ausarbeiten. Stimmt's, Liebling?« Die Ermittler glaubten eine deutliche Portion Standesdünkel herauszuhören.

Seine Gattin, die noch immer in der Tür stand und alles angehört hatte, nickte nach kurzem Zögern stumpf. Wie viel war jenes Alibi der Ehefrau wert? Was hätte sie sonst auch tun sollen, ohne sich selber in die Sache hineinzureiten, die ihr sowieso sichtlich unangenehm schien? Die Situation musste für sie eine einzige Bloßstellung sein. Oder war sie am Ende gar nicht so unschuldig?

Also kein Alibi!, stellte Simon Sonnleitner fest, doch er sagte. »Tja, da gibt es weiß Gott bessere Alibis.«

»Brauch ich denn überhaupt eines?«

Simon Sonnleitner nickte ernst. »Wie es aussieht: Ja! Noch mal die Frage, die meine Kollegin ganz am Anfang stellte: Was wollte die Farbige vorhin?«

Jetzt knickte er ein. »Stellen Sie sich vor: Die kommt hier Knall auf Fall hereingestürmt und beschimpft mich wüst in ihrem Kauderwelsch. Mit schlimmsten Ausdrücken, die ich gar nicht in den Mund nehmen möchte. Sie ist einfach an meiner Frau vorbeigerannt, so ähnlich wie Sie vorhin.«

Falls das ein versteckter Vorwurf sein sollte, so ließ dieser die Kommissare völlig kalt. »Das habe ich bisher noch nie erlebt, selbst bei besonders aufgeregten Klienten nicht. Sie war felsenfest der Überzeugung, ich hätte die Frau Gruber umgebracht.«

»Und? Haben Sie?«

Er blieb ganz ruhig. »Nein! Natürlich nicht. Das ist doch völlig abwegig. Absolut absurd. Ich ... ich in meiner Position bring doch niemanden um. Wie stellen Sie sich das denn vor? Was für einen Grund sollte ich denn gehabt haben?«

»Vielleicht gekränkte Eitelkeit? Sie hat mit Ihnen Schluss gemacht. Richtig?«

»Ja, schon. Aber ...«

»Weshalb? Was war der Grund dafür, dass sie sich von Ihnen getrennt hat?«

»Mein Gott, was spielt das denn für eine Rolle? Ist das für Ihre Ermittlungen denn relevant?«

»Das lassen Sie mal schön unsere Sorge sein. Also ...!«

»Nun, sie wollte ... Frau Gruber wollte etwas Festeres, eine längerfristige Perspektive. Mit gemeinsamer Wohnung und so. Das aber war nicht in meinem Sinne. Sie wusste, dass ich ein verheirateter Mann bin und nicht vorhabe, mich von meiner Frau zu trennen. Ich habe diesbezüglich immer mit offenen Karten gespielt. Als ich ihr letzte Woche nochmals erklärte, dass das von meiner Seite aus nicht in Frage kommt, wurde sie hysterisch.«

»Was heißt das?« Simon Sonnleitner ließ seinem Gegenüber keine Zeit zum Verschnaufen.

»Nun, sie wollte alles meiner Frau sagen und fing an, mich schlechtzumachen. Ihre Wortwahl war dabei einer Deutschlehrerin nicht würdig, um es mal vorsichtig auszudrücken. Dabei hatte ich sie immer gut behandelt und ihr sogar kleine Geschenke gemacht. Ich versuchte ihr klarzumachen, dass ich mich nicht von ihr erpressen lassen möchte und gerne auf der bisherigen Basis die Beziehung fortführen würde. Es müsse ja nicht aus jeder Romanze zwangsläufig eine feste Partnerschaft werden, das hätte ihr doch auch klar sein müssen. Die Liebe fällt eben dahin, wo sie hinfällt. Das hat sie aber noch mehr gereizt. Sie sagte, dass sie mich nie wiedersehen wolle und ich in meinem Vorstadtkaff versauern solle.«

Frau Britting, die an der Tür lehnte, verschränkte genüsslich die Arme und verfolgte die Szene mit einem spöttischen Grinsen – Nadine Lange las in ihrem Gesicht: »Jetzt lass dir aber was Gutes einfallen, du mieser kleiner Betrüger!« Sichtlich genoss sie es, dass ihr Ehemann sich den sehr kritischen Fragen der Polizei stellen musste. Für die Kommissarin war sonnenklar, dass sie über das Verhältnis ohnehin Bescheid gewusst hatte. Frau Britting wirkte nicht wie ein naives Mädchen vom Lande. Eine Tatsache, die sie in ihren Augen durchaus auch als Täterin in Frage kommen ließ. Mord aus Rache? Oder verletzter Selbstachtung? Oder gar finanzielle Motive? Da war vieles denkbar ...

Du kommst auch noch dran, meine Liebe, keine Sorge! Gleich reden wir miteinander Tacheles – und wehe, wenn du dann versuchst, uns zum Narren zu halten, dachte sie in Richtung der grinsenden Ehefrau. Doch noch waren sie mit dem Anwalt nicht fertig.

»Haben Sie das denn einfach so akzeptiert, dass sie sich trennen wollte?«

»Was denn sonst? Allerdings schlug ich ihr vor, sie solle noch mal in aller Ruhe in sich gehen. Und nachdem sie nicht zu dem von mir vorgeschlagenen Treffpunkt gekommen war, habe ich ihr eben auf den AB gesprochen. Das war alles. Mein Gott, das ist doch kein Verbrechen.«

»Wo sollte dieses Treffen stattfinden, zu dem Frau Gruber nicht erschien?«, schaltete sich Nadine Lange ein.

»Kennen Sie Forsthaus Kasten? Das liegt auf halber Strecke. Ich hatte sogar telefonisch einen Tisch dort für uns beide um 13.30 Uhr reserviert. Nach Schulschluss. Das können Sie nachprüfen.«

Wie scheißromantisch!, dachte Nadine Lange verächtlich. »Und als sie nicht kam, sprachen Sie ihr auf Band. Richtig?«

»So ist es. Nicht mehr und nicht weniger.«

Die Kommissare sagten nichts, ließen die letzten Worte im Raume stehen. Ja, das konnte tatsächlich hinkommen. Nach ein paar Sekunden brach Dr. Britting selbst das Schweigen, das wie eine Wand zwischen ihnen stand. »Eine Frage: Diese Überpigmentierte, was hat die überhaupt mit der Sache zu tun? Wie kommt diese Afrikanerin bloß darauf, dass ich … ich meine … welche Rolle spielt die eigentlich? Sie hat mich bedroht!« Die unterkühlte Art, wie er »Afrikanerin« sagte, ließ Simon Sonnleitner erschaudern.

»Das können wir Ihnen sagen, Herr Dr. Britting«, antwortete Nadine Lange ruhig. »Frau Gruber war ihre Nachhilfelehrerin und hat ihrer Schülerin von ihrem Verhältnis zu Ihnen erzählt. Diese hat ihr davon strikt abgeraten und hält Sie ganz offenbar für den Mörder.«

»Die ist ja nicht ganz dicht. Sie hätten das mal erleben sollen, wie die sich hier echauffiert hat. Eine Furie! Vielleicht hat sie sogar selber Frau Gruber umgebracht, und mir will sie es anhängen. Ja, so muss es sogar sein. Wahrscheinlich macht sie deshalb so einen Wirbel, um von sich abzulenken. Das mit dem Auge-um-Auge-Prinzip ist bei uns in Europa ja nicht so wie bei ihr zu Hause in …«

Dr. Britting unterbrach sich selbst. Anscheinend hatte er gemerkt, dass er einen Schritt zu weit gegangen war. »Also, was ich meine, ist: Die kann doch nicht einfach bei einem Wildfremden reinschneien und mir solche Frechheiten an den Kopf werfen. Das ist hochgradig geschäftsschädigend. Zum Glück waren keine Mandanten da. Ich überlege mir, ob ich diese Dame wegen Rufschädigung belangen werde.«

»Das würde ich an Ihrer Stelle mal besser bleiben lassen, wenn ich Ihnen einen Rat geben darf«, riet Simon Sonnleitner dem Anwalt. »Außer Sie wollen viel Staub aufwirbeln, wenn die Medien davon Wind bekommen. Und das würden sie zweifellos.«

Dies ließ die Interpretation offen, ob er womöglich höchstpersönlich den sensationsgierigen Medienvertretern ein Wink geben würde. »Und Schadenersatz können sie von dieser jungen Dame nicht erwarten, die geht noch zur Schule und verdient keinen Cent.«

»Schon gut, so war's ja nicht gemeint«, lenkte der Anwalt schnell ein, der um seinen Ruf bei potenziellen Auftraggebern fürchtete. »Aber was ist, wenn die mir auflauert und sich an mir rächt. Schließlich hält sie mich für … für, naja, für den Schuldigen. Dabei habe ich mit der Sache nichts zu tun. Am Ende hat sie gesagt, dass ich vor Gott dafür bezahlen müsste.«

Dir geht aber ganz schön die Muffe!, registrierte die Kommissarin ohne die Spur eines Mitleids. *Wärest du mal besser bei deiner Frau geblieben und hättest dich nie mit dieser Lehrerin eingelassen! Jetzt musst du sehen, wie du damit klarkommst!*

»Ich denke nicht, dass das wörtlich gemeint war«, beschwichtigte Simon Sonnleitner sein Gegenüber. »Aber wir nehmen die Sache selbstverständlich ernst, die Fahndung nach Frau Abebe läuft. Wir stehen im Kontakt mit ihrer Einrichtung.«

Toll, wie er sich im Griff hat, bewunderte Nadine Lange ihren Kollegen. Bloß gut, dass er dabei ist, sonst könnte ich echt für nichts garantieren. Dieser Großkotz macht mich total aggressiv.

»Danke. War's das dann? Ich habe noch zu tun …«

Du blasierter Pimpf!, hätte Nadine Lange dem Anwalt am liebsten ins Gesicht geschrien. Da ist deine Geliebte hinterhältig getötet worden und ein Mörder läuft frei rum, und du aufgeblasener Kleingeist sagst uns, dass du noch eine Menge zu tun hast. Geht's noch?

Zum Glück hatte Simon Sonnleitner die Situation unter Kontrolle. »Für den Augenblick sind wir fertig, aber es kann sein, dass wir nochmals auf Sie zukommen werden. Und Sie wissen ja, wenn Sie uns Informationen vorenthalten, die für unsere Ermittlungsarbeit auch nur im Entferntesten von Bedeutung sein könnten …«

Dr. Britting fiel ihm ins Wort: »Sie brauchen mich nicht zu belehren, Herr Kommissar. Ich kenne das Recht ganz gut.«

»Diesbezüglich haben wir keinen Zweifel. Hauptkommissar übrigens, nicht Kommissar … Ihre Frau kann uns rausbringen.«

Die Kommissare verließen zusammen mit der Ehefrau den Raum. Auf dem Gang sprach Nadine Lange Frau Britting an. »Ich frage Sie jetzt besser nicht, wie Ihre Ehe ist. Aber eines müssen Sie uns schon noch verraten: Sie wussten von dem Verhältnis?«

Frau Britting lächelte von oben herab. »Natürlich. Das war ja auch nicht das erste Mal. Sie können mir glauben: Früher hätte ich diese Frau gehasst. Heute empfinde ich keinen Hass mehr für diese Damen, sondern nur noch Verachtung. Die sind so dämlich, dass sie gar nicht merken, dass mein Mann sie nur ausnutzt. In der Vergangenheit gab es sogar welche, die sich materielle Hoffnungen machten. Wegen dieser schäbigen Person werde ich jetzt bestimmt keine Trauerkerze anzünden.

Aber umgebracht habe ich die nicht, um Ihrer nächsten Frage gleich vorwegzukommen. Ich mach mich doch nicht selber unglücklich. Man gewöhnt sich daran.«

»Ach wirklich?«

»Ja, wir sind nicht mehr frisch verliebt, aber das Geschäft schweißt uns zusammen. Alles zusammen aufgebaut. Wir sind beide erwachsene Menschen und können das Geschäft vom Privaten trennen. Kinder, die sich daran stören oder die darunter leiden könnten, haben wir zum Glück keine.«

Als sie den fragenden Blick der Kommissarin bemerkte, fügte sie hinzu: »Die Kanzlei gehört uns beiden zu 50 Prozent. Ich selber bin auch Anwältin, mein Schwerpunkt ist das Erbschaftsrecht. Allerdings praktiziere ich schon lange nicht mehr. Stattdessen kümmere ich mich um die ganze Administration und bauchpinsele unsere Mandantschaften, die wollen professionell bei Laune gehalten werden, wir haben sehr gute Kontakte weit über Starnberg hinaus. Wir vertreten Mandanten aus ganz Deutschland. Unsere Kunden sind überwiegend mittelständische Firmen.«

»Wo waren *Sie* eigentlich vorgestern Nachmittag, Frau Britting?«, wollte Simon Sonnleitner wissen.

Sie lachte auf, stemmte die Hände provokativ in die Hüften. »Ich war ab circa 13 Uhr in der Seeblick-Wasseroase in der Damen-Sauna zur Wellness. Dort gibt es am Eingangsdrehkreuz eine Überwachungskamera, die müsste mich aufgenommen haben. Anschließend war ich noch mit ein paar Freundinnen im Undosa-Café am Seeufer auf einen Aperol Spritz, die Bedienung sollte sich an mich erinnern können, sie kennt mich. Mir wäre es aber sehr recht, wenn Sie meine Freundinnen aus der Sache raushalten könnten, das sind alles honorige Damen …«

Honorige Damen, wie amüsant! Simon Sonnleitner prustete innerlich, doch er blieb cool. »Vielen Dank, Frau Britting. Dürfte ich vielleicht bitte kurz ein Foto von Ihnen mit meinem Smartphone machen und meinem Kollegen schicken? Der kann das mit der Überwachungskamera abgleichen. Ich meine, natürlich nur, wenn Sie einverstanden sind, das wäre am einfachsten ...«

Sie nickte bereitwillig, Sonnleitner knipste. Im Hinausgehen fiel Nadine Langes Blick auf die April-Ausgabe des »Runners World«-Magazins, das sie selber zu Hause hatte. Es lag neben Schreibblöcken und juristischen Nachschlagewerken aufgeschlagen auf dem Empfangsschreibtisch der Anwaltsgattin.

»Ach, Sie sind auch Läuferin?«, fragte sie scheinbar ganz beiläufig. Simon Sonnleitner zog die Stirn in Falten. Er verstand nicht sofort, worauf sein Kollegin mit dieser Frage hinauswollte.

»Ich? Äh ...«, Frau Britting zuckte erschrocken zusammen. »N... nein. Ich meine: Nein! Wieso?«

»Ach, nur so. Auf Wiedersehen, Frau Britting!«

*

Als sie wieder unten auf der Straße waren, sprudelte es aus Nadine Lange heraus: »Simon, sie hatte eine Laufzeitschrift oben liegen, aber sie will keine Läuferin sein. Da stimmt was nicht. Du weißt doch, was Ritchie Müller erzählt hat: Brooks-Turnschuhe!«

»Gut aufgepasst! Die Story mit der emotionalen Abgeklärtheit kauft der sowieso keiner ab. Ritchie soll ihr Alibi genau überprüfen. Von ihrer Körpermasse her wäre sie nämlich durchaus in der Lage, mit einem Messer kräftig zuzustechen. Und die Schuhgröße könnte auch passen.« Er mailte dem Kollegen das Foto der Verdächtigen mit dem entsprechenden Auftrag dazu.

»Was ich noch sagen wollte, Simon: Das war extraklasse, wie du dich gerade bei dem Angeber-Anwalt unter Kontrolle hattest. Wäre ich allein da gewesen, hätte ich dem bestimmt irgendwas an den Kopf geworfen und mir damit ein Disziplinarverfahren eingehandelt.«

»Unappetitliche Type. Hält sich für unantastbar. Mir ging's heute Vormittag bei dem sauberen Schulpsychologen ähnlich wie dir jetzt gerade, die Begegnung hatte bei mir ein paar alte wunde Punkte angetriggert.«

Nadine Lange wollte nicht indiskret sein und weiter nachfragen, doch sie verstand auch so, was ihr Kollege zum Ausdruck bringen wollte. Natürlich hatte sie registriert, dass Sonnleitner im Gespräch mit Dröge innerlich auf 180 war und sich stark zurücknehmen musste. Vor allem, als dieser darüber gesprochen hatte, dass man sich eben von unbequemen Schülern trennen müsse. Gab es da eine Geschichte aus Simons eigener Schulzeit, die ihn noch beschäftigte? Doch keinesfalls wollte sie indiskret sein, solange er nicht selber darüber reden wollte.

Sonnleitner riss sie aus ihren Überlegungen. »Wie wär's zum Ausklang unseres kleinen Ausfluges mit einem Milchkaffee am Ufer? Sozusagen als Aperitif für Ritchies Geburtstagsparty.«

»Gerne. Unten beim Undosa-Café? Einen Seelauf spare ich mir mal, mein Training hatte ich zuvor ja schon am Bahnhof«, scherzte sie, »auch wenn ich leider nicht schnell genug war.«

»Mach dir nichts draus. War Pech, dass gerade der Zug kam. Da wäre selbst ein gedopter Usain Bolt zu spät gekommen. Dein Sprint war aller Ehren wert.«

»Danke.«

Sie setzten sich im Seecafé unter einen großen grünen Sonnenschirm und blickten auf das gleichmäßig in sanften Wellen hin und her schaukelnde Wasser hinaus, wo sich die Abendsonnenstrahlen fast mystisch wie silberne Wunderkerzenblitze brachen. Da sagte Simon Sonnleitner nachdenklich: »Wusstest du, dass es mehr Sterne im Universum gibt als Sandkörner an allen Stränden der Erde oder Wassertropfen in allen Seen und Meeren zusammengenommen?«

Während Nadine Lange den Kopf schüttelte, fuhr er nachdenklich fort: »Hin und wieder, wenn ich an einem rätselhaften Mordfall arbeite und mit der ganzen Widerwärtigkeit menschlicher Existenz konfrontiert bin, mache ich mir Gedanken über mein Leben. Wir Menschen halten uns und unser Tun für den Mittelpunkt des Universums und nehmen alles unheimlich wichtig, dabei sind wir in Wirklichkeit doch nur ganz kleine, völlig unbedeutende Elemente. Irgendein Philosoph hat mal gesagt, dass das ganze Unglück der Menschen daher kommt, dass sie nicht allein bei sich selber bleiben können und nicht mit der Natur im Einklang sind.«

»Ja, da ist echt was dran«, antwortete Nadine Lange zögernd und schaute versonnen auf den lang gezogenen Starnberger See hinaus. War das nicht auch bei ihr oft so, dass sie es in der Einsamkeit kaum aushalten konnte? Dass sie sofort unruhig wurde, wenn sie mal glaubte, nichts zu tun zu haben? Dass sie sich dann an eigentlich unwichtigen Dingen wie dem schlechten Wetter oder am langweiligen Fernsehprogramm festbeißen konnte, anstatt auch mal komplett abzuschalten? Wenn sie überlegte, musste sie zugeben, dass sie alles andere als in sich selbst ruhte und ihre Selbstbestätigung fast ausschließlich über ihre Polizeiarbeit bezog. Lief dabei alles rund, so ging es ihr ganz ordentlich und sie war zufrieden mit ihrem Leben. Hatte sie aber mal Probleme im Job, fühlte sich in ihr sofort alles hundsmiserabel an. Bei ihrem Kollegen schien das ein wenig anders zu sein. Er ruhte viel mehr in sich und konnte sich hervorragend kontrollieren. Simon ist nicht nur ein fähiger Polizist, sondern auch noch ein gut aussehender Philosoph. Wahrhaftig eine seltene Kombination. Das macht ihn speziell!, dachte sie bewundernd.

»Siehst du schräg gegenüber die Gedenkkapelle mit dem Holzkreuz im Wasser?«, fragte Sonnleitner und deutete auf die Ostseite des Sees hinüber.

Nadine Lange spähte angestrengt in die Ferne – ja, da war tatsächlich schemenhaft ein Kreuz zu erkennen.

»Die Gedenkkapelle von König Ludwig II., dem einsamen Märchenkönig«, erklärte ihr Kollege, »dort zwischen Kempfenhausen und Leoni hat man 1886 seinen Leichnam aus dem Wasser gezogen.«

»War es nicht so, dass er von seinen engsten Vertrauten dort ertränkt wurde?«

Sonnleitner lachte. »Verschwörungstheorien! Sie wollten ihn entmündigen lassen, weil er die ganzen Staatseinnahmen für seine Schlösser ausgab, aber bei einem König ist das natürlich nicht so einfach. Die offizielle Variante ist, dass er selbst ins Wasser gegangen ist – angeblich war er verrückt. Aber sind wir das nicht alle ein klein wenig?«

Nadine Lange erinnerte sich an Neuschwanstein und Schloss Linderhof mit dem weltberühmten »Tischlein-deck-dich«, das sie als Kind so bewundert hatte, als sie mit ihren Eltern einmal in der Region Urlaub gemacht hatte – seitdem war sie nie mehr dort gewesen, aber sie nahm sich vor, dies gelegentlich zu wiederholen. Vielleicht hatte Simon Sonnleitner ja Lust mitzukommen?

Die Bedienung im Seecafé konnte sich tatsächlich noch daran erinnern, dass ihre Stammkundin Inge Britting mit mehreren Freundinnen vor zwei Tagen nachmittags »so ab halb drei oder drei« hier gesessen hatte. Wie lange und ob sie die ganze Zeit dabei gewesen war oder die Gesellschaft auch mal für längere Zeit verlassen hatte, das wollte sie allerdings nicht beschwören.

In diesem Moment klingelte Nadine Langes Handy: Melkam Abebe. Sie wirkte zerknirscht. »Frau Polizistin, wollten nur sagen, ich bin jetzt wieder im Heim beim Herr Schreiner«, teilte sie kleinlaut mit. »Mir leidtun, dass ich weglaufen vorhin von Ihne. War Fehler. Sorry.«

Nadine Lange warf ihrem Kollegen einen erstaunten Blick zu. Sie schimpfte: »Wir haben uns große Sorgen gemacht, Frau Abebe! Warum sind Sie abgehauen? Und was wollten Sie bei Herrn Dr. Britting? Sie haben ihn schwer beschuldigt. Was wissen Sie über den Mord?«

»Mir leid tun. Wirklich, Frau Polizist. Aber ich wollten kennalernen Dr. Bittrung. Er sein kein guter Mensch, mir glauben. Nix gut für Rike. Aber Melkam wissen jetzt, dass er nicht ist ihr Mörder. Nach Gespräch. Sicher. Sie mir glauben können. Intuition. Emotion. Macht sich nix Hände schmutzig an Mord. Macht andere Geschäfte. Ich jetzt sein sicher.«

Nadine Lange platzte der Kragen: »Liebe Frau Abebe, jetzt hören Sie mir mal genau zu: Wir von der Polizei lassen uns nicht von Gefühlen leiten, wir arbeiten mit objektiven und empirischen Methoden – haben Sie mich verstanden?«, gab sie verärgert zurück. »Und wir mögen es nicht, wenn jemand anderes versucht, unsere Arbeit zu machen. Ob dieser Dr. Britting verdächtig bleibt oder nicht, überlassen Sie bitte einfach uns und halten sich in Zukunft raus! Ist das klar?«

»Natürlich. Ich verstehen. Sorry, Frau Nadine, ich nicht wollten Sie ärgern und Ihre Kollega. Bitte mir glauben! Melkam völlig fertig, Rikes Tod mir gehen sehr nahe.«

»Das verstehen wir sehr gut. Trotzdem nochmals unsere dringende Bitte, sich aus den Ermittlungen rauszuhalten. Sie können nicht einfach auf eigene Faust ermitteln und irgendwelche Leute bedrohen! Wenn Sie etwas wissen oder eine Ahnung haben, sagen Sie es bitte uns! Wir werden dann die nötigen Maßnahmen einleiten und uns darum kümmern, versprochen. Ihre Schulleiterin macht sich im Übrigen große Sorgen. Sie wollen doch Ihren Abschluss machen, also konzentrieren Sie sich darauf. Haben wir uns verstanden, Frau Abebe?«

Melkam Abebe wurde jetzt sehr kleinlaut. »Ja, haben recht, Frau Polizistin. Mir wirklich sehr leidtun. Entschuldigung.«

»Gut. Auf Wiedersehen!« Nadine Lange drückte das Stopp-Symbol ihres Smartphones und blickte kopfschüttelnd zu ihrem Kollegen. Dieser verzog die Mundwinkel und wiegte den Kopf hin und her. Anschließend klingelte er bei der Leitstelle durch, um die S-Bahn-Fahndung nach Melkam Abebe abzublasen.

Nadine Lange meinte: »Erst beschuldigt sie den Britting. Beschimpft ihn in den höchsten Tönen – und jetzt gerade sagt sie mir, dass er für sie unschuldig ist. Wie passt das zusammen? Verstehst du das?«

»Na ja«, entgegnete Simon Sonnleitner, »Afrikaner sind meist sehr emotionale Charaktere, sie besitzen intuitive Fähigkeiten, die uns Europäern verschlossen sind, in gewisser Weise sind die uns da weit voraus. Manche haben so eine Art sechsten Sinn. Funktioniert möglicherweise unterbewusst so ähnlich wie mit den Voodoo-Püppchen, keine Ahnung ...«

Während sie so dasaßen und die Segelboote beobachteten, grübelte Nadine Lange. Schon oft hatte sie von Menschen gehört, die angeblich über übersinnliche Fähigkeiten verfügten. Und hatte sie nicht mal irgendwo gelesen, dass amerikanische Forscher das menschliche Gehirn durch eine Kernspintomografie-Aufnahme in einzelne Schichten zerlegten und dabei eine Region fanden, die als eine Art Frühwarnsystem des Unterbewusstseins fungiert? Genau wie bei allen anderen Sinnen sei die individuelle Ausprägung dieser Region je nach Veranlagung bei verschiedenen Menschen auch unterschiedlich stark beziehungsweise trainierbar. Nadine Lange kannte sehr gut diese Situation, dass sie sich selbst fragte: Was ist eigentlich real und was Illusion? Sie glaubte zu spüren, dass ihr Kollege auch so etwas wie einen sechsten Sinn hatte. Er war überhaupt ein besonderes Exemplar, ganz anders als die Männer, die sie bisher attraktiv gefunden hatte. Von ihm fühlte sie sich wie von einem Magneten angezogen. Spontan fiel ihr Platons Kugelmythos ein, den ihr ihr Vater aufgeschrieben hatte, als sie von zu Hause wegging: *Als das Leben am Anfang stand, fielen unzählige Kugeln auf die Erde. Bei ihrem Aufprall zersprangen sie in zwei Hälften. Uneben und frei auseinander geteilt symbolisieren sie die unterschiedlichen Charaktere zweier Menschen. Doch jede dieser auch noch so verschiedenen Halbkugeln ist für ein Gegenstück bestimmt, so wie auch zwei Menschen füreinander bestimmt sind. Wir alle sind auf der Suche nach unserer anderen Hälfte, eben nach der anderen halben Kugel.*

»Hi, hallo, Frau Oberkommissarin Nadine Lange! Erde an Kollegin?« Simon Sonnleitner stupste sie an. Er war aufgestanden und hatte eine alte Semmel, die er schon seit Tagen in seiner Jackentasche mit sich herumtrug, an ein paar Schwäne verfüttert. »Wir müssen los. Zum Englischen Garten. Chinesischer Turm, du weißt schon!«

Och, gerade wenn's am schönsten ist, wird man aus seinen Tagträumen gerissen, seufzte Nadine Lange unhörbar in sich hinein. Doch sie fasste sich schnell. Der geplante Abend mit den Kollegen aus der Dienststelle würde bestimmt auch ganz angenehm werden.

»Ok. Auf nach MUC.«

Sie verließen Starnberg auf der A 995 in Richtung München-Forstenried, mussten dann allerdings wieder umkehren und die Bundesstraße über Gauting und das Mühltal bis Planegg nehmen, da die Autobahn wegen Baustellenarbeiten gesperrt war.

»Vielleicht kannst du mich noch kurz bei mir zu Hause in Langwied rauslassen, ich will mich eben noch schnell frisch machen.«

Während Nadine Lange sich umzog, ihrem Simba ein paar Streicheleinheiten verpasste und sein Fressschälchen auf den Balkon stellte, den er jederzeit durch seine Katzenklappe erreichen konnte, hörte Sonnleiter im Deutschlandfunk eine Reportage über Ghostwriting. Vor allem überraschte ihn, um welche hohe Summen es da ging. 20.000 bis 40.000 Euro waren keine Seltenheit, je nachdem, für welchen Anlass so ein Text bestellt wurde beziehungsweise welchen Ruf der Autor genoss. Ihm ging der Gedanke nicht aus dem Kopf, dass Rike Gerber sich da in etwas verstrickt haben könnte, was ihr letztlich zum Verhängnis wurde.

Nach über einer Viertelstunde kam Nadine Lange zurück – er hätte sie fast nicht wiedererkannt.

Wow, in diesem luftigen Sommerkleid und dem dunkelroten Lippenstift sieht sie so was von umwerfend aus. Wie konnte ich das bisher nur übersehen?, bewunderte er sie hingerissen und musste sich sehr zusammenreißen, um keinen Unfall zu bauen, so abgelenkt war er.

Im Englischen Garten trafen sie mit den anderen zusammen, die schon ordentlich vorgeglüht hatten. Auf der großen Liegewiese vor dem Monopteros-Tempel hatten sie eine Art Lager aufgeschlagen, bestehend aus mehreren großen Handtüchern und Bierkästen. Wenige Meter entfernt am Eisbach, der die grüne Oase der Isarmetropole wie eine Lebensader durchzieht, sonnten sich halbnackte Studenten. Touristen bewunderten die Sportler auf der Surferwelle. Einige Abgehärtete nahmen sogar ein kurzes Fußbad. Frisbeescheiben und Speedmintonfedern schwebten hin und her, jeder hatte seinen Spaß. Und sicher wäre niemand, der es nicht gewusst hätte, auf die Idee gekommen, dass hier gerade eine Handvoll Polizisten einen Geburtstag feierte. Als gegen 21 Uhr die Sonne langsam hinter der Münchener Frauenkirche und der Residenz am Odeonsplatz versank, schlenderten die Kollegen gemütlich hinüber in den schattigen Biergarten am Chinesischen Turm. Es wurde ein langer, ausgelassener Abend der Single-Polizisten bei angenehmen vorsommerlichen Temperaturen. Nadine Lange war froh, sich mal fallen lassen zu können und nicht allein mit ihrem stummen Kater in ihrem Mini-Apartment sitzen zu müssen. Als sie schon ein paar Maß intus hatten, entwarfen sie eine Gruppentaktik für den demnächst anstehenden B2-run im Olympiapark – für die Kommissarin, die schon an mehreren Volksläufen teilgenommen hatte, würde dies der erste große Staffellauf in ihrer Wahlheimat werden. Sie war voller Vorfreude auf dieses Großereignis und konnte es gar nicht erwarten, demnächst bei hochsommerlichen Temperaturen als eine von rund 30.000 Teilnehmern über die Ziellinie des Münchner Olympiastadions zu laufen. Klar, dass sie schon im Vorfeld aufgeregt war. Da brauch ich unbedingt noch ein Paar neue Laufschuhe – am besten knallgelbe, die sind gerade in Mode, plante sie. Sie redeten über Gott und die Welt. Nur ein Thema war tabu: Dienstliches! Und das war gut so.

FREITAG, 02.06.2017, 8.03 UHR

Als Nadine Lange am nächsten Morgen in ihrem Bett aufwachte, stellte sie fest, dass Simba sich schon wieder in ihr Bett gelegt hatte. Sie hob ihn hoch und setzte ihn sanft in sein Körbchen zurück, was der Kater mit einem unwilligen Fauchen quittierte.

Die bohrenden Nacken-Kopfschmerzen, die gestern Abend nach dem zweiten Bier angefangen und sie durch die mehr oder wenige schlaflose Nacht begleitet hatten, waren leider immer noch da. Sie duschte eiskalt, um wenigstens die bleierne Müdigkeit abzuschütteln, nahm zwei Aspirin und schlüpfte in ihre bequemste Jeans, die freilich den Nachteil hatte, dass sie allzu locker an ihrer tadellosen Figur hing und ihre hübschen Rundungen überhaupt nicht zur Geltung brachte. Sie konnte sich nur dunkel erinnern, dass Simon Sonnleitner sie irgendwann weit nach Mitternacht vor ihrer Wohnung hatte aussteigen lassen. Schön, dass er die Situation nicht ausgenutzt hatte. Das sprach sehr für ihn. Sie hätte sich wohl kaum gewehrt, wenn er sie mit zu sich nach Hause genommen hätte.

Während sie ein auf die Schnelle zubereitetes Birnen-Bio-Müsli mit laktosefreier Milch löffelte, legte sie auf dem Sofa nochmals die Beine hoch und zappte sich durchs morgendliche Fernsehprogramm. Da sie »Morgenmagazin«, »Guten Morgen, Deutschland!« und »Sat1-Frühstücksfernsehen« nichts abgewinnen konnte, blieb sie bei Maybrit Illners Talkshow zum Pflegenotstand hängen, welche auf 3SAT vom Vorabend wiederholt wurde. Eine sympathische junge

Altenpflegerin berichtete über unhaltbare Zustände auf ihrer Demenzstation. Nadine Lange musste daran denken, dass sie nach ihrem Mittleren Schulabschluss, als sie noch in Zwickau bei ihren Eltern lebte, mal mit sich gerungen hatte, ob sie Pflegerin oder Polizistin werden wollte – mit Menschen wollte sie auf jeden Fall arbeiten. Da ihr viele vom Pflegeberuf abgeraten hatten und sie als gute Sportlerin den Eignungstest für den Polizeidienst leicht geschafft hatte, war ihr weiterer Berufsweg vorgezeichnet gewesen. Mehrere Jahre hatte sie zunächst als Vollzugsbeamtin im Streifendienst in ihrer Heimatstadt Zwickau Dienst getan und danach die Polizeifachhochschule in Leipzig besucht, wo sie sich für die Kriminalpolizei weiterqualifizierte. So war sie vor einigen Jahren nach München-Schwabing gekommen. Dort hatte sie nach diversen dienstlichen Schikanen und sexuellen Belästigungen durch Kollegen ernsthaft mit dem Gedanken gespielt, sich zur Gesundheits- und Krankenpflegerin umschulen zu lassen. Glücklicherweise durfte sie dann jedoch an den Stadtrand wechseln, wo sie in den letzten Monaten die Polizeiarbeit wieder richtig lieben gelernt hatte. Sie erinnerte sich an den gestrigen lustigen Abend mit den Kollegen im Englischen Garten, den sie sehr genossen hatte, und war überglücklich, in einem so netten Team gelandet zu sein.

30 Minuten später saß sie an ihrem Schreibtisch im Präsidium, von den anderen war noch weit und breit nichts zu sehen. Ob wohl Ritchie Müller schon da war, der war doch der Frühaufsteher unter den Kollegen? Sie wählte seine Nummer. Tatsächlich hob er ab, wenngleich seine Stimme fast eine Oktave tiefer klang. Auch Nadine Langes Stimme war etwas rauer als sonst:

»Hi, Ritchie! Alles im grünen Bereich? War echt schön gestern Abend.«

»Danke. Supi, dass ihr da wart!«

»Du, sag mal, hat eigentlich unser Aufruf in den Medien etwas gebracht? Zeugen?«

Müller schaute mit zusammengekniffenen Augen wie ein übermüdetes Kaninchen aus dem Fenster seines Büros, er schien nach dem gestrigen Abend noch in einer anderen Welt unterwegs zu sein. »Hm, bei mir ist bis jetzt noch nix gelandet, aber ich kontaktiere gleich mal den Luggi Heimerl. Vielleicht weiß der ja was, ich melde mich.«

Zehn Minuten später rief er zurück. Er klang jetzt wesentlich frischer. »Hi Nadi, also der Aufruf war leider ein Schuss in den Ofen. Man kennt das ja, es melden sich immer die gleichen Wichtigtuer. Angeblich waren die zu der fraglichen Zeit in der Nähe des Langwieder See unterwegs und wollen Radfahrerinnen gesehen haben. Einer ist sich allerdings sicher, dass er am Waldrand einen elegant gekleideten Mann im Anzug gesehen haben will.«

Nadine Lange wurde hellhörig. »Einen elegant gekleideten Mann, sagst du? Wie soll der denn ausgesehen haben? Und was hat der genau gemacht?«

»Sekunde …«, Ritchie Müller blätterte im Protokoll, »… Moment … gleich haben wir's … ah, da.« Er überflog die Protokollseite und antwortete dann. »Nadi, hörst du? Pass auf: Anzug, dunkle, gegelte Haare. Gepflegte Erscheinung. Leicht gedrungener Körperbau. Er ging aufgeregt hin und her und schien auf irgendwen zu warten. Der Zeuge ist dann aber weiter gegangen. Bringt uns das denn weiter?«

Nadine Lange ging gedanklich mehrere Optionen durch: »Kann sein. Danke jedenfalls. Ich find's jedenfalls auch seltsam, das sich ein gut gekleideter Geschäftsfuzzi nachmittags ganz allein am See rumtreibt. Und noch was, Ritchie: Besorg uns doch bitte umgehend die Aufnahmen der Eingangs-Überwachungskamera von der Starnberger *Wasseroase*, ok? Wegen der Frau Britting.«

»Wenn's weiter nichts ist. Hat die hochwohlgeborene Dame sonst noch Wünsche?«

Nadine Lange musste lachen. »Fürs Erste nicht.«

»Die Bilder sollten wir heute Nachmittag da haben.«

Müller legte auf und holte erst mal seine Sportzeitung mit den neuesten Fußballergebnissen hervor, um die Aufstiegschancen seiner Lieblingsmannschaften zu studieren. Die Überwachungsbänder hatten Zeit.

Nadine Lange überlegte: Ein eleganter Geschäftsmann nachmittags am Langwieder See! Natürlich konnte alles ganz harmlos sein. Vielleicht hatte dieser ominöse gut gekleidete Mann eine längere Pause zwischen zwei Geschäftsterminen gehabt? Oder jemand hatte nach einem anstrengenden Bürotag auf dem Heimweg noch auf ein paar Minuten am See vorbeigeschaut, ganz banal zum Relaxen? Oder … oder …

Während sie ihren Gedanken nachhing, kam Simon Sonnleitner ins Zimmer. Er gähnte.

»Simon, stell dir vor: Am Langwieder See ist von einem Zeugen zur Tatzeit ein Geschäftsmann im Anzug gesehen worden, der aufgeregt wirkte. Klingelt da bei dir was?«

Sonnleitner fuhr sich mit der Hand über das Gesicht, er schien geistig noch nicht ganz auf der Höhe zu sein. »Doch nicht etwa … sag bloß, etwa unser sauberer Promi-Anwalt?«

Nadine Lange triumphierte. »Gut möglich. Die Beschreibung, die der Zeuge zu Protokoll gegeben hat, trifft jedenfalls auf ihn zu. Aber der behauptet doch Stein und Bein, dass er nicht in der Nähe war – was freilich dreist gelogen gewesen sein kann.«

»Hm. Kennst du noch den Weg nach Starnberg?«

»Nö, aber hoffentlich dein Navi!«

Eine halbe Stunde später standen die Kommissare wieder in der Kanzlei. Sie einigten sich auf die arbeitsteilige Strategie, dass Simon Sonnleitner möglichst emotionslos die Vernehmung führen und Nadine Lange verräterische körperliche Signale im Blick behalten sollte.

»Sie haben uns gestern angelogen, Herr Dr. Britting!«, blaffte ihn Simon Sonnleitner direkt an, »Sie waren eben doch am Langwieder See, Sie sind gesehen worden. Und zwar exakt vor der Tatzeit!«

Zwar war dies ein Schuss ins Blaue, denn schließlich gab die Zeugenaussage dies in keiner Weise her, aber Brittings Körpersprache zeigte klar, dass er ertappt war. Dennoch versuchte er zu leugnen:

»Wer behauptet denn so was?«

»Hören Sie auf! Geben Sie es zu! Wir wissen es.«

»Na schön. Ok. Ja, ich war dort. Sie war aber doch schon tot, als ich sie fand. Mein Gott, das war vielleicht ein Schock. Sie können sich gar nicht vorstellen, wie das sofort alles in mir hektisch zu arbeiten begann!«

»Genauer!«, forderte Simon Sonnleitner den Anwalt auf. »Woher wussten Sie, dass sie dorthin radeln würde? Und wie haben Sie Frau Gruber gefunden? Sie hatte den See ja noch nicht ganz erreicht.«

»Mein Gott, das wusste doch jeder, dass sie bei schönem Wetter nachmittags dorthin radelte. Das hat sie doch fast täglich gemacht. Nachdem sie nicht zu unserer Verabredung gekommen war, bin ich eben die paar Kilometer weitergefahren. Ich wollte sie fragen, ob sie sich die Sache nochmals überlegt hätte.«

»Aber dazu kam es nicht mehr?«

»Nein, verdammt noch mal! Ich war da, aber … sie kam und kam nicht. Da bin ich ein Stück in den Wald hineingegangen, um …«

»Ja? Um …?«

»Um sie zu suchen? Um ihr entgegenzugehen? Was weiß denn ich? Hätte ich es bloß nicht gemacht! Mann! Wer rechnet denn auch mit so was?«

»Und?«

»Also, ich geh halt ein paar Meter in den nächsten Waldweg rein, Richtung Stadtgrenze München-Allach. Von dort hätte sie ja kommen müssen! Ein, zwei Biegungen weiter seh ich sie auch schon liegen ... zuerst das Fahrrad, dann ...« Er schluckte.

»Weiter! Was geschah dann?«

»Ich bekam Panik. Hatte ja bemerkt, was passiert war. Ich also näher zu ihr hin, beugte mich über sie, sprach sie an. Sie rührte sich nicht mehr. Ich wollte sofort weglaufen! Nur weg von hier! Mir war ja klar, dass mich die Polizei als Erstes verdächtigen würde, wenn ich es gemeldet hätte. Und jede Menge Fragen ... Dem wollte ich aus dem Weg gehen.«

Hat ja auch wunderbar geklappt!, dachte Nadine Lange sarkastisch und beobachtete, wie der Anwalt seine Handknöchel vor Verlegenheit oder Angst so sehr aneinanderpresste, dass sie ganz blutleer wurden.

Simon Sonnleitner machte mit seiner Vernehmung weiter.

»Woher wussten Sie, dass sie tot war? Was machte Sie so sicher? Sind Sie medizinisch vorgebildet? Vielleicht hätten Sie noch Hilfe holen können. Das wäre dann unterlassene Hilfeleistung. Auf jeden Fall hätten Sie den Fund doch melden müssen!«

»Unterlassene ...? Also jetzt hören Sie doch auf! Sie lag da blutüberströmt mit mehreren Einstichen. Das konnte ein Blinder sehen, dass da nichts mehr zu machen war. Die war mausetot. Aber so was von.«

»Und?«

»Ich blickte mich um. Nach allen Seiten. Da ich keinen Menschen entdecken konnte, ging ich ganz langsam zurück zu meinem Auto, um nicht aufzufallen. Mir ist auch keine Menschenseele begegnet. Dann bin ich hierhergefahren. Das war alles. Ich habe nichts angefasst.«

»Das ist jetzt aber eine ganz andere Geschichte als die, die Sie uns gestern aufgetischt hatten?«, sagte Sonnleitner vorwurfsvoll.

»Ja, doch. Mann! Woher hätte ich denn auch ahnen sollen …? So war's aber! Sie müssen mir einfach glauben. Ich bring doch nicht meine Freundin um. Warum hätte ich das denn machen sollen?«

Naja, vielleicht weil sie deiner Frau und deinen Mandanten rumerzählen wollte, was du für ein Armleuchter bist, und weil du Angst um deine Geschäfte hattest? Oder weil sie dich wegen deiner Promotionsarbeit erpressen wollte, die sie dir geschrieben hat?, überlegte Sonnleitner. Er war sich darüber im Klaren, dass es schwer werden würde, irgendwas zu beweisen, wenn der Anwalt keine Spuren hinterlassen hatte. Er fragte: »Wären Sie bereit, einen Gentest zu machen? Diesen könnten wir mit der DNA des Täters abgleichen.«

»Natürlich, jederzeit. Ich habe am Tatort nichts angefasst, schon gar nicht Frau Gruber. Wenn ich damit meine Unschuld beweisen kann, dann gerne sofort.«

Sonnleitner überlegte. »Hören Sie, das ist jetzt ganz wichtig, Herr Dr. Britting: Gesetzt den Fall, dass Sie wirklich nicht der Täter wären – ist Ihnen vielleicht was aufgefallen? Irgendeine Kleinigkeit? Als Sie auf sie gewartet haben. Oder später, als Sie den Tatort verlassen haben? Womöglich sind Sie dem Täter sogar begegnet?«

Nadine Lange begriff, was ihr Kollege mit dieser Frage bezweckte. Falls Britting nicht der Mörder gewesen sein sollte, so war es zumindest möglich, dass er den Täter gesehen hatte. Und wenn der Mörder oder die Mörderin bemerkt hatte, dass er gesehen worden war, so schwebte der Anwalt womöglich selber in Gefahr. Denn er konnte ihm als Zeuge ja durchaus gefährlich werden, falls er sich an die Polizei wandte.

»Äh … Als ich gewartet habe, kamen so fünf, sechs Leute an meinem Platz vorbei. Ich stand an der Ostseite des Sees, in der Nähe des Spielplatzes. Ein älterer Herr mit einem hinkenden Schlittenhund, der sich sichtlich quälte. Die gingen um den ganzen See herum. Außerdem ein Mann, so um die 40 Jahre. Las Zeitung auf einer Bank. Ging irgendwann weg. Dann eine jüngere Dame in Sportkleidung, die ging in den Wald hinein und kam nach ein paar Minuten wieder zurück. Ich hatte gedacht, die muss halt mal.«

Simon Sonnleitner wurde hellhörig. »Wie sah die jüngere Dame aus? Größe, Haarfarbe, Statur?«

»Schlank, blonder Pferdeschwanz. Genau habe ich nicht hingeschaut, sie kam von der anderen Seeseite und verschwand direkt im Wald. Und außerdem dann noch mal ein Mann mittleren Alters: Fleeceshirt, Sportbille, Radlerhose. Grünes Mountainbike.«

Als der Anwalt »Pferdeschwanz« sagte, musste Nadine Lange an Alexandra Heinlein denken. War es denkbar, dass die Referendarin in der Sache drinhing? Wollte sie ihrer Seminarleiterin Schikanen oder schlechte Beurteilungen heimzahlen? Allerdings schob sie den Gedanken wieder beiseite. Dies erschien ihr reichlich unwahrscheinlich, für einen Mord reichte das als Motiv wohl kaum aus. Und jüngere Damen mit zusammengestecktem Haar gab es schließlich wie Sand am Meer.

Ruhig sagte Simon Sonnleitner: »Ok. Belassen wir es dabei. Wir bräuchten dann noch Ihre Fingerabdrücke.«

»Natürlich. Gerne jederzeit. Haben Sie denn am Tatort welche sicherstellen können? Das würde dann ja meine Unschuld beweisen.«

»Und DNA-Probe. Morgen früh im Präsidium. Um acht Uhr in der Kriminaltechnik. Dort machen wir außerdem ein schriftliches Protokoll. Klar?«

»Gerne. Wenn Sie mich dann in Ruhe lassen.« Dr. Theodor Britting wirkte fast ein wenig überrascht und erleichtert.

Während des etwa zehnminütigen Gesprächs hatte viermal das Telefon geläutet. Dr. Theodor Britting war zweifellos ein gefragter Fachexperte. Fluchtgefahr konnte man bei ihm ausschließen.

»Eine letzte Frage noch, aus rein persönlichem Interesse: Sagt Ihnen der Begriff ›wissenschaftliches Ghostwriting‹ etwas, Dr. Britting?«, erkundigte sich Simon Sonnleitner.

Britting zuckte. Überraschung und Entsetzen waren ihm deutlich anzumerken. Sonnleitner hatte ihn eindeutig auf dem falschen Fuß erwischt.

»Was meinen Sie damit, Herr Kommissar?«, fragte er lauernd zurück, um Zeit zu gewinnen. Sonnleitner wusste in diesem Moment, dass die Falle zugeschnappt war. »Mit Urheberrecht beschäftigen wir uns hier nicht.«

»Das sollten Sie aber – ich frage Sie ganz gerade heraus: Unterhielten Sie neben Ihrer erotischen Liaison mit Frau Gruber auch noch eine Geschäftsbeziehung mit ihr? Anders gesagt: Hat Frau Gruber für Sie Ihre Dissertation geschrieben? Es gibt Anhaltspunkte, dass sie als Ghost tätig war. Sie konnte sich in jedes Thema blitzschnell einarbeiten.«

Eisiges Schweigen. Dr. Britting hüstelte: »Nun ja, ähem … also, ich habe vor Kurzem über Wirtschaftsethik promoviert und ihr das Material hierfür zur Verfügung gestellt … Sie hat mich dann promotionstechnisch entsprechend beraten, sozusagen … Das ist nicht verboten.«

»Wirtschaftsethik, soso.« Sonnleitner musste an sich halten, um nicht laut loszuprusten. »Wie viel?«

»Bitte was?«

»Wie viel haben Sie ihr dafür gezahlt, dass sie Ihnen die Arbeit verfasste? Wir sind nicht von der Steuerfahndung. Uns geht es nur darum, einen Mord aufzuklären – aber dafür benötigen wir ein möglichst komplettes Puzzle. Also?«

»40.000. Auf ein Nummernkonto in Liechtenstein. Ob die das versteuert hat, interessierte mich ehrlich gesagt nicht.«

Simon Sonnleitner pfiff durch die Zähne. Wirtschaftsethik eben ...

»Wow ... Hat sie Sie erpresst?«

»Nein, natürlich nicht. Der Betrag war ausgemacht. Das war von Anfang an klar. Was denken Sie denn? Wir reden immerhin über fast 500 Seiten.«

Die Kommissare warfen sich Blicke zu und verließen die Kanzlei.

Als sie bei herrlichem Nachmittagssonnenschein auf der idyllischen Staatsstraße 2069 über Unterbrunn, Gilching und Alling in westlicher Richtung zurück ins Präsidium nach München-West fuhren, sprudelte Nadine Lange heraus: »40.000 Eier: Es gibt Leute, die für viel weniger Geld töten.«

»Ja. Aber *der* nicht! Außerdem hatte sie das Geld ja schon auf ihrem Konto.«

Nadine Lange legte nach: »Vielleicht wollte sie aber noch mehr. Konnte nicht genug kriegen. Arrogante Goldkettchenträger von seiner Sorte kann ich nicht ab. Lässt sich einfach seine Doktorarbeit schreiben, dieser windige Naffel!«

»Vorsicht mit emotionalen Klischees, Nadine! Nur weil du ihn nicht leiden kannst, muss er noch lange kein Mörder sein.«

»Vielleicht doch – ich denk mir das so, dass sie ihn mit der Dissertation erpresst hat, die sie für ihn vielleicht ursprünglich mal aus Liebe geschrieben hat. Nachdem er sie dann aber sitzen ließ, verlangte sie nachträglich Honorar – nenn es Schweigegeld! Andernfalls hätte alle Welt erfahren, dass der feine Herr Anwalt wissenschaftlich getrickst hat. Da hat er rot gesehen. Weißt du noch, was er ihr auf den AB gesprochen hat? ›Du kannst mich doch nicht so einfach abservieren!‹ Abservieren!, Simon! Es ging vermutlich gar nicht darum, dass sie mit ihm Schluss gemacht hat – da waren wir auf dem Holzweg. Sie wollte ihn verpfeifen, damit wäre er als Jurist erledigt gewesen. Ein Mann in seiner Position! Gestern hat er noch vehement abgestritten, überhaupt am See gewesen zu ein. Und jetzt, wo wir ihn aufs Glatteis geführt haben, fällt ihm ein, dass er doch dort war und sie angeblich tot aufgefunden hat. Merkst du was? Es kann genauso gut gewesen sein, dass er ihr gezielt aufgelauert und sie abgestochen hat. Und uns erzählt er Märchen, weil er denkt, dass wir ihm nichts beweisen können.«

»Hm, klingt etwas abenteuerlich. Ich geb dir recht, dass der Typ aalglatt ist. Aber so einer macht sich nicht selber die Hände schmutzig. Das mit den Doktorarbeiten ist gang und gäbe, du kannst dir heute mit ein paar Klicks im Internet für entsprechendes Geld jede wissenschaftliche Facharbeit kaufen, aber Mord ist eine andere Hausnummer. Die 40.000 tun dem nicht weh. Denk dran, der war sofort ganz scharf auf den DNA-Test – also ist er sauber, er hat bestimmt nichts angefasst. Fakt ist: Wenn seine DNA nicht mit dem Kaugummi übereinstimmt, der am Tatort gefunden wurde, können wir ihm sowieso nichts. Eher könnte ich mir vorstellen, dass da vielleicht noch ein anderer war, der in seinem Auftrag gehandelt hat. Oder der ihm was schuldig war.«

»Und das ist jetzt nicht abenteuerlich, oder was?«

Sie schwiegen eine Weile. Dann sagte Nadine Lange halblaut: »Welche Rolle spielt seine betrogene Ehefrau, die jahrelange Demütigungen ertragen musste? Vielleicht hat sie nachgeholfen und wollte ihm das Ding anhängen? Als Rache für verletzte Eitelkeit? Die Gelegenheit wäre doch günstig gewesen. Sie hat alles so eingefädelt, dass die Indizien auf ihn zeigen und sie fein raus ist. *Er* würde ins Gefängnis wandern und *sie* könnte die gut gehende Anwaltskanzlei alleine weiterführen und ordentlich Kasse machen. Damit hätte sie ein tolles Luxusleben ohne die ständigen Demütigungen und Erniedrigungen durch Nebenbuhlerinnen. Nur hat sie nicht damit gerechnet, dass er schlau genug war, nichts am Tatort anzufassen. Dann wäre ihr Plan nicht aufgegangen.«

»Ja, Laufschuhe besitzt sie vermutlich auch. Nur: Wenn die wirklich zuerst in der Starnberger *Wohlfühl-Oase* war und danach noch beim Kaffeekränzchen am See, wo sie ja gesehen wurde – kann sie dann, rein logistisch gesehen, überhaupt so schnell am Tatort gewesen sein? Ich meine: Wie lange braucht man von der *Oase* zum Langwieder See und zurück?«

»Haben wir gleich!« Nadine Lange gab in ihr Smartphone die Entfernung ein, wenige Sekunden später spuckte Firefox das Ergebnis aus: 19 Minuten reine Fahrtzeit – einfach.

»Puh«, stellte sie fest, »selbst wenn sie wie der Teufel gefahren ist, dürfte sie die ganze Aktion nicht unter einer Stunde geschafft haben. Sie konnte ja auch nicht die genaue Uhrzeit wissen, wann Frau Gruber kommen würde.«

»Eben. Und an zwei Orten gleichzeitig zu sein, das schaffen bekanntlich nur Heilige. Als eine solche würde ich diese Dame jedoch eher nicht bezeichnen wollen. Oder unsere Frau Dr. Thalhammer hat sich mit dem Todeszeitpunkt geirrt.«

FREITAG, 02.06.2017, NACHMITTAGS

Die Person steckte das lange Küchenmesser ein und schob ihr grünes Mountainbike aus dem Fahrradkeller hinaus auf die wenig frequentierte Seitenstraße. Nachdem sie bereits ein paar Meter weit gefahren war, stellte sie fest, dass der Hinterreifen zu wenig Luft hatte.

»Mist!«, schimpfte sie. »Hoffentlich kein Loch!« Einen Moment lang überlegte sie, ob sie weiterfahren könnte oder ob es erforderlich sei umzukehren.

Hm, ich habe ja doch eine längere Strecke vor mir, überlegte die Person, da ist es doch besser, wenn der Luftdruck stimmt, dann fährt es sich auch deutlich leichter.

Die Person drehte um. Holte eine Luftpumpe aus dem Heizungskeller ihres Reiheneckhauses und setzte sie am Ventil an. Nach rund 30 kräftigen Stößen war sie mit dem Reifendruck zufrieden. Die Luft blieb drin, also kein Loch und auch kein Materialfehler.

So, jetzt muss ich mich aber beeilen. Ich will ja rechtzeitig an Ort und Stelle sein.

ZUR GLEICHEN ZEIT ...

Carola Bigalke packte ihre Koffer. Sie war voller Vorfreude auf die Ferien, fast wie ein Schulmädchen. Dabei war die allein stehende Oberstudienrätin für Englisch, Geschichte und Französisch vor einem Monat 47 Jahre geworden.

47 Lenze jung, wie sie immer zu sagen pflegte, wenn sie jemand nach ihrem Alter fragte. Heute war ihr letzter Schultag gewesen. Ab jetzt würde sie ihren Schülern, Kollegen und Eltern für zwei Wochen Adieu sagen. 14 Tage Auszeit. Auszeit vom Unterrichten, vom Konferieren, vom Korrigieren. Einfach nur entspannen. Auf einem Steg sitzen und zum Horizont hinausblicken. Die Seele baumeln lassen. Schwimmend eintauchen in smaragdblauen, sanften Wellengang. Sonnenuntergänge genießen. Sich verwöhnen lassen. Wie immer zu Pfingsten hatte sie auch diesmal wieder »ihr« Hotel am Gardasee gebucht, das sie schon seit vielen Jahren regelmäßig aufsuchte. Bardolino. Erste Strandreihe. Ein romantisches, familiär geführtes Vier-Sterne-Hotel aus den späten 1960er-Jahren, als die wirtschaftswunderverwöhnten Deutschen Italien entdeckten. Diejenigen, die nicht so weit fahren wollten, blieben am Gardasee hängen. So auch sie seinerzeit mit ihren Eltern. Glasklares Wasser, ein Himmel wie Lapislazuli. Inzwischen war das Hotel mit ihr zusammen etwas in die Jahre gekommen, aber in den letzten Jahren war es von den neuen Besitzern liebevoll auf Vordermann gebracht und zeitgeistgemäß aufgehübscht worden, manche sagten abfällig »auf Zeitgeist getrimmt«: Fitnesscenter, Ruheraum, Spa- & Wellness-Oase luden mit zahlreichen Angeboten zum Verweilen ein, was Carola Bigalke sehr

begrüßte. Sie warf einen Blick auf den bunten Werbeprospekt, den sie vor einigen Tagen aus ihrem Briefkasten gefischt hatte.

Diesmal gönne ich mir eine Algen-Thalasso-Relax-Ganzkörperbehandlung mit Beau-Bronz-Sprühpeeling. Und eine traditionelle hawaiianische Lomi-Nui-Massage mit durchblutungsförderndem Rosmarinöl, plante sie. Auf jeden Fall möchte ich mein Frühstück wieder aufs Zimmer gebracht bekommen. – In spätestens 24 Stunden würde sie in einer der vielen wundervoll am Seeufer gelegenen mondänen Pizzerien sitzen und sich eine knusprige Calzone tonno mit einem gepflegten Glas Chiaretto Spumante gönnen. Ein kühles Sprizzerol- oder Bracchetto-Gelato zum Nachtisch würde das Dinnermenü abrunden.

Bis dahin war aber noch einiges zu erledigen. Um die lange Autofahrt ohne Rückenschmerzen zu überstehen, wollte sie vorab eine Runde joggen gehen – 16 Uhr war ihre bevorzugte Laufzeit. Seit Jahren pflegte sie spätnachmittags von Langwied hinüber zum Planegger Wallfahrtskloster Maria Eich zu laufen, sobald sie ihre Schulsachen für den nächsten Tag fertig hatte. Allerdings nur bei schönem Wetter. Carola Bigalke hasste Schmuddelwetter. Noch mehr hasste sie Wind. Am allermeisten jedoch hasste sie die Wintermonate. Ich werde nie verstehen, wie manche Leute bei jedem Wetter und noch dazu schon in aller Früh kilometerweit laufen können, sinnierte die Schönwettersportlerin, während sie ihre Samsung Gear-Laufuhr anlegte und programmierte. Flink schnürte sie ihre neuen neongelben Laufschuhe, die sie im Internet versehentlich eine halbe Nummer zu groß bestellt hatte, steckte sich den Haustürschlüssel in die Außentasche ihrer weiten Laufshorts und trat vor die Tür ihres Elternhauses. Sie streckte sich und atmete tief ein. Würziger Tannennadelduft stieg ihr in die Nase. Seit fast einem halben Jahrhundert lebte sie hier in diesem Häuschen am Waldrand am

Ende der Anliegerstraße. Hier war sie als Einzelkind behütet aufgewachsen, hier lebte sie noch heute. Seit ihr Vater, der Deutschland-Vertriebsleiter eines amerikanischen Futtermittelkonzerns war, vor zehn Jahren einem Krebsleiden erlegen war, waren Mutter und Tochter noch enger zusammengerückt und teilten sich Haus und Garten. Es gab eine klare Arbeitsteilung: Die Mutter besorgte für beide die Einkäufe, kochte und machte Haushalt und Wäsche. Die Tochter hielt das Grundstück in Schuss, beauftragte Handwerker, kümmerte sich um die Instandhaltung der beiden Autos und erledigte Behörden- und Papierkram-Angelegenheiten. Viel hatte sich für sie nach dem Tod des Vaters nicht verändert, denn er war sowieso die meiste Zeit beruflich bedingt abwesend gewesen, seit sie sich erinnern konnte. Mit ihrer Mutter hatte sie seit jeher ein sehr herzliches Verhältnis verbunden, inzwischen waren sie viel mehr als Mutter und Tochter, sie waren auch beste Freundinnen geworden. Hatte sie früher ein paar Male mit dem Gedanken gespielt, aus dem Elternhaus auszuziehen, so war dies zum jetzigen Zeitpunkt kein Thema mehr. Es war für beide Seiten eine Win-Win-Situation. Heiraten war für sie eigentlich nie in Frage gekommen. Zwar gab es über die Jahre hinweg den einen oder anderen Verehrer, aber es wurde nie etwas Beständiges daraus. Selten war sie mit Männern emotional über rein sexuelle Beziehungen hinausgekommen, was sie unter anderem darauf zurückführte, dass sie als Kind nie eine intensive Beziehung zu ihrem Vater hatte aufbauen können. Sie tat sich schwer damit, sich ganz zu öffnen. Manchmal fragte sie sich, ob sie überhaupt schon jemals richtig verliebt gewesen war. Dabei sah sie nicht schlecht aus, wie ihr oft bestätigt wurde. Auch im Kollegenkreis an ihrer Schule hatte es hin und wieder Annäherungsversuche gegeben, aber mehr als ein paar kurze Quickies waren nie herausgesprungen. Sie beließ es stets beim Körperlichen.

Carola Bigalke rannte los und saugte gleichmäßig atmend genüsslich die würzige Frühlingsluft ein. Sofort registrierte sie das typische gleichmäßige Ziehen im rechten vorderen Kniegelenk, das sie seit einigen Monaten je nach Tagesverfassung immer mal wieder bei ihren Entspannungsläufen begleitete. Sie hatte deswegen schon mehrere Ärzte aufgesucht und verschiedene Untersuchungen durchführen lassen, aber außer einer Sehnenreizung am Pes anserinus-Muskelbündel, die offenbar chronisch geworden war, war nichts gefunden worden, was sie sehr beruhigte. Ein geschäftstüchtiger Orthopäde hatte ihr zwar eine Spezialklinik für Muskel- und Sehnenleiden empfohlen, aber sie wurde das Gefühl nicht los, dass dies nur der Tatsache geschuldet war, dass sie als Privatpatientin lukrative Abrechnungsmöglichkeiten garantierte. Deshalb hatte sie sich dagegen entschieden und den Mediziner nie wieder aufgesucht. Heute ziepte die Sehne also mal wieder, doch sie ignorierte den Schmerz. Sie wusste, dass sich dies nach einigen Minuten geben würde. Zuerst trabte sie gemächlich ein paar Hundert Meter auf einem sonnendurchfluteten Schotterweg, dann steigerte sie das Tempo und tauchte südwestlich neben Maria Eich in das große Vorstadt-Waldgebiet vor München ein, welches sich an die Umlandortschaften Planegg-Krailling, Gräfelfing sowie Langwied anschmiegte und diese miteinander verband. Bigalke wusste, dass es in diesem Waldgebiet in den letzten Jahren immer wieder Überfälle gegeben hatte, jedoch schreckte sie dies nicht ab, hier weiterhin zu joggen.

Heute freilich schleppte sie irgendwie ein seltsames Gefühl mit. Vor drei Tagen war ihre langjährige Kollegin Rike Gruber beim Radfahren am Langwieder See Opfer eines hinterhältigen Mordes geworden. Diese brutale Tat beschäftigte sie sehr. Im Kollegium gab es in den Pausen und nach Schulschluss nur dieses eine Thema. Die Kollegen rätselten über mögliche Motive, die von Erpressung beziehungsweise Kontakt zu zweifelhaften Finanzleuten und Eifersucht bis hin zu abgewiesenen potenziellen Liebhabern reichten. Einig war man sich lediglich darüber, dass Rike Gruber ihren Mörder sehr wahrscheinlich gekannt haben musste. Die Option einer Zufallstat durch einen Wahnsinnigen schloss man komplett aus. Betroffen gemacht und irritiert hatte das Kollegium auch die Tatsache, dass man offensichtlich so wenig voneinander wusste, dass man gar nicht mitbekam, wenn jemand in Problemen steckte. Und das, obwohl man sich doch so viel darauf einbildete, an einem Strang zu ziehen. Ein paar Kollegen hatten sich wie immer komplett aus allem herausgehalten und waren zur Tagesordnung übergegangen, was sie überhaupt nicht verstehen konnte. Vollends aus der Fassung gebracht hatte sie jedoch, dass zwei, drei ältere Kollegen hinter vorgehaltener Hand gemunkelt hatten, man müsse sich nichts vormachen, die tote Kollegin hätte sich in den letzten Jahren bei Schülern und Eltern durch ihre rigoros-dominante Art nun wirklich alles andere als beliebt gemacht und sie wären nicht sonderlich überrascht, wenn da jemand … Carola Bigalke konnte da nur den Kopf schütteln. So war es eben: Wenn man nichts Genaues wusste, schossen alle möglichen Spekulationen ins Kraut. Auch bei ihr war es bisweilen so, dass sich Schüler und Eltern über zu schlechte Zensuren beschwerten, ein paar Mal waren sogar schon Anwälte eingeschaltet worden, wenn es für die Kinder um viel ging. Aus Elternsicht konnte sie das verstehen, aber als Lehrerin war sie nun mal angehalten, frühzeitig zu selektieren, da konnte sie nicht auf jedes Einzelschicksal Rücksicht nehmen. Niemandem war schließlich geholfen, wenn es jemand bis zur Oberstufe schaffte, aber dann ein schlechtes Abitur machte – das schadete dem Ruf der Schule. Außerdem waren ihre Noten stets wasserdicht gewesen. Aber würde deswegen jemand auf die Idee kommen, jemanden umzubringen? Für sie, Carola Bigalke, war ihre

Kollegin jedenfalls immer eine angenehme, fachlich kompetent wirkende Kollegin gewesen, obgleich sie nicht allzu viel mit ihr zu tun gehabt hatte, weil sie ja unterschiedliche Fächerkombinationen unterrichten und es von daher nur wenige Berührungspunkte gab. Ihre Kontakte waren auf Besprechungen und Jahreskonferenzen beschränkt gewesen. Ansonsten war man freundlich-kollegial miteinander umgegangen, hatte sich höflich gegrüßt und gegenseitig die Türen aufgehalten. Doch dass ihr Platz im Lehrerzimmer jetzt leer blieb und stattdessen auf ihrem Schreibtisch eine Kerze brannte, beschäftigte sie so sehr, dass sie fast über eine Wurzel gestolpert wäre, die vorwitzig aus dem Boden ragte. So ließ sie den Gedanken in ihrem Kopf freien Lauf, während sie in einen kleineren Weg einbog.

Die wärmenden Sonnenstrahlen suchten sich ihren Weg durch die dicht stehenden Nadelbäume, die hier sehr hoch in den Himmel ragten. Außer dem sinnlich-fröhlichen Gezwitscher der Amseln, Buchfinken und Tannenmeisen, garniert vom rhythmischen Klopfen mehrerer Kuckucks, das sich wie ein kunstvoll komponiertes Konzert anhörte, gab es hier keinerlei Lärm. Dies brachte sie auf andere Gedanken. Angeblich soll Vogelgezwitscher ja eine Inspirationsquelle für Komponisten wie Vivaldi oder Mozart gewesen sein, dachte die leidenschaftliche Ornithologin. Wenn ich hier so lausche, kann ich das gut verstehen. Keine motorisierten Quälgeister. Keine lärmenden Rasenmäher, keine Kreissägen, keine Müllwagen. Das Waldgebiet war bei Läufern und Radfahrern sehr beliebt, weil man sowohl kilometerweit ebene Wege als auch Steigungen und Gefälle finden konnte. Sie bevorzugte gleichmäßiges Tempo. Steigungen taten ihrer Sehne nicht gut, deswegen nahm sie fast immer die gleiche ebene Strecke. Normalerweise waren an solchen schönen Abenden immer andere Jogger oder Fußgänger mit Hunden unterwegs, aber diesmal schienen sie alle zu Hause geblieben zu sein oder einen anderen Weg gewählt zu haben. Die Lehrerin lief jetzt schon gut 20 Minuten, ohne einem Menschen begegnet zu sein. Sie blieb kurz stehen, um noch einmal bewusst den Geräuschen des Waldes zu lauschen, ehe es nach ein paar Metern auf dem Rundweg zurückging.

Was war das? Klapperte da nicht irgendwo etwas Metallisches? Das Schutzblech von einem Fahrrad? Ein Kind mit einem Roller? Ein Tier im Dickicht? Doch hoffentlich kein Wildschwein? Hatte sie nicht erst neulich in einem Bericht gelesen, dass eine Horde Eber eine Familie beim Picknick angegriffen hatte? Sie blickte sich nach allen Seiten um. Nichts. Das Geräusch war auch wieder verschwunden. Jetzt höre ich schon Dinge, die nicht da sind, wunderte sie sich über sich selbst. Doch wenige Sekunden später war sie sich sicher. Da war es wieder, ganz in der Nähe. Das typische scharrende Geräusch von Reifen auf Schotter. Sie wandte sich um, im nächsten Augenblick tauchte auch schon das Fahrrad hinter der Biegung auf. Ein grünes Mountainbike hielt mit einem Affenzahn direkt auf sie zu. Was sollte das werden? Sie blieb stehen.

»Halt! Vorsicht!«, schrie sie mit aller Kraft und versuchte im letzten Moment zur Seite zu springen. Doch da wurde sie von einem heftigen Stoß getroffen und sehr unsanft zu Boden geschleudert. Obwohl die Person, die jetzt vom Fahrrad sprang, einen Helm trug, erkannte sie sie sofort. »Hallo ... hey! Was zum Teufel soll denn ...?«, war das Letzte, was sie noch sagen konnte. Eine Millisekunde später spürte sie einen stechenden Schmerz in ihrem Unterleib. Die Person hatte sich straff über sie gebeugt und hielt sie mit schwarzen Radlerhandschuhen fest wie in einem Schraubstock.

»Lass das gefälligst! Spinnst du?«

Als sie an sich selbst nach unten blickte, bemerkte sie voll Entsetzen, wie etwas Metallenes in ihrem Bauch steckte. Die angreifende Person zog das Messer heraus und stach ein paar Zentimeter daneben ein zweites Mal mit voller Wucht zu.

Unbarmherzig bohrte sich die Klinge ins Fleisch und zerfetzte Zwerchfell und Magen. So überrumpelt und daliegend versuchte sie sich mit dem Mute der Verzweiflung röchelnd zu wehren, bemühte sich, den Arm der auf ihr knienden Person zu fassen zu bekommen, doch der Versuch misslang. Ihre Arme hatten nicht die nötige Kraft, um die Person von ihr wegzuhalten. Ihre Hände gehorchten ihr nicht mehr, fühlten sich so seltsam schlaff an. Dann verschwamm alles um sie herum und auf die Umgebung legte sich weißlicher Schleier.

Ade, geliebtes Bardolino, war das Letzte, was die Lehrerin noch denken konnte. Schließlich versank sie in einem endlos lang scheinenden dunklen Tunnel, an dessen Ende es gleißend hell erstrahlte.

FREITAG, 02.06.2017, 13.30 UHR

»Jetzt schlägt's 13!«, rief Ritchie Müller aus, während er sich locker-lässig durch das Video scrollte. »So ein gerissenes Luder!«

Mehrmals spulte er die Schwarz-Weiß-Videosequenz des Mordtages aus der Überwachungskamera, die ihm nach einigem guten Zureden der kroatische Hausmeister der Starnberger *Wohlfühl-Oase* gemailt hatte, hin und her, weil er nicht glauben konnte, was er da sah. Um 12.58 Uhr hatte Frau Britting, mit einer großen gelben Badetasche über der Schulter, das Drehkreuz am Eingang des Schwimmbads betätigt, 19 Minuten später kam sie schon wieder heraus. Er machte zwei Bildschirmabgriffe, 12.58 Uhr und 13.17 Uhr, und legte die JPEGs in seiner elektronischen Akte ab. Dann griff er zum Telefonhörer, um die Kollegen an seinen Erkenntnissen teilhaben zu lassen.

Nadine Lange und Simon Sonnleitner saßen gerade mit sechs weiteren Kollegen des Dezernats für Kapitalverbrechen in einer Teambesprechung, die Kriminaloberrat Korbinian Schätzler wegen ermittlungstechnischen Pannen in einem anderen Tötungsdelikt kurzfristig außerplanmäßig anberaumt hatte. Die mit diesem Fall beauftragten Kollegen hatten es mit einem potenziellen Mehrfachmörder zu tun, der sich einer kriminalpolizeilichen Zweitvernehmung durch Flucht entzogen hatte. Es wurde beratschlagt, sich mit einer Eingabe an »Aktenzeichen xy ungelöst« zu wenden, um über diesen Weg durch ein breites Fernsehpublikum mehr über seinen möglichen Aufenthaltsort herauszufinden. Plötzlich klingelte Nadine Langes Diensthandy in ihrer Hosentasche, was mit einem tadelnden Blick seitens ihres Vorgesetzten quittiert wurde, der sich in seiner Moderation gestört fühlte.

Mist! Vergessen, auf stumm zu schalten!, schoss es ihr durch den Kopf. Auf dem Display leuchtete die Nummer von Ritchie Müller. Die Oberkommissarin entschuldigte sich, nahm das Gespräch an und verließ zügig den Sitzungsraum. Schätzler wartete so lange, bis sie die Tür hinter sich geschlossen hatte, erst dann machte er weiter.

Müller sprudelte entgegen seiner sonstigen Gewohnheiten sofort heraus: »Hi, Nadi-Mäuschen, pass mal auf! Eure

Anwaltsgattin, die war noch nicht mal 20 Minuten lang in dem Schwimmbad.«

Nadine Lange wusste sofort, worauf ihr Kollege hinauswollte. Offenbar hatte er die Videoaufzeichnungen schon gesichtet. Sie fragte kurz zurück: »Kein Zweifel, Ritchie?«

»Nö. Einmal rein, kurz umgezogen, dann rasch zwei Bähnchen geschwommen, dann schwupp wieder raus. Super-Power-Wellness, wenn du mich fragst. Von der flinken Sorte, die Dame: 12.58 Uhr und 13.17 Uhr. Alle weiteren Schlüsse dürft ihr jetzt selber ziehen, ich mail euch die Pics mit den Uhrzeiten rüber.« Typisch Ritchie Müller. Zuverlässig. Schnell. Ironisch auf den Punkt.

Bingo. Nadine Lange bedankte sich, setzte sich an ihren PC und machte zwei Durchsuchungsbeschluss-Formulare für die Kanzlei und das Privathaus der Brittings sowie den Antrag für einen DNA-Test fertig. Vor Empörung konnte sie sich nur schwer auf ihre Arbeit konzentrieren. Die ist jetzt fällig. Uns macht sie weis, dass sie Wellness gemacht hat und mit ihren »honorigen Damen« beim Kaffeekränzchen war. Nadine Lange saß auf Kohlen, hoffte, dass die Sitzung bald beendet sein würde. Sie wollte Schätzler nicht nochmals stören. Doch hatte die Sache so lange Zeit? Was, wenn die Brittings inzwischen mögliche Beweismittel vernichteten? Zum Beispiel das Tatwerkzeug oder die Brooks-Schuhe. Zum Glück machten die Kollegen gerade eine Pause.

Nadine Lange schnappte sich Sonnleitner, um ihn auf den neuesten Stand zu bringen. Gemeinsam fingen sie Schätzler ab und klärten ihn über die neueste Entwicklung auf. Der Chef stutzte, sah sich die ausgefüllten Formulare genau an und legte dann den Stift hin. Er räusperte sich und sagte argwöhnisch:

»Anwaltskanzlei? Privathaus? Zwei Juristen? DNA-Test für die Ehefrau? Na bravo! Ihr seid doch nicht erst seit gestern bei der Mordkommission – da wisst ihr doch, wie der Hase läuft, oder? Dr. Britting hat heute Morgen ganz kooperativ freiwillig DNA und Fingerabdrücke abgegeben – seine Schuhgröße ist übrigens auch größer als die Spuren von den Laufschuhen. Leute, so ein Durchsuchungsbeschluss ist kein Pappenstiel, den man einfach mal so zwischen Tür und Angel ausstellt, schon gar nicht am Freitagnachmittag. Jeder Rechtsverdreher haut uns den kleinsten Formfehler so dermaßen um die Ohren, dass wir danach alle bis zu unserer Pensionierung nur noch den Verkehr regeln dürfen. Ihr wisst doch beide, dass besonders einschneidende Polizeimaßnahmen wie zwangsweise Blutentnahme, Hausdurchsuchung oder Telefonabhörung prinzipiell nur nach vorheriger richterlicher Zustimmung zulässig sind, und zwar aus gutem Grund. So schnell kriege ich die in diesem Fall nicht her. Ausnahmsweise bei Gefahr im Verzug kann die Genehmigung auch nachgeholt oder vom Staatsanwalt oder von uns selbst ersetzt werden. Aber da werde ich bei der derzeitigen Beweislage wirklich nicht meinen Kopf hinhalten.«

»Aber Chef, sowohl der Dr. Britting als auch seine Frau haben uns nachweislich angelogen, was sie sehr verdächtig macht. Ist das jetzt der Anwaltsbonus, oder was?«, ereiferte sich Nadine Lange.

»Langsam, langsam. Kommen Sie mal runter, Kollegin!«, beschwichtigte sie Schätzler, was diese nur noch mehr auf die Palme brachte. Sie wollte keinesfalls als hysterisch gelten, aber es konnte doch nicht sein, dass …

Einige umstehende Kollegen begannen auf das erregt geführte Dreiergespräch aufmerksam zu werden.

»Nehmt euch mal einen Stuhl!«, ordnete Korbinian Schätzler in ruhigem, bestimmten Tonfall an. Als die beiden saßen, fuhr er fort: »Ich bin ja ganz bei euch, aber wenn ich das richtig sehe, haben wir nichts als Vermutungen und Theorien.

Was glaubt ihr, wie ein halbwegs kreativer Verteidiger uns das zerpflücken würde? Ok, beide haben gelogen, und auch die Motivlagen kann man nachvollziehen. Aber dass Frau Britting das Schwimmbad wieder verlassen hat, muss erst mal gar nichts heißen. Hattet ihr sie explizit danach gefragt? Nein. Das kann viele Gründe haben. Vielleicht war es zu voll oder das Wasser zu kalt oder sie hat Personen getroffen, die sie nicht mochte oder oder … War sie verpflichtet, euch das alles auf die Nase zu binden? Und in der Zeit zwischen Schwimmbad und Kaffeekränzchen kann sie überall gewesen sein, vielleicht solltet ihr sie dazu erst mal befragen und ihre Aussage entsprechend nachprüfen! Wenn die Dame dann wirklich kein Alibi hat, können wir immer noch sehen. Wonach sucht ihr eigentlich konkret in dem Haus? Was wollt ihr dem Richter überhaupt präsentieren? Ein blutiges Küchenmesser vielleicht?«

Nadine Lange und Simon Sonnleitner waren enttäuscht. Natürlich hatte Schätzler vollkommen recht, wenn man die Sache ganz emotionslos betrachtete. Er konnte nicht einfach Himmel und Hölle in Bewegung setzen und Gerichte übergehen. Die Anwälte würden die Durchsuchung mit einer Einstweiligen Verfügung stoppen und Recht bekommen. Sofern sie nichts wirklich Hieb- und Stichfestes fänden, wären sie geliefert, weil sie übereifrig gehandelt hatten.

»Genauso mau sieht unsere Beweislage gegen ihren Ehemann aus«, fuhr Schätzler fort, nachdem er das Blatt überflogen hatte. »Klar, der war am Tatort, das hat er inzwischen auch zugegeben. Somit könnte theoretisch seine DNA mit den Kaugummis matchen. Ich betone ›könnte‹. Die Analyse wird etwa vier Tage dauern. So weit, so schlecht. Aber selbst das würde dann keineswegs heißen, dass er sie umgebracht hat. Versteht ihr? Das würde nie für eine Anklage reichen, dafür brauchen wir viel mehr. Jeder Staatsanwalt und besonders jedes Strafgericht würde uns das um die Ohren hauen. Damit machen wir uns hochgradig lächerlich. Nicht mit mir, Leute!«

Die Hauptkommissare saßen betreten da. Nadine Lange wollte noch nicht aufgeben: »Aber wenn sich herausstellen sollte, dass Frau Britting für die Zeit zwischen 13.19 und 15.00 Uhr nun doch kein Alibi hat und vielleicht Brooks-Laufschuhe in der Schwimmtasche hatte ...«

»... dann haben wir natürlich eine etwas andere Situation!«, entgegnete Schätzler. »Aber findet das bitte erst mal raus! Wie, überlasse ich eurer Fantasie.«

Er zwinkerte ihnen verschwörerisch zu.

*

Eine Stunde später standen die beiden Hauptkommissare nach einem kurzen improvisierten Mittagssnack an einer völlig überteuerten Imbissbude am Seeufer zum dritten Mal innerhalb 48 Stunden im Vorzimmer der Starnberger Anwaltskanzlei und sahen sich einer genervten Anwaltsgattin gegenüber.

»Mein Mann ist bei einem Klienten«, empfing Frau Britting sie unterkühlt, während sie gerade am Tonerfach des Kopierers hantierte. »Wenn Sie was wollen, müssen Sie später wiederkommen oder eine schriftliche Vorladung ...«

»Wir wollten zu *Ihnen*, Frau Britting!«, erklärte Nadine Lange ebenso kühl und betonte jedes Wort.

Inge Britting erstarrte in der Bewegung. »Ich hab doch alles gesagt. Haben Sie denn nicht die Überwachungsbänder ...?«

Nadine Lange fiel ihr ungehalten ins Wort: »Haben wir. Also: Wo waren Sie vor drei Tagen exakt zwischen 13.20 bis 15.00 Uhr, Frau Britting?« Sie fixierte die überrascht dreinblickende Dame scharf: »Und sagen Sie bloß nicht: in der Sauna!«

Die Anwaltsgattin blickte ihre Gegenüber ruhig an. Sie wusste genau, dass sie durchschaut war. Sie strich sich durchs Haar und ging dann clever in die Offensive. »Sie geben ja doch keine Ruhe. Also dann sage ich Ihnen, was Sie wissen wollen: Ich bekam in der Wohlfühl-Oase eine Panikattacke. Das habe ich in letzter Zeit manchmal ohne erkennbaren Anlass. Es überfällt mich wie aus heiterem Himmel. Deshalb habe ich meinen Wellnessbesuch schnell wieder abgebrochen und bin auf direktem Weg zu meinem Psychotherapeuten gefahren. Das dürfen Sie gern nachprüfen. Adresse und Telefonnummer kann ich Ihnen geben. Zufrieden? Vielleicht können Sie beide ja verstehen, dass ich das nicht sofort an die große Glocke hängen wollte!«

Nadine Lange und Simon Sonnleitner warfen sich einen Blick zu. Inge Britting fuhr fort: »Ja, ich hab das mit der Gruber gewusst. Und? Denken Sie wirklich, ich würde mich wegen so einer blöden Kuh selber unglücklich machen, indem ich die umbringe? Denken Sie das wirklich? Ich muss schon sagen, ich hätte unsere Polizei für schlauer gehalten. Und vergessen Sie nicht, meinen Therapeuten nach meinem Alibi zu fragen!« Sie legte eine Visitenkarte auf den kleinen Besuchertisch.

Die Ermittler verabschiedeten sich. Für manche Dinge gab es ganz einfache Erklärungen. Wirklich?

*

»Wenn ihre Version mit dem Psycho-Doc stimmt, dürfte sie erst mal raus sein«, stellte Nadine Lange nüchtern fest, als sie gegen 15.00 Uhr zurückfuhren. »Das lass ich den Ritchie abchecken.«

Simon Sonnleitner grinste. »Nadine Langes Privatfehde – aber Spaß beiseite. Vielleicht ergeben sich ja weitere Indizien, wie der Schätzler schon gesagt hat. Die beiden …«

In diesem Augenblick unterbrach das rhythmische Klingeln des Autotelefons seinen Satz. Nadine Lange ging ran. Polizeiassistentin Petra Reischl hatte eine unerfreuliche Nachricht. »Wo seid ihr gerade? Frauenleiche in der Nähe von Maria Eich. Joggerin. Übel zugerichtet, somit kein Unfall.«

Nadine Lange zuckte wie elektrisiert zusammen, als sie »Maria Eich« hörte. Dort beim hübschen Waldklösterchen der Augustiner-Eremiten bei Planegg drehte sie selbst gelegentlich ihre Runden, sie kannte das beliebte Ausflugsgebiet östlich von Langwied wie ihre Westentasche. Petra Reischl sprach weiter: »Der Klassiker: Eine Hundebesitzerin hat sie beim Gassigehen entdeckt. Die anderen Teams sind alle im Einsatz, deswegen rufe ich bei euch an. Außerdem seid ihr ja sozusagen spezialisiert auf dieses Waldgebiet.«

Selten so gelacht, ärgerte sich Nadine Lange über die ironische Ader ihrer Kollegin, die natürlich wusste, dass die Kommissarin dort gerne joggte. Und ich Schaf hatte mich schon so auf einen gemütlichen Fernsehabend mit einem gepflegten Latte Macchiato gefreut. Doch sie antwortete gewohnt professionell: »Na, immerhin liegt es fast auf unserem Weg. Schauen wir uns die Sache halt an. Wo exakt?«

Petra Reischl gab eine Beschreibung der Stelle inklusive der exakten Google-maps-Koordinaten durch. »Ritchie und die Jungs von der Technik sind schon vor Ort. Frau Dr. Thalhammer ist auch informiert, für die pathologische Erstbegutachtung …«

»Ok, wir sind in etwa zehn Minuten da.« Nadine Lange legte auf und beschrieb Sonnleitner den Fundort. Die preisgekrönte arte-Dokumentation über die faszinierenden Kommunikations- und Denkwelten superintelligenter Savants, auf die sie sich heute im Vorabendprogramm gefreut hatte, würde sie sich dann halt ein anderes Mal in der Mediathek anschauen. Leichen waren nun mal nicht planbar.

Sonnleitner bog von der A 96 kommend auf die Langwieder Straße und den Waldparkplatz vor dem Klosterkirchlein ab. Dann steuerte er den Audi am sogenannten Wallfahrerweg trotz »Durchfahrt verboten«-Schild und »Vogelschutzgebiet-Warnung« auf den Schotterweg des Forstgebietes, drosselte das Tempo und fuhr gemächlich etwa einen halben Kilometer auf schmalem feinsteinigen Weg geradeaus. Direkt nach einer Biegung tauchten sie in eine fast gespenstische Szenerie ein, die so gar nicht in die sonstige Idylle dieses malerischen Stadtrand-Erholungs-Eldorados passte. Drei Kriminaltechniker mit Spezialkleidung waren ganz in ihre Ermittlungsarbeit vertieft, drehten jeden Stein und jeden Ast um, suchten nach Kleidungsfasern, Schuh- oder Reifenabdrücken, Bluttropfen, schossen Fotos von allen Seiten. Obwohl die Abenddämmerung noch gar nicht richtig eingesetzt hatte, hatten sie starke Akku-Standlampen mitgebracht, um das Waldareal mit seinen mehreren Tausend Nadelbäumen gleißend hell auszuleuchten. Nadine Lange hatte diese Experten schon immer wegen ihrer akribischen Arbeitsweise bewundert. Durch ihre Untersuchung und analytische Auswertung von Spurenträgern waren diese hoch qualifizierten Spezialisten, die oft als Quereinsteiger aus den verschiedensten Fachdisziplinen kamen, mit ihren Gutachten oft wesentlich an der Aufklärung von Fällen beteiligt. Umso unverständlicher fand sie es immer, dass diese tarifmäßig nur im gehobenen Polizeidienst angesiedelt waren und somit kaum mehr verdienten als jede Fleischereifachverkäuferin.

Die Hauptkommissare stiegen aus. Ein paar Beamte, die ihnen den Rücken zugedreht hatten, wandten sich kurz um, arbeiteten dann aber sofort wieder konzentriert weiter. Die Polizeipathologin kniete neben der Leiche und sah kurz auf, als sie die beiden Kommissare sah. Nadine Lange und Simon Sonnleitner gingen auf sie zu. Fast erleichtert stellte die Oberkommissarin fest, dass sie der Toten bei ihren Laufrunden nie begegnet war.

Die Ärztin teilte knapp ihre Beobachtungen mit: »Tod durch multiple innere Verletzungen als Folge von neun tiefen Messerstichen. Das Opfer wurde von hinten von einem Radfahrer mit hoher Wucht umgefahren. Sie hat sich gewehrt, es dürfte zumindest einen kurzen Kampf gegeben haben. Fundort ist zugleich auch Tatort. Todeszeitpunkt zwischen 16.00 und 16.30 Uhr. Alles Weitere nach der endgültigen Obduktion.«

»Kann man schon sagen, ob es das gleiche Messer war wie bei unserer Leiche am Langwieder See?«, wollte Simon Sonnleitner vorab wissen. »Das würde ja zumindest auf den gleichen Täter hindeuten.«

Frau Dr. med. Thalhammer, die den Ruf hatte, leicht zickig zu sein, schaute ihn wie einen Polizeischüler über den Rand ihrer schmalrandigen Brille an. Auf diese Weise wirkte sie ein wenig oberlehrerinnenhaft. »Gut festgestellt, Kollege! Auf den ersten Blick sieht es tatsächlich so aus. Jeder Messertyp hinterlässt je nach Form und Art der Klinge ganz spezielle Einstichmerkmale. Genaueres kann ich aber erst nach der genauen Analyse dieser Merkmale sagen. Das geht nur im Labor.«

»Zeugen gab es keine, oder?«

»Nein, soweit ich das überblicke.« Frau Doktor ließ ihren Blick kreisen. »Es sei denn, ihr seht irgendwo welche, ich jedenfalls kann nur die Leichenfinderin mit ihrem Wach-Fiffi entdecken.«

Die Hauptkommissare nickten und gingen auf Ritchie Müller zu, der mit Stift und Notizblock vor dem rot-weißen Absperrband stand und im Gespräch mit einer Dame um die 60 vertieft war. Typ aktive Frührentnerin. Vermutlich die Frau, die die Tote gefunden hatte. Daneben hockte ihr »Wachhund«, ein hellcremefarbener Kurzhaar-Labrador, der seine Umgebung aufmerksam beobachtete. Nadine Lange mochte jene unaufdringlichen, familienfreundlichen Exemplare dieser aus Kanada stammenden Rasse, die so viel würdevolle Gelassenheit und Sicherheit ausstrahlten. Gerne hätte sie auch einen solchen Hund gehabt. Aber in ihrer elterlichen Hochhauswohnung in Zwickau war dies unmöglich gewesen, und auch ihr jetziger Vermieter hatte in seinem möblierten Apartment Hundehaltung kategorisch ausgeschlossen, immerhin hatte er ihr erlaubt, ihre Katze zu behalten. Der Vierbeiner registrierte die Neuankömmlinge ohne Scheu und richtete sich zur Begrüßung schwanzwedelnd auf.

»Hallo, Ritchie«, grüßte Nadine Lange, »so schnell sieht man sich wieder. Weiß man denn, wer die Tote ist?«

Müller zuckte ratlos die Schultern. »Bis jetzt noch nicht. Unsere Tote hatte keinen Ausweis dabei, auch keine Kreditkarte, rein gar nichts. Ich weiß ja nicht, was du so zum Joggen mitnimmst, hochverehrte Kollegin.«

Ihm war natürlich bekannt, dass Nadine Lange selbst eine ambitionierte Läuferin war und sogar schon mal fast den New York-Marathon gefinisht hatte, doch kurz vor dem Ziel war sie kollabiert und keiner der Sanitäter hatte über ihre Identität Bescheid gewusst, weil sie keinen Ausweis bei sich trug.

Nadine Lange nahm ihrem Kollegen dessen scherzhafte Spitze nicht übel, zumal er gleich konstruktiv fortfuhr: »Ich schätze mal, wir werden demnächst eine Vermisstenmeldung reinbekommen. Sofern die Dame nicht alleine gelebt hat. Das wäre allerdings durchaus möglich, Ehering hat sie jedenfalls keinen. Könnte also etwas länger dauern, bis wir mehr wissen. Wie eine Nullachtfuffzehn-Haus-und-Herd-Mutti, die von ihren drei Kinderchen und dem Stubenkater schmerzlich vermisst wird, schaut sie mir nicht grade aus.«

Nullachtfuffzehn-Haus-und-Herd-Mutti! – Nadine Lange schmunzelte kurz. Ritchie Müller war mal wieder in verbaler Hochform. Sie begriff nur zu gut, dass dies seine ganz spezielle Art war, die eigene Betroffenheit vor sich selbst und anderen zu kaschieren. Müller hatte inzwischen sein Notizbuch eingesteckt und den Kugelschreiber hinters Ohr geklemmt. Er machte die Hauptkommissare mit seiner Gesprächspartnerin bekannt: »Darf ich vorstellen: Frau Silvia Lindner mit ihrem Hund Jasper. Die beiden gehen jeden Tag hier spazieren und haben die Tote gefunden.«

Die drahtig wirkende Frau Lindner tippte zur Begrüßung an ihre weiße Schirmkappe mit der Aufschrift »Golf-Club Eschenried« und ergänzte: »Normalerweise ist das hier nicht ganz unser üblicher Weg. Aber Jasper verhielt sich heute seltsam auffällig und zog immer in diese Richtung. Ich hatte schon mit ihm geschimpft, aber jetzt ist mir natürlich klar geworden, warum. Schlimm, diese Sache. Ohne den Hund würde ich mich als Frau gar nicht mehr alleine hierher trauen. Man ist ja seines Lebens nicht mehr sicher. Das war früher völlig anders. Vor fünf Jahren konnte man hier noch ohne Weiteres unbelästigt spazieren gehen, aber neuerdings – wo soll das noch hinführen? Können Sie mir das sagen?«

Die Kommissare warfen einen Blick hinüber zu den Kriminaltechnikern, die mit höchster Sorgfalt ihrer Arbeit nachgingen. Als Frau Lindner merkte, dass keiner sich bemüßigt fühlte, auf ihre Fragen zu antworten, erkundigte sie sich: »Brauchen Sie mich noch? Ich habe dem Herrn Wachtmeister schon alles erzählt und warte ja schon reichlich lange. Jasper sollte eigentlich schon längst Abendessen bekommen haben.«

Nadine Lange schaute lächelnd zu dem Hund hinunter, der sofort registrierte, dass über ihn gesprochen wurde. Er machte ein paar Schritte in ihre Richtung und schien gestreichelt werden zu wollen. Die Polizistin kraulte dem Tier den Kopf.

»Vielen Dank, Frau Lindner!«, sagte sie. »Von unserer Seite war's das. Sehr nett, dass Sie und Ihr Hund so lange gewartet haben.«

Nadine Lange warf einen kurzen Blick zum Kollegen Müller hinüber. »Haben wir ihre Daten, falls noch was wäre?« Dieser nickte.

Frau Lindner und ihr Hund machten sich auf den Heimweg, während die Kriminaltechniker kleine schwarz-weiße Nummernkegel aufstellten und Beobachtungen in ihre Diktiergeräte sprachen, ohne die Kommissare groß zur Kenntnis zu nehmen. Die beiden teilten sich auf und tauchten links und rechts in den Wald ein. Nicht, weil sie sich einbildeten, etwas zu entdecken, was der Spurensicherung entgangen war, sondern um sich ein Bild von der Peripherie des Tatortes zu machen. Die Leitfragen bei solchen Tötungsdelikten lauteten immer: Warum ausgerechnet dieser Tatort? Zufall? Spontane Improvisation? Oder eiskalte Planung? Im letzteren Fall musste der oder die Täterin schon früher hier gewesen sein, um sich von der Lokalität ein Bild zu machen. Doch je länger die Hauptkommissare sich umschauten, umso weniger waren sie in der Lage nachzuvollziehen, warum ausgerechnet dieser unscheinbare Schotterweg, von denen es hier Dutzende gab, zum Tatort auserkoren wurde. Genau genommen war er alles andere als ein perfekter Tatort: weder besonders versteckt noch besonders verwinkelt, alles andere als unscheinbar. So als wäre es dem Mörder völlig egal, ob die Tote schnell gefunden wurde. Womöglich legte er es sogar darauf an, den Finder und damit die Allgemeinheit zu schocken, ganz ähnlich wie am Langwieder See. Auch dort war der Tatort keinesfalls besonders versteckt gewesen. In beiden Fällen musste der Täter damit rechnen, dass jederzeit ein Passant auftauchen konnte, der dann zufällig Zeuge der Tat werden würde. Wie wäre der Täter dann wohl vorgegangen? Wäre er in Panik geflohen? Oder hätte er den Passanten dann auch umgebracht, um ihn zum Schweigen zu bringen? Viele Fragen.

Klarer Fall: Diese beiden Morde tragen die gleiche Handschrift, analysierte Sonnleitner. Jede Wette, dass wir es hier mit ein und demselben Täter zu tun! Er oder sie scheint sich seiner Sache sehr sicher gewesen zu sein. Denn sonst hätte er oder sie ja auch einen anderen, besser versteckten Ort gewählt.

Nach ein paar Minuten trafen sie neben dem Absperrband wieder zusammen. Polizeiobermeister Müller hatte alle Hände voll zu tun, eine Gruppe von sieben, acht schaulustigen Rentner-Wanderern mit Trekkingstöcken daran zu hindern, das Areal hinter dem Absperrband zu betreten, um den Kriminaltechnikern neugierig über die Schulter zu schauen.

Nadine Lange merkte, dass ihr Kollege Unterstützung brauchte, und mischte sich lautstark ein: »Gehen Sie bitte weiter! Sie stören polizeiliche Ermittlungen«, blaffte sie einen rüstigen, aber stark übergewichtigen Rentner im weiß-blau gestreiften LIDL-Trainingsanzug mit der Aufschrift »Crivit super 2« an, der sich besonders zu interessieren schien. Doch der wollte das nicht auf sich sitzen lassen und knötterte:

»Na na, junge Frau, man wird ja wohl noch schauen dürfen, was hier bei uns so alles los ist – das sind hier ja neuerdings mafiöse Zustände in unserer schönen Heimat! Und die Polizei ist machtlos. Wenn Sie mich fragen, wüsste ich schon, in welchen Kreisen Sie den Täter suchen müssten. Schauen Sie doch nur, wer da so alles jeden Tag über die Grenzen einmarschiert. Aber das darf man ja nicht mehr laut aussprechen in diesem Land.«

Nadine Lange wandte sich gereizt an den strammen Alpha-Rentner: »Setzen Sie bloß keine abstrusen Vermutungen in die Welt!«

Er fiel ihr ins Wort: »Ach, gehören Sie auch zu diesen politisch korrekten Ideologen? Na, dann wünsch ich Ihnen mal viel Spaß beim Aufklären!«, ereiferte er sich. Erst als die Kommissarin ihren Kollegen zur Verstärkung hinzuwinkte und sie allen Umherstehenden mit Platzverweis und Anzeige drohten, gingen die Wanderfreunde langsam weiter, jedoch nicht, ohne nochmals hinter den Polizisten her zu murren.

»Diese Wichtigtuer haben mir gerade noch gefehlt. Den ganzen Tag nichts zu tun, dumm daherreden und Maulaffen feilhalten! Diese Typen hab ich gefressen!«, zischte Nadine Lange.

Ihr Kollege stimmte zu. »Saubermänner! Sind oft die schlimmsten ... Bin gespannt, wann die Tote als vermisst gemeldet wird.«

Die Ermittler gaben eine Zeugensuchmeldung beim lokalen Rundfunksender »Top FM« und den regionalen Tageszeitungen raus. Polizeiobermeister Müller und die Kriminaltechniker verweilten noch über eine Stunde am Tatort und räumten auf. Gegen 19.30 Uhr hatten sie alle mitgebrachten Gerätschaften abgebaut, das Absperrband eingerollt und das Gelände freigegeben. Als sie weg waren, erinnerte nichts mehr daran, dass hier noch vor ein paar Stunden ein Mensch durch einen anderen auf brutale Weise aus dem Leben gerissen wurde. Das ganz normale Leben konnte weitergehen.

SAMSTAG, 03.06.2017, 8.05 UHR

Nadine Lange hatte die halbe Nacht wach gelegen, weil die Leiche der Joggerin ständig durch ihre Gedanken gespukt war. Als sie sich in ihrem Bett nochmals umgedreht und in einen leichten, traumlosen Schlaf gefallen war, erklang neben ihrem Ohr plötzlich das legendäre Drummer-Hauptthema von »In the air tonight« – der aktuelle Klingelton ihres Diensthandys in ihrer Handtasche neben dem Nachtkästchen.

Verflucht! Schon wieder vergessen auszuschalten!, war ihr erster Gedanke. Doch da sie nun sowieso halbwach war, ging sie ran. Der Bereitschaftsdienst. In diesem Augenblick wusste Nadine Lange, dass sie ihr entspanntes Relax- und Shoppingwochenende vergessen konnte.

»Grüaß di, Nadi«, schallte es ihr in tiefem Bass entgegen. »Wia gäht's a so oiwei?«

Aha! Kollege Schorsch Anzinger aus der Zentrale, wusste Nadine Lange. Ein Urbayer, wie er im Buche stand. Direkt, offen, herzlich – vielleicht manchmal eine Spur zu grantig. Aber heute schien er bärig drauf zu sein. Vermutlich wollte er aber was ganz Bestimmtes.

Ohne ihre Antwort abzuwarten, legte er direkt los: »Mia hamma da grad a Vermisstenmeldung einekriagt: Frau Angelika Bigalke aus Langwied. Die vermisst seit gestern Obnds ihr erwachsene Tochter. De woit eingtli nur kuaz zum Laufn genga. Sie hot die ganze Nacht gwart und olle Kliniken ogruafa und jetzta hot sie sich bei uns gmeidt. Mia ham uns denkt, dass des vielleicht euer Leich vom Klosterwoid sei kannt ... aber mia woitn eich net vorgreifa, ihr warts ja gestern scho am Tatort ... mia hamma gsagt, dass si jemand vo uns mit ihr in Verbindung setzt. Kanntest du des macha? Oda da Simi?«

Wie großzügig! Jemand von uns!, dachte Nadine Lange leicht gequält, aber auch ein wenig belustigt. Sehr nett gesagt.

Sie antwortete: »Passt schon, Schorsch. Danke dir. Dieser Jemand wird gleich unseren geschätzten Kollegen Simon Sonnleitner aus dem Schlaf reißen und mit der Dame Kontakt aufnehmen.«

Sie ließ sich noch die Adresse geben, kämpfte sich stöhnend aus ihren zerwühlten Bettdecken und zog sich an. Dann rief sie ihren Kollegen an. »Simon, ich bin's. Der Bereitschaftsdienst hat mich grade angefunkt. Wir beide haben gleich den netten Auftrag, einer älteren Dame namens Frau Angelika Bigalke die Schocknachricht zu überbringen, dass höchstwahrscheinlich ihre Tochter Opfer einer brutalen Messerattacke geworden ist. Was hältst du davon?«

»Nichts!«

Das war es, was Nadine Lange an ihrem Job schon immer zuwider gewesen war: ahnungslosen Menschen Todesmeldungen ihrer Liebsten zu überbringen! Deshalb war sie heilfroh, dass sie bei derartigen Einsätzen immer zu zweit waren.

»In 15 Minuten im Präsidium, schaffst du das? – Ok – Dann fahren wir zusammen raus.«

*

Eine gute halbe Stunde stellten sie ihr Auto im Langwieder Meisenweg vor einem älteren, mit vielen Sträuchern eingewachsenen Einfamilienhaus ab. Laut Bereitschaftsdienst wohnte hier Angelika Bigalke, die die Suchmeldung aufgegeben hatte. Auf das Klingeln hin erschien eine ältere, modisch gekleidete Dame in der Haustür und betätigte den Summer für das Gartentürchen. Die Ermittler traten ein und gingen über verwitterte, unkrautübersäte Pflastersteine an wüst sprießenden Blumen vorüber zum Eingang, wo sie eine sehr gepflegte schlanke Dame um die 70 mit grauem Lockenhaarschnitt erwartete.

»Oje, warum habe ich wohl das Gefühl, dass das nichts Gutes bedeutet, wenn Sie zu zweit hier bei mir aufkreuzen?«, empfing Angelika Bigalke die beiden Neuankömmlinge, die ihre Ausweise hochhielten. »Treten Sie näher!«

»Frau Bigalke, es ist leider so … wie Sie schon richtig vermuten … es wurde gestern Abend nahe bei Maria Eich der Leichnam einer Joggerin gefunden. Erstochen. Und aufgrund der Tatsache, dass Sie Ihre Tochter vermissen, wäre es natürlich möglich, dass …«

Über Frau Bigalkes Gesicht liefen Tränen. Vom Sideboard nahm sie ein Papiertaschentuch. Sonnleitner zog sein Handy aus seiner Hosentasche. »Entschuldigen Sie, darf ich Ihnen kurz das Foto der Toten zeigen, Frau Bigalke? Ich meine, vielleicht …«

Er hielt ihr sein Smartphone vors Gesicht. Sie warf einen kurzen Blick darauf und wandte sich sofort ab. Die beiden Hauptkommissare ließen sie für einen Moment in Ruhe. Dann räusperte sich Simon Sonnleitner. »Frau Bigalke, ich möchte Ihnen unser ganz herzliches Beileid aussprechen. Ich kann mir in etwa vorstellen, wie Sie sich jetzt fühlen …«

Nach einer kurzen Pause fügte er vorsichtig hinzu: »Dürften wir Ihnen trotzdem kurz … wäre es eventuell möglich, dass Sie mir und meiner Kollegin ein paar Fragen beantworten? Es ist ja auch in Ihrem Interesse.«

»Wurde Sie …«, sie stockte, »ich meine, hat man sie …?«

»Nein. Es war kein Sexualdelikt, sondern ein Gewaltverbrechen. Aber das macht es nicht weniger abscheulich, es tut uns wirklich sehr leid.«

Die Dame fasste sich sofort. »Ich hatte schon mit so etwas gerechnet, nachdem sie letzte Nacht nicht … Meine Tochter war immer sehr zuverlässig, wissen Sie. Fragen Sie nur – wenn ich Ihnen irgendwie helfen kann …«

»Wie war Ihr Verhältnis? Ich meine, Ihre Tochter wohnte bei Ihnen im Hause, richtig? Demnach hatte sie keine eigene Familie?«

Frau Bigalke zog die Stirn in Falten. »Das hier ist ihr Geburtshaus. Wir waren ein perfektes Team. Seit vielen Jahren. Unser Verhältnis war immer hervorragend … und, nein: Eine eigene Familie hatte sie nicht.«

»War Ihre Tochter berufstätig?«

»Ja, sie war Lehrerin am Robert-Koch-Gymnasium. Für Englisch und Französisch. Aber Pflanzen und Tiere waren seit jeher ihre große Leidenschaft, sozusagen ihr Ausgleich.«

Nadine Lange durchzuckte es. Auch Simon Sonnleitner stöhnte innerlich auf. Nicht schon wieder eine Lehrerin!, dachte er verzweifelt. Zufall? Hatten Sie es mit einem Doppelmörder oder einer Doppelmörderin zu tun? Er stellte die logischen Fragen: »Erzählen Sie uns mehr über Ihre Tochter! Was war sie für ein Mensch? Mit wem hatte sie außerhalb der Schule Kontakt? Hatte sie Freundinnen oder Bekannte?«

»Carola war außerhalb ihrer Schule eine ziemliche Einzelgängerin. Sie sagte immer: ›Im Gymnasium habe ich so viele Menschen um mich herum, dass ich heilfroh bin, ansonsten meine Ruhe zu haben. Das Einzige, was sie außerhalb der Reihe noch machte, war Joggen, aber nur bei gutem Wetter. Sonst kümmerte sie sich um das Haus.«

»Frau Bigalke, sagen Sie bitte: Haben Sie zuletzt irgendeine Veränderung an Ihrer Tochter bemerkt? Ist Ihnen aufgefallen, dass sie anders war als sonst? Vielleicht bedrückt?«

Die Frau dachte einen Moment lang nach. »Nein, bedrückt war sie beim besten Willen nicht. Sie war wie immer. Allenfalls ein bisschen gestresst wegen der Schule.« Sie pausierte kurz. »Da gab es wohl Ärger, weil einigen Eltern ihre Zensuren nicht gefielen. Man kann es eben nicht allen recht machen. Aber sonst war nichts.«

»Gut. Dann bräuchten wir bitte alle digitalen Geräte Ihrer Tochter. Wir werden diese von Spezialisten analysieren lassen. Haben Sie zufällig ihre Passwörter?«

»Ja, kann ich Ihnen geben.« Sie holte einen Zettel aus dem Küchenschrank und zeigte auf die Computerecke. »Ihre Domäne. Ich hatte damit nichts zu tun, das ist nicht meine Welt … Sagen Sie, wie geht das denn jetzt alles weiter?«

Während Nadine Lange den PC vom Router trennte und das Tablett sowie das Smartphone in zwei Plastikhüllen verstaute, erklärte ihr Kollege: »Also zunächst müssten wir Sie bitten, Ihre Tochter ganz offiziell zu identifizieren, damit alles formal seine Richtigkeit hat. Wir wissen natürlich, dass das eine ziemliche Zumutung ist, aber …«

Mit diesen Worten überreichte er ihr die Visitenkarte der Kriminalforensik. »Wenn Sie sich dazu bitteschön zeitnah bei der Kollegin in der Polizeipathologischen Abteilung melden würden. Sobald der Leichnam von der Gerichtsmedizin freigegeben ist, was ein paar Tage dauern kann, können Sie direkt die Beisetzung vorbereiten.«

Jetzt weinte Frau Bigalke senior wieder. »Finden Sie das Schwein, der meiner Tochter und mir das angetan hat! Ich glaube, wenn ich den zwischen die Finger kriegen würde, dann könnte ich für nichts garantieren.«

Während Simon Sonnleitner zumindest äußerlich keine Regung zeigte und die Situation professionell wegatmete, war Nadine Lange tief bewegt. Daran werde ich mich nie gewöhnen können!, dachte sie betreten. Da durften die besten Kommunikationsexperten der Polizeiakademie in ihren Seminaren erzählen, was sie wollten. Sie hatte zwar selbst noch keine eigenen Kinder, doch sie konnte sich gut in diese ältere Dame hineinfühlen, die gerade erfahren hatte, dass sie ihre erwachsene Tochter, die sie vielleicht unter Entbehrungen großgezogen und mehrere Jahrzehnte begleitet hatte, verloren hatte und nun ganz ohne sie alt werden musste. Die Kommissarin fragte sich: Waren die beiden toten Lehrerinnen zufällige Opfer eines irren Psychopathen geworden? Oder steckte mehr dahinter, was in den beruflichen Aktivitäten der beiden begründet lag? Sie mussten mehr über diese Lehrerinnen herausfinden. Und zwar schnell. Welches gemeinsame Geheimnis verband Rike Gruber und Carola Bigalke?

*

Sie verstauten den Computer im Kofferraum und fuhren zurück nach München-West, wo sie als Erstes die Abteilung für Spurensicherung aufsuchten, die im dritten Stock des Präsidiumsgebäudes untergebracht war. Ritchie Müller räumte gerade seinen Schreibtisch zusammen und packte seine Sportsachen. Er schien im Aufbruch zu sein.

»Hallo Ritchie, Arbeit für dich!« Nadine Lange schwenkte ihre Handtasche, während Simon Sonnleitner den sichergestellten Computer mittig auf den Schreibtisch des Polizeiobermeisters platzierte. »Lehrerin Nummer zwei – und das ausgerechnet zu Ferienbeginn.«

Müller kam mal wieder nicht um einen Scherz herum: »Na, dann hat sie ja jetzt ihre ganz großen Ferien, wie schön für sie, aber ich bin schon weg, Leute. Heute geht's nämlich um unseren Aufstieg. Vielleicht meine letzte Chance, ins ganz große Sportlerbusiness einzusteigen. Da darf ich nicht zu spät sein.«

Simon Sonnleitner schien nicht zugehört zu haben: »Pass auf, Ritchie: Wir brauchen möglichst viele Informationen: Carola Bigalke, Gymnasiallehrerin, 47 Jahre alt. Telefon-,

Mailverkehr, Facebook, Bankdaten, Finanzamt, Beziehungen. Alles, was du herausfinden kannst. Klar?«

»Alles?«

»Ja. Alles!«

»Könnt ihr gerne haben, Leute, aber nicht vor Montag. Ich hab dieses Wochenende sportfrei, das steht schon lange fest. Ich war gerade nur kurz hier, meine Fußballtasche holen. Kapito? So schnell wird uns der Lehrerinnenmörder wohl nicht weglaufen. Außerdem brauchen die Jungs von der SpuSi sowieso noch, bis alles fertig analysiert ist. Wenn's erlaubt ist …« Mit diesen Worten entschwand der Kollege aus dem Büro.

»Wo er recht hat, hat er recht«, bemerkte Simon Sonnleitner trocken. »Wir haben ja eigentlich auch frei. Und bevor die vorläufigen Obduktionsergebnisse und die Spurenanalysen nicht da sind, sind uns sowieso die Hände gebunden.«

Also vielleicht doch noch Shopping!, schoss es Nadine Lange durch den Kopf. Sie hätte selber nicht sagen können, welcher Teufel sie ritt, als sie ihren Kollegen fragte: »Sag mal, Simon, nur so eine Frage: Hast du zufällig schon was vor? Andernfalls … ich meine, wir könnten doch vielleicht zusammen eine Runde shoppen gehen? Ich bräuchte neue Laufschuhe, vielleicht magst du mich farblich beraten?«

Farblich beraten? Simon Sonnleitner stutzte. Was genau sollte das bedeuten? Auch wenn ihn Schuhe nicht so interessierten, so freute er sich doch auf einen entspannten Einkaufsbummel und vielleicht ein anschließendes gemeinsames Mittagessen mit seiner netten Teamkollegin. So machten sich die beiden Ermittler als willkommene Abwechslung einen relaxten Tag in den Pasinger Einkaufsarkaden im Münchener Westen. Zum Ausklang genehmigten sie sich ein schmackhaftes Sushi-Dinner im »Tokami« und plauderten angeregt über Gott und die Welt. Dabei stellten sie fest, dass sie in den wenigen Tagen, wo sie zusammen arbeiteten, eine Verbundenheit zwischen ihnen gewachsen zu sein schien, die über das rein Kollegiale deutlich hinausging. Darauf ließ sich aufbauen.

*

Als Nadine Lange am frühen Abend im Bett ihres 38-Quadratmeter-Apartments lag und bei Kuschelmusik von Ed Sheeran vor sich hin träumte, wurde sie durch einen Anruf ihres Vermieters gestört. Dieser hatte in der Online-Ausgabe der Regionalzeitung von dem ersten Lehrerinnenmord gelesen, und da seine Enkelin die achte Klasse des Robert-Koch-Gymnasiums besuchte, hatte ihm die Sache keine Ruhe gelassen, denn natürlich wusste er, dass seine Mieterin bei der Kripo arbeitete. Nadine Lange mochte Herrn Brückner und seine Frau, sie waren von Anfang an sehr freundlich zu ihr gewesen; auch nahmen sie keineswegs eine Wuchermiete – wahrlich ein Segen im überhitzten Münchner Wohnungsmarkt. Dennoch ärgerte sie sich ein wenig, dass Herr Brückner sie ausgerechnet am Samstagabend anrief. Sie berichtete ein paar Belanglosigkeiten, die sie bisher herausgefunden hatten, jedoch ohne den echten Ermittlungsstand preiszugeben. Dann fragte sie:
»Kannten Sie Frau Gruber?«
»Natürlich. Deswegen rufe ich Sie ja an, weil ich mir schon dachte, dass Sie vielleicht Backgroundinfos brauchen – sie war zwei Jahre lang die Klassenlehrerin meiner Enkeltochter. Eine schwierige Person! Bei ihr haben sich alle Kinder erst mal um zwei bis drei Notenstufen gegenüber der Grundschule verschlechtert – vielen hat das die Motivation total weggezogen. Im Gegenzug beklagte sie bei den Eltern die mangelnde Lesebereitschaft ihrer Schüler, die sie selber verursacht hatte. Wenn man sich anschaut, dass die gleich zu Anfang den Tro-

janischen Krieg als Klassenlektüre durchgenommen hat, dann muss man sich ja nicht wundern. Alle haben ihr vorhergesagt, dass danach keines der Kinder mehr freiwillig ein Buch in die Hand nehmen würde. Und genau so ist's auch gekommen. Fast alle haben eine Abneigung gegenüber Literatur entwickelt, dabei hat unsere Annalena in der Grundschulzeit noch so gerne gelesen. In der Sechsten mussten sie dann rhetorische Stilmittel lernen – das müssen Sie sich mal vorstellen, was für ein Größenwahn! Der Schlimmste ist der Geiger. Selbstherrlicher Despot. Ich kenn den noch aus unserer Studentenzeit. Emotionale Intelligenz gleich null. Wie heißt es so schön: ›Der Fisch stinkt vom Kopfe her.‹«

Nadine Lange überlegte, was sie als Zehnjährige gelesen hatte: Enid Blytons »Fünf Freunde«, Astrid Lindgrens »Ferien auf Saltkrokan«, »Ronja die Räubertochter«, Erich Kästners »Fliegendes Klassenzimmer«, Hanni und Nanni fielen ihr ein. Der Trojanische Krieg gehörte jedenfalls nicht dazu ...

»Unsere Annalena bekam Schlafstörungen«, fuhr Herr Brückner fort, »für uns Großeltern grenzte das an Körperverletzung. Aber wenn meine Tochter in die Sprechstunde ging, sagte die Gruber ihr einfach ins Gesicht, sie sei die Erste und Einzige, die bei ihr aufschlagen würde. Dabei weiß ich genau, dass das nicht stimmt.«

»Da höre ich schon raus, dass Sie mit der Schule unzufrieden sind ...«

Herr Brückner schien froh zu sein, mit jemandem darüber reden zu können. »Viele hatten meiner Tochter damals abgeraten, aber sie wollte Annalena nicht zumuten, jeden Tag mit der S-Bahn in die Großstadt reinzufahren. Dann haben sie sich halt für das Robert-Koch-Gymnasium entschieden. Aber nochmals würden sie das nicht machen ...«

»Wieso nicht?«

Herr Brückner zögerte kurz. »Am RKG spinnen sie sich richtig zusammen, die sehen sich als Vorstadt-Vorzeige-Elite. Das trichtern sie den Kindern die ganze Zeit ein, um den Druck ja noch zu verstärken. Dabei kriegt das fast keiner ohne Nachhilfe oder Spezialbetreuung durch die Eltern hin. Wenn ich das mit Kindern von Arbeitskollegen vergleiche, die andere Schulen besuchen, seh ich klar, dass am RKG zum einen die Aufgabenstellung in Prüfungen schwieriger ist und zum anderen generell strenger bewertet wird. Man will sich eben treu bleiben.«

»Das müsste doch auch auf die Stimmung in der Elternschaft durchschlagen.«

»Duckmäuser! Aufmucken tut von denen keiner. Aber selbst wenn sich alle zusammentäten, würden Sie trotzdem keinen verbeamteten Lehrer wegkriegen, auch wenn die noch so viele charakterliche Defizite haben. Können Sie vergessen. Da lässt noch eher der Vatikan Frauen zur Priesterweihe zu.«

»Verstehe«, nahm Nadine Lange den Ball auf, »also nichts mit Vertrauensverhältnis …«

Er fiel ihr ins Wort: »Als mein Schwiegersohn sich erkundigte, weshalb die Notendurchschnitte schon in der fünften und sechsten Klasse regelmäßig um 4,0 lägen, wurde er so zusammengebügelt, dass er fast rückwärts aus der Tür rausgefallen wäre. Als ob die Kids plötzlich alle von einem auf den anderen Tag dumm geworden wären, nachdem sie von der Grundschule mit 1,75 oder 2,0 rübergewechselt sind! Aber man gibt irgendwann auf, wenn man immer nur auf taube Ohren stößt. Man ist heilfroh, wenn das eigene Kind gerade noch durchkommt. Man kriegt ja mit, wie ständig welche rausgekegelt werden. Also Kopf einziehen und Überleben, lautet da die Devise. Dabei hat unsere Enkelein einen getesteten IQ von 140.

»Sind die Schnitte denn immer so katastrophal schlecht?«

»In den Hauptfächern schon. Acht Fünfer und fünf Sechser pro Arbeit sind da keine Seltenheit – in der Unterstufe! Sie erzählen einem, das sei völlig normal, und die meisten, die es nicht besser wissen, glauben das. Die kicken den Kids ihr Selbstvertrauen nach und nach weg. Die Stromlinienförmigen, die Angepassten, die sich nicht so viele Gedanken machen, haben da noch die besten Chancen zu überleben. Wussten Sie, dass es schon einzelne Universitäten gibt, die Stipendien an Schulabbrecher verteilen, weil die die Erfahrung gemacht haben, dass das oft die kreativsten Köpfe sind, die in diesem starren Schulsystem versagen?«

»Kennen Sie eine Frau Anne-Lorraine Voderholzer vom Elternbeirat? Kann die denn da nichts machen?«

»Können Sie knicken. Der Beirat lebt in seiner Filterblase. Die wollen nichts mitkriegen. Werden von der Schulleitung gar nicht ernst genommen. Skilager, Schullandheim, Kuchen backen und Spenden, im Bettelbriefschreiben sind die gut. Dafür wird der Elternbeirat gerne vorgeschoben. Da sitzen nur Schleimer drin, die dem Geiger wo reinkriechen. Ich kenne diese Stiefellecker schon seit Jahrzehnten.«

»Puh, da würde ich mich aber wirklich nach einer anderen Schule umsehen«, meinte Nadine Lange betroffen.

Er lachte auf. »Meine Tochter und mein Schwiegersohn waren schon oft drauf und dran. Neulich gab die Religionslehrerin eine Klassenarbeit während eines Kirchenausflugs zurück: Die Kinder mussten einzeln nach vorne gehen und sich auf der Altarstufe sich Fünfen und Sechsen abholen, das grenzt für mich an Missbrauch: in der Kirche, geht's noch? Soll ich Ihnen was sagen? Dieses Schulsystem stammt noch aus dem alten Preußen. Damals brauchte man Futter für die gerade expandierende Industrie, und zudem Soldaten, die in der Schule schon darauf vorbereitet wurden, in Reih und Glied zu marschieren. Unsere modernen Schulen sind noch immer Sklavenanstalten, in denen die Kinder stumpf gemacht werden. Denn wenn lauter toll ausgebildete gerade Menschen aus unseren Schulen kämen, die wüssten, was sie wollen, könnte unser absurder Turbokapitalismus dicht machen. Aber entschuldigen Sie, Frau Lange, ich will Sie nicht langweilen.«

»Nein, im Gegenteil«, bedankte sich Nadine Lange, »das kann für unsere Ermittlungen unter Umständen relevant werden.« Sie wünschten sich gegenseitig einen schönen Abend.

Das Telefongespräch hatte sie aufgewühlt. Mal wieder wurde ihr klar, was für eine unbeschwerte Kindheit sie doch selbst gehabt hatte. Soweit sie zurückdenken konnte, hatte es bei ihr immer einen sehr engen Austausch zwischen Eltern und Lehrkräften gegeben und die Note »ungenügend« war in ihrer Schule – wenn überhaupt – nur in extremen Ausnahmefällen gegeben worden. Andererseits war das auch schon ein paar Jahre her …

Nach einiger Zeit fiel sie in einen unruhigen Schlaf und wachte am Sonntag schon sehr früh auf. Da sie nicht mehr einschlafen konnte, holte sie ihre neuen Laufschuhe hervor, die sie zusammen mit Simon Sonnleitner gekauft hatte. Entspannt lief sie zehn Kilometer durch den Langwieder Forst, dabei kam sie auch beim Tatort vorbei. Etwas Verdächtiges bemerkte sie nicht. Sie blieb einige Minuten stehen und sah sich um. Nicht dass sie sich einbildete, etwas zu finden, was übersehen worden war. Aber sie wollte noch einmal ein Gefühl für den Tatort bekommen. Nach einer Weile setzte sie ihren Weg fort. Den restlichen Tag verbrachte sie mit Fernseh-Zapping, Stricken und Musikhören auf ihrem Sofa mit Simba, der sich anscheinend einen Schnupfen eingefangen hatte. Sie legte ihn in sein Körbchen und breitete eine Decke über ihn aus, was der Kater sichtlich genoss. Zwischenzeitlich machte sie sich einen lauwarmen Dinkelflockenquark mit

Wildblütenhonig und gestückelter Mango. Danach fühlte sie sich wieder so richtig energiegeladen.

*

Die Person reflektierte ihre »Aktion« vom Freitag. Sie ärgerte sich sehr über sich selbst.

»Verflucht! Das mit dem Unfall hätte nicht passieren dürfen!«, schimpfte sie leise vor sich hin, während sie ihre schmerzenden Schürfwunden an den Unterarmen mit einer jodhaltigen Tinktur bepinselte. »Hoffentlich entzündet sich da nichts! Warum um alles in der Welt musste ich Dummkopf das Theater veranstalten und diese dämliche Kuh unbedingt vom fahrenden Rad herab angreifen! Wie bin ich bloß auf diese blödsinnige Idee gekommen? Warum konnte ich es nicht genauso machen wie bei Rike Gruber ... ganz relaxt von der Seite hinter einem Busch auf unübersichtlichem Gelände? ... Naja, wahrscheinlich wollte ich das Ganze ein wenig inszenieren, ein bisschen Rundherum-Show machen – das ist mir ja zweifellos gelungen. Und die Polizei wird sich daran sicherlich die Zähne ausbeißen, so was haben die bestimmt nicht alle Tage!

Immerhin hatte die Person ihr Ziel erreicht, Carola Bigalke, die ihr schon seit längerer Zeit ein Dorn im Auge gewesen war, ins Jenseits zu befördern. Dies war längst überfällig. Denn dort gehörte sie ganz eindeutig hin, so wie sie sich in den letzten Jahren gebärdet hatte, diese eingebildete Furie! So jemand hatte einfach kein Recht zu leben und weiterhin Teil der Schulfamilie zu sein, so viel Dreck wie diese Frau am Stecken hatte! Auf jeden Fall hatte sie – wie vor wenigen Tagen schon Rike Gruber – jetzt endlich ihre verdiente Strafe erhalten. Statt den Straßenmusikanten im mondänen Bardolino konnte sie jetzt ganz entspannt den Engeln im Himmel lauschen! Oder aber in der Hölle, je nachdem ...

MONTAG, 05.06.2017, 14.00 UHR

Ohne anzuklopfen spazierte der Abteilungsleiter der Spurensicherung schwingenden Schrittes in das Büro der Mordkommission und legte einen Stapel Akten auf den Besprechungstisch. »Hi, Leute! Ich hätte da ein paar spannende Sachen für euch. Interessiert?«

Nadine Lange strahlte. »An spannenden Sachen immer, Ritchie!« Ihr fiel ein, dass ihr Kollege vor zwei Tagen sein entscheidendes Fußballspiel gehabt hatte. »Und? Aufgestiegen?«

Müller verdrehte verächtlich die Augen. »Ach, hört mir bloß auf!«, schimpfte er und blinzelte aus dem Fenster, um ihrem Blick auszuweichen. »Der Blödmann von Trainer hat mich nur die letzte halbe Stunde eingewechselt. Und jetzt versuch mal ein Spiel umzubiegen, wenn du 0:2 hinten liegst – da kannst du dich auf den Kopf stellen! Nächste Woche haben wir unsere letzte Chance gegen FC Augsburg II. Und der Coach hat mir zugesagt, mich dann von Anfang an zu bringen.«

Die Polizeikollegen litten mit. Alle wussten, dass Müller so gerne höherklassig spielen würde und dafür seit Jahren Zusatztraining in Kauf nahm. Sobald er nur ein paar Minuten frei hatte, flitzte er mit seinem Rennrad zum fünf Kilometer entfernten Polizeisport-Kraftraum und schob eifrig Sonderschichten. Ein Vorbild als Sportler und als Kriminaltechniker. Müller steckte sich ein Salzbonbon in den Mund und fing an zu referieren: »Passt auf: Meine Jungs haben das Geschehen am Tatort rekonstruiert. Wie ihr ja wisst, benutzte der Täter oder die Täterin einen ganz eigenartigen Modus operandi.«

Er blickte kurz in Sonnleitners Gesicht und fuhr dann fort. »Von hinten mit einem Fahrrad gerammt, runtergesprungen und dann auf die wehrlos am Boden liegende Joggerin wie von Sinnen eingestochen. Gibt's nicht alle Tage.«

»Ja, ziemlich abartig!« Nadine Lange nickte zur Bestätigung. »Wie es aussieht, ging es ihm oder ihr um den Überraschungseffekt mit Showfaktor. Oder eine Art Hinrichtungsritual?«

»Exakt. Aber jetzt kommt's: Wir haben Lackspuren des Fahrrads beim Aufprall auf dem Schotter extrahieren können. Während die Person vom Rad sprang und auf die Joggerin zustürzte, ratschte der Rahmen über den Boden. Grüne Farbe, die chemischen Analysen der Farbmischung laufen gerade, das übernimmt ein Speziallabor. Danach wissen wir Marke und Modell, denn da hat jeder Hersteller seine eigenen Spezifikationen.«

»Respekt, Ritchie! Und das Reifenprofil?«

»Gibt nichts her, weil der Untergrund nicht matschig war. Die Rutschbreite der Bremsspuren deuten auf stinknormales Mountainbike-Profil. Fußspuren gibt's diesmal keine, der Schotter war zu grobkörnig. Beim Sturz tiefe Hautabschürfungen an beiden Knien und Händen sowie am rechten Unterarm bis hinauf zum Ellbogen – beim Opfer, wohlgemerkt! Dadurch konnte sie nicht schnell genug wieder aufstehen. In der Zwischenzeit beugte sich die Person über sie und stach zu. Das gleiche Messer wie beim ersten Mord, also höchstwahrscheinlich der gleiche Täter beziehungsweise die gleiche Täterin.«

»Mann oder Frau?«

»Die Art des Angriffs spricht eher für einen männlichen Zeitgenossen. Aber es gibt ja durchaus auch starke Frauen.«

Er blinzelte Nadine Lange zu, die eine durchtrainierte Statur aufwies und sicher nicht zu den Schwächeren ihres Geschlechts gehörte. »Durch den Sturz war unsere Tote so sehr gehandicapt, dass sie sich kaum wehren konnte. Trotzdem hat sie es offenbar verzweifelt versucht, da hat ein richtiger Kampf stattgefunden. Gut möglich, dass der Täter Kratzspuren hat, vielleicht sogar Bisse, unsere Frau Doktor untersucht gerade die Beißerchen des Opfers nach möglichen DNA-Spuren. Fingerabdrücke an der Toten gibt's keine, der Radler oder Radlerin trug vermutlich Handschuhe. Aber Achtung: Jasper hat was gefunden, was interessant sein könnte. Die Kollegen bemerkten nämlich schon vor meinem Eintreffen, dass er mit etwas spielte, was nicht in den Wald gehörte. Die Kollegen haben das Teil sofort einkassiert und vergessen, mich am Tatort zu informieren. Deshalb kann ich euch erst jetzt davon erzählen.«

Nadine Lange blickte überrascht auf. »Jasper? Der Labrador?«

»Genau der. Als unsere Spurentechniker ankamen, tapste der mit seinen Pfoten dauernd um einen roten Einkaufswagenchip herum. Ihr wisst schon, diese größengenormten Dinger.« Er legte den Chip mit der Aufschrift »hagebau« auf den Tisch. »Wenn der nicht von unserer Joggerin stammt, was sehr unwahrscheinlich sein dürfte, weil man zum Joggen ja kaum einen Chip mitnimmt ...«

»... hat ihn womöglich unser Täter verloren«, beendete Nadine Lange den Satz.

»Eben, werte Kollegin.«

»Guter Hund! Und da heißt es immer, dass Labradore eigentlich keine guten Spürhunde sind.«

»Sind sie auch nicht«, antwortete der Hundeexperte Müller, »jedenfalls keine so guten wie Schäferhunde. Aber vermutlich war ihm das Warten langweilig und das leuchtende Ding hat ihn interessiert. Tierpsychologisch nachvollziehbar.«

»Glück für uns. Könnte eine Spur sein. Fingerabdrücke drauf?«

Müller bejahte: »Eher zu viele. Offenbar haben das Teil schon mehrere Leute in der Hand gehabt. Die ganzen Abdrücke kriegt man nur schwer wieder auseinander, aber wir sind dran.«

»Männer in ihrem Umkreis?«

»Da bin ich noch nicht fertig. Ihr seid die Ersten, die es erfahren, versprochen.«

Er steckte ein neuerliches Salzbonbon in den Mund – eine seiner typischen Angewohnheiten in Stresssituationen – und fuhr fort: »Dann haben wir das vorläufige pathologische Gutachten: Auffällig ist, dass unsere tote Joggerin zwei bis drei Tage vor ihrem Tod Geschlechtsverkehr hatte. Und zwar mit zwei verschiedenen Partnern. Soll's ja geben. Wie ihr vielleicht wisst, überleben Spermien in der Gebärmutter bis zu sechs Tage lang, und die waren von unterschiedlicher Beschaffenheit. Fragt mich bitte nicht, wie die Dr. Thalhammer so was rausfindet! Und wer die beiden Herren der Schöpfung waren, kann ich euch leider nicht sagen.«

»Ach, nein?«, warf Nadine Lange vorwitzig ein, erntete aber nur einen abschätzigen Blick ihres Kollegen. Sie stellte sich vor, wie die Pathologin am Uterus herumgeschnitten und die Flüssigkeit herausgepuhlt und anschließend im Reagenzglas untersucht haben musste. Von dieser Vorstellung wurde ihr fast schlecht.

Sie hörte ihren Kollegen weiter reden: »… aber schwanger war sie nicht. Konnte sie gar nicht, weil sie nach einer Infektion, die schon mehrere Jahre zurückliegt, unfruchtbar war. So genanntes PCB-Syndrom, darunter leiden in Deutschland etwa eine Million Frauen. Infektiös ausgelöste Hormonstörung, die mit Veränderungen an den Eierstöcken einhergeht.«

»Ich liebe immer wieder diese wahrhaft spannenden Einblicke in das intime Privatleben unserer Kunden!«, nuschelte Simon Sonnleitner mit ironischem Unterton.

»Siehst du! Und weil der liebe Ritchie das weiß, hat er gleich noch weiter recherchiert.«

»Wie aufmerksam von dir!« Simon Sonnleitner hatte schon gar keine Lust mehr auf weitere Neuigkeiten.

Müller hob die Hand. »Das Beste kommt immer zum Schluss, Leute. Ich sollte doch ihren PC durchforsten – und ich sag euch: Volltreffer! Jede Menge bitterböse Mails von Eltern, mit denen sie im Clinch war. Da ging's um Sitzenbleiben und Versetztwerden, aber auch um heftige Mobbingvorwürfe. Die Dame war anscheinend eine echte Megäre. Die haben ihr sogar Anwälte auf den Hals gehetzt.«

»So was in der Art hatte ich schon befürchtet«, warf er ein. »Wurde denn auch prozessiert?« Für einen Moment musste er an Dr. Britting denken.

»Nur juristische Drohgebärden. Man hat sich im letzten Moment immer gütlich geeinigt.«

»Heißt das, sie hat Geld dafür genommen, dass sie bestimmte Noten gegeben oder zurückgezogen hat oder so ähnlich?«

»Müsst ihr euch selber beantworten. Jedenfalls hat sie gern Vergünstigungen angenommen: Opernkarten, Essensgutscheine, ein Trip nach Verona. Jemand hat ihr sogar angeboten, kostenlos Laminat zu legen ... naja, vielleicht nicht ganz kostenlos ...«

»Häh?« Nadine Lange stand noch immer auf dem Schlauch.

»Mädchen, zähl doch mal zwei und zwei zusammen! Kein Mensch verlegt aus Jux und Dollerei mal eben Laminat oder verschenkt einfach so eine Reise – natürlich wollten die alle eine Gegenleistung. Jeder von denen könnte grundsätzlich als Täter in Frage kommen. Sorry, aber wenn ihr die alle befragen wollt, braucht ihr mehrere Wochen. Ich kann euch ja mal ein paar Adressen und Telefonnummern heraussuchen, die besonders speziell waren – ich meine, falls euch das interessiert. Könnte was hergeben, auf jeden Fall viel Arbeit.«

Simon Sonnleitner pfiff durch die Zähne. Bestechlichkeit im Amt!, vergegenwärtigte er sich. Paragraf 332 StGB fiel ihm ein, den er auf der Polizeihochschule rauf und runter lernen musste: Ein für den öffentlichen Dienst besonders Verpflichteter, der einen Vorteil für sich oder einen Dritten als Gegenleistung dafür fordert, sich versprechen lässt oder annimmt, dass er eine Diensthandlung vorgenommen hat oder künftig vornehme und dadurch seine Dienstpflichten verletzt hat oder verletzen würde, wird mit Freiheitsstrafe von sechs Monaten bis zu fünf Jahren bestraft.

»Ihre Mutter erwähnte ja schon, dass es Probleme wegen der Schule gab. Aber die wusste nichts Genaueres«, erinnerte sich Nadine Lange. »Dazu werden wir dem Geiger auf die Füße steigen müssen. Der wird sowieso im Viereck springen, dass er schon wieder eine Lehrerin verloren hat. Dem gehen so langsam die Pädagogen aus. Wenn das so weitergeht, muss er demnächst seine Schule schließen.«

»Vielleicht gar keine so schlechte Idee!«, murmelte Sonnleitner. »Denn wenn die Morde im Zusammenhang mit der Schule stehen, wäre ja durchaus denkbar, dass noch andere Lehrer gefährdet sind, oder nicht? Nicht dass die sich noch alle gegenseitig umlegen …«

»Du denkst also auch, dass der Mörder im Kollegium zu finden ist?«

Nadine Lange war sich darüber im Klaren, dass das Thema Schule für ihren Kollegen generell ein schwieriger Punkt war. Sie ergänzte: »Wir können ja schlecht die ganze Truppe unter Polizeischutz stellen, zum Glück sind die jetzt alle in Ferien.«

»14 Wochen jährlich«, seufzte Sonnleitner neidisch, »so viel Urlaub möchte ich auch mal haben.«

»Nana. Soweit ich weiß, finden da auch Fortbildungen

statt. Eine entfernte Großtante von mir ist Lehrerin in Leipzig, die hat immer vor Belastung gestöhnt.«

»Aber sie haben allemal genug Zeit, für andere Leute Doktorarbeiten zu schreiben und sich nebenher eine goldene Nase zu verdienen.«

Lange überlegte. Was Kollege Müller bezüglich der Notengebung der toten Lehrerin gerade angedeutet hatte, ließ ihr keine Ruhe. Sie griff zum Telefon und rief Frau Bigalke senior an. Sie war sofort dran.

»Haben Sie Ihre Tochter inzwischen offiziell identifizieren können?«

»Ja, ich war da. Schrecklich, sein eigenes Kind so daliegen zu sehen. Da schießen einem so viele Erinnerungen an frühere Zeiten in den Kopf und man fragt sich, warum das passieren musste.«

»Es tut uns aufrichtig leid, dass wir Ihnen das nicht ersparen konnten, aber so ist nun mal der übliche Weg.« Sie pausierte kurz. »Darf ich Sie noch etwas fragen: Am Tatort ist ein kleiner Einkaufswagenchip gefunden worden. Waren Sie oder Ihre Tochter in letzter Zeit beim ›hagebaumarkt‹ oder hatten Sie einen entsprechenden Einkaufswagenchip?«

Die Antwort kam wie aus der Pistole geschossen: »Nein, das kann ich Ihnen ganz sicher sagen. Meine Tochter ging immer woanders hin. Ich mag diesen Baumarkt nicht. Von uns kann der Chip nicht sein.«

Also hatte ein anderer den Chip verloren! Der Täter? Die Täterin?

»Noch was: Sie erwähnten, dass Ihre Tochter wegen Zensuren Probleme mit Eltern hatte. Unsere Recherchen deuten auch in diese Richtung. Was genau haben Sie diesbezüglich mitbekommen?«

»Ich weiß nur, dass mehrere Eltern Anwälte eingeschaltet haben, wenn es um Abiturprüfungen oder Versetzungen ging. Das kam aber auch bei anderen Kolleginnen vor, wie mir meine Tochter versicherte. Dennoch konnte sie daraufhin mehrere Nächte nicht richtig schlafen, sie hat sich das sehr zu Herzen genommen. Aber was sollte sie machen? Mehr kann ich Ihnen dazu nicht sagen. Soweit ich weiß, kam es auch nie zu einer Eskalation deswegen. Und umbringen tut man deswegen ja sowieso niemanden.«

Nadine Lange schwieg. Möglicherweise hatte Carola Bigalke ihrer Mutter auch nicht alles erzählt oder Dinge kleingeredet, um sie nicht zu belasten.

»Ach herrje, ich muss ja noch dem Norbert Bescheid geben«, fiel Frau Bigalke ein.

»Norbert? Wer ist das denn?« Beim ersten Gespräch hatte Frau Bigalke diesen Namen nicht erwähnt, soweit sich Nadine Lange erinnern konnte.

»Norbert Schümer. Ihr Tennispartner. Die beiden spielten manchmal donnerstags eine Stunde Tennis. Das geht ja jetzt nicht mehr.«

»Von dem Herrn haben Sie uns neulich aber gar nichts erzählt.«

»Da gibt's ja auch nichts zu erzählen. Das war eine reine Tennispartnerschaft, mehr war da nicht.«

»Hätten Sie trotzdem für mich die Telefonnummer von diesem Norbert?«

»Aber sicher. Er ist selbstständiger Programmierer und arbeitet von zu Hause aus. Netter Herr, ich habe ihn einmal kurz kennengelernt, aber sie wollte ihn nicht mit nach Hause bringen. Ich hätte jedenfalls nichts dagegen gehabt.«

Nadine Lange notierte sich die Telefonnummer und verabschiedete sich: »Vielen Dank für Ihre Auskünfte, Frau Bigalke. Wir sind jederzeit für Sie erreichbar, wenn Ihnen noch etwas einfällt. Sie haben uns sehr geholfen.«

Nadine Lange legte auf und sagte in Richtung ihres Kollegen: »Simon, da scheint wirklich was dran zu sein, was dieses Abiturthema angeht. Wir müssen umgehend Geiger damit konfrontieren. Als Schulleiter muss er involviert gewesen sein. Bin mal gespannt, wie er sich da rausreden will. Ich lasse mich nicht mehr für dumm verkaufen.«

»Nur kriegen wir den jetzt während der Ferien vermutlich nicht her.«

Nadine Lange zog einen kleinen gefalteten Zettel aus ihrer Dienstmappe. »Abwarten. Ich hab seine Privatnummer.« Sie wählte, und wenige Sekunden später hatte sie tatsächlich den Schulleiter persönlich an der Strippe.

»Sag ihm aber noch nicht, was passiert ist und weshalb wir ihn sprechen müssen. Überraschungseffekt, verstehst du?«, flüsterte ihr Simon Sonnleitner zu.

»Alles klar!« Nadine Lange nickte und vereinbarte mit dem überraschten Johannes Geiger einen Besprechungstermin für 17.30 Uhr im Gymnasium.

Anschließend rief sie bei Norbert Schümer an und stellte das Telefon laut, damit Simon Sonnleitner mithören konnte. Der PC-Spezialist meldete sich mit dünner Stimme.

»Carolas Mutter rief mich soeben an und hat mir die traurige Nachricht mitgeteilt«, erklärte Norbert Schümer. So wie er das sagte, wirkte er nicht sonderlich berührt.

Ob das wohl spezifisch für diese PC-Junkies ist, dass sie so gefühlskalt wirken?, fragte sich Nadine Lange, der Computerspezialisten schon immer etwas suspekt waren. Für sie lebten diese in ihrer Nulleinsnull-Welt. Sie versuchte sich ihren Telefonpartner optisch vorzustellen: kariertes Hemd, an den Ellbogen abgewetzt, Cordhose oder einfache Jeans in altmodischem Schnitt, der in den 1970er-Jahren mal Mode war, dazu passend längere, leicht fettige Haare, die schon seit einiger Zeit auf den nächsten Friseurbesuch warteten. Sie warf Simon Sonnleitner einen Blick zu; der hatte jedoch sein Pokerface aufgesetzt und zeigte keinerlei Regung, bei ihm ein Zeichen höchster Konzentration.

»Herr Schümer, wie gut kannten Sie Carola Bigalke? Und wie war Ihr Verhältnis zur Toten?«, forschte Nadine Lange.

»Wir haben seit drei, vier Jahren einmal pro Woche Tennis gespielt, manchmal auch nur alle zwei oder drei Wochen, ganz wie es uns in den Kram passte. Wir haben uns da gegenseitig keinerlei Druck gemacht. Da waren wir uns beide sehr ähnlich.«

»Sonst nichts?«

»Was meinen Sie mit ›sonst nichts‹?«

»Naja, ob Sie noch andere Sachen miteinander unternommen haben. Oder ob Sie vielleicht, entschuldigen Sie bitte meine direkte Frage, zusammen intim waren.« Nadine Lange hielt nichts davon, lange um den Brei herumzureden. Schließlich hatte Frau Dr. Thalhammer Samenflüssigkeit in der Toten gefunden.

»Ja, schon. Aber das war nichts Ernstes. Eine Art Zeitvertreib. Wir sind beide alleinstehend und wussten, dass wir nichts voneinander wollten. Menschliche Nähe mit gelegentlichem Austausch von Körperflüssigkeiten sozusagen. Das war alles.«

Nadine Lange hatte zwar immer eine etwas andere Vorstellung von einer reinen Tennispartnerschaft gehabt, doch sie versuchte, sich nichts anmerken zu lassen.

»Was war sie für ein Mensch?«

»Sorry, da bin ich überfragt. Sie wollte niemanden näher an sich ranlassen, auch mich nicht. Aber ansonsten war sie recht locker.« Er lachte. »Vor ein, zwei Jahren rief mich mal einer ihrer männlichen Kollegen an und sagte mir aufgeregt, ich solle meine Finger von ihr lassen. Ich hab ihm erst mal klar gemacht, dass ich keinerlei Ambitionen bei Carola hätte und er sie gerne haben könnte. Aber sie wollte ja gar nichts von dem Kerl.«

Nadine Lange horchte auf. »Wissen Sie noch, wie der Kollege hieß?«

Norbert Schümer dachte kurz nach. »Also, ich kann mich nur noch an den Vornamen erinnern. Andreas, glaube ich. Ja, Andreas hieß der … Nachname weiß ich nicht mehr.«

»Eventuell Andreas Dröge?«, wollte Nadine Lange wissen.

»Dröge? Keine Ahnung. Kann sein, kann aber auch nicht sein. Ich weiß auch gar nicht mehr, ob er sich überhaupt mit seinem kompletten Namen vorstellte.«

»Und was erzählte sie sonst?«

»Nur, dass sie beruflich sehr engagiert sei und sich dafür einsetzen wollte, dass ihre Schule ein Vorzeigegymnasium bleibt und dass es sie ärgert, dass da nicht alle mitziehen wollten. Da gab es wohl viel Neid oder so, wenn ich das richtig verstanden habe. Das hat mich aber nicht sonderlich interessiert. Mit so was will ich mich nicht belasten.«

Nadine Lange grübelte: Da spielten zwei Menschen, die sich seit mehreren Jahren kannten, regelmäßig miteinander Tennis und hatten sogar häufiger Sex. Aber interessiert schienen sie nicht aneinander zu sein. War das nicht seltsam? Oder war sie selber einfach nur verklemmt? Sie erkundigte sich: »Wissen Sie von weiteren … nun ja, nennen wir es mal lockeren Partnerschaften von Frau Bigalke?«

Schümers Antwort kam schnell: »War nie Thema. Aber gut möglich. Ich hätte damit auch kein Problem gehabt. Bei ihr war hoher Bedarf, wenn ich es mal so nennen darf. Sie war absolut unkompliziert, sie konnte ja sowieso nicht schwanger werden. Somit mussten wir uns auch nie um Verhütung kümmern. Als Mutter hätte ich sie mir überhaupt nicht vorstellen können.«

Nadine Lange hatte gehört, was sie wissen wollte. »Vielen Dank, Herr Schümer. Das war's für heute. Wenn Ihnen noch etwas einfallen sollte, zögern Sie bitte nicht, uns sofort anzurufen.«

Als sie aufgelegt hatte, sagte sie zu ihrem Kollegen: »Komischer Kerl. Der wird sich jetzt wohl eine neue Tennis- und Bumspartnerin suchen müssen.«

Simon Sonnleitner hatte dem Telefongespräch interessiert gelauscht. Jetzt lachte er. »Schön gesagt, Nadine.«

MONTAG, 05.06.2017, 17.35 UHR, DIREKTORAT DES ROBERT-KOCH-GYMNASIUMS

In der Aula stand noch immer der Kerzentisch, darauf lag das Kondolenzbuch. Die üblichen Sprüche und Floskeln. Nadine Lange blätterte sich durch die mit Eselsohren übersäten Seiten. Einige besonders extravagante Bemerkungen stachen ihr ins Auge: »Rest in hell« … »Der Himmel weint nicht« … »Pauker-Tod!« … »Nicht für die Schule, fürs Sterben lernen wir.«

Sie gingen die breite Treppe hoch und klopften am Büro des Oberstudiendirektors.

»So schnell sieht man sich wieder! Ich nehme mal an, Sie haben Neuigkeiten für mich, wenn Sie mich in den Ferien sprechen wollen«, begrüßte sie Johannes Geiger lauernd. Er spähte aus dem halb geöffneten Fenster, als sie in der Sitzgruppe um den niederen Tisch herum Platz genommen hatten und sich alle Sprudelwasser eingeschenkt hatten.

Nadine Lange ließ die Katze aus dem Sack: »Neuigkeiten ja. Nur leider keine guten. Leider gibt es eine zweite Tote, bedauerlicherweise wieder eine ihrer Lehrerinnen: diesmal Frau Bigalke. Sie wurde am Freitagabend beim Joggen ermordet. Mit neun Messerstichen.«

Johannes Geiger wurde von einer Sekunde auf die andere rot, blass und wieder rot. Er stand auf und schloss das Fenster. Er atmete schwer. »Wie bitte? Das ... das kann doch nicht ... ich höre wohl nicht recht? Frau ... Bigalke. Ich war fest davon ausgegangen, dass sie am Gardasee weilt und sich erholt.«

»Dort ist sie nie angekommen. Jemand hatte was dagegen«, mischte sich Simon Sonnleitner ein. Er studierte jede der Bewegungen seines Gegenübers. »Wie es aussieht, ist es momentan gefährlich, Lehrerin an Ihrer Schule zu sein.«

Diese Bemerkung gab Geiger vollständig den Rest. »Was heißt das? Wollen Sie damit sagen, dass ...? Ich meine, gibt es Anhaltspunkte, dass womöglich noch weitere ...?« Er verstummte mitten im Satz.

»Wir müssen Sie dringend bitten, uns alles zu sagen, was zur Aufklärung der beiden Fälle beitragen könnte. Wie es aussieht, gibt es tatsächlich einen Zusammenhang. Es bringt also nichts, Dinge unter Verschluss zu halten, wenn Sie etwas ahnen, Herr Geiger.«

»Selbstverständlich. Das ist ja wohl klar.«

»Also, zunächst mal: Gab es Probleme oder Auffälligkeiten bei Frau Bigalke?«

Er wand sich, druckste herum, zog eine Grimasse. »Was genau wollen Sie hören?«

»Frau Bigalke hatte Ärger mit Schülern und deren Eltern, richtig? Sogar Rechtsanwälte sollen eingeschaltet gewesen sein.«

»Ach das«, versuchte Geiger zu beschwichtigen. »Einzelfälle. Absolute Ausnahmen. Kommt überall vor, dass Eltern mit Versetzungs- oder Abiturnoten nicht einverstanden sind und dann einen Anwalt beauftragen. Das haben Sie an jeder höheren Schule, teilweise sogar schon an Grundschulen. In unserer Zeit, wo früh über Berufswünsche und Lebenskarrieren entschieden wird, ist es doch nicht verwunderlich, dass alle Hebel in Bewegung gesetzt werden, auch wenn das unsere pädagogische Arbeit nicht gerade erleichtert.«

»Kann es sein, dass Frau Bigalke Zensuren erteilt oder aber Entscheidungen getroffen hat, die objektiv nicht immer nachvollziehbar waren?«, bohrte Nadine Lange nach.

»Sie werden nie vollständige Gerechtigkeit haben! Wir sind ja nicht Gott. Wir haben hier mehrere hundert Schüler. Ich will ja gar nicht bestreiten, dass es hin und wieder vorkommt, dass sich mal jemand unfair behandelt fühlt. Jeder Mensch macht Fehler, auch wir Lehrer. Aber glauben Sie mir: Manchmal klafft zwischen der Selbsteinschätzung eines Schülers und der Fremdeinschätzung des Lehrers ein gewaltiges Loch. Aber natürlich: Wir sind schon streng.«

»Und dann beschweren sich Eltern?«

»Manche feilschen über jeden nicht gegebenen Punkt. Wenn sie mit dem betreffenden Fachlehrer nicht weiterkommen, schlagen sie bei mir auf. Ich versuche zu vermitteln, aber natürlich so, dass der Kollege pädagogisch nicht beschädigt wird.«

»Das heißt, die Beschwerden laufen ins Leere.«

»Soll ich zulassen, dass an der Autorität meines Lehrkörpers gekratzt wird? Das würde unserem Ruf erheblich schaden. Aber wie gesagt, ich versuche zu vermitteln, sodass beide Seiten ihr Gesicht wahren können.«

»Geht es nicht vielleicht oft um ein bisschen mehr als um ein paar nicht erteilte Pünktchen? Vielleicht um Willkür?

Oder Mobbing? Und schadet es denn dem Ruf nicht viel mehr, wenn sich herumspricht, dass ungerechtfertigt erteilte Zensuren nicht zurückgenommen werden?«

Der Schulleiter erregte sich, er sprach jetzt schneller. »Mir gefällt diese Diskussion gerade gar nicht. Sie unterstellen mir und den toten Lehrerinnen durch die Blume, Noten ausgewürfelt zu haben. Das ist eine Unverschämtheit, die ich so nicht stehen lassen kann. Wir sind eine höhere Bildungsanstalt für den wissenschaftlichen Nachwuchs und als solche ein Aushängeschild unserer Kleinstadt. Zu uns kommen sogar Schüler aus München und Augsburg. Unsere Warteliste ist lang, müssen Sie wissen.«

»Wir suchen nach möglichen Motiven, das ist unsere Aufgabe«, warf Simon Sonnleitner ein. »Außerdem hat meine Kollegin dies gar nicht unterstellt, sie hat lediglich gefragt.«

Geiger redete sich in Rage. »Sie übersehen, dass wir Lehrer einen der härtesten Jobs überhaupt machen. Wenn wir die Stunden für die Unterrichtsvorbereitung und für Korrekturen und Konferenzen zusammenzählen, arbeiten wir deutlich mehr als andere Arbeitnehmer.« Geiger war jetzt so richtig in Fahrt: »Schlimm genug, dass so was an meiner Schule passiert! Was glauben Sie, was hier in der letzten Woche los war? Jeder dreht durch, ich hatte keine ruhige Sekunde mehr. Von geordnetem Unterricht keine Spur! Höchst unangenehme Anfragen seitens des Ministeriums, und dann gibt es da allen Ernstes Eltern, die ihre Kinder abmelden wollen! Bald geht das Ganze wieder von vorne los, wenn die alle aus den Ferien zurück sind. Können Sie sich überhaupt ansatzweise vorstellen, was das für uns und speziell für mich als Schulleiter bedeutet? Nein, das können Sie nicht … Ich bin schwer beschädigt.«

Sonnleitners Mitleid hielt sich in Grenzen. Das Gehabe des Oberstudiendirektors und des Schulpsychologen hatte ihm schon nach dem ersten Mordfall missfallen. Obgleich er sich eigentlich vorgenommen hatte, seine Kollegin sprechen zu lassen, schaltete er sich abermals ein. »Wie war das mit den Anwälten? Wurden erteilte Noten zurückgenommen?«

»Sie sprechen da ein sehr heikles Thema an, Herr Hauptkommissar.«

»Heikel oder nicht: Ja oder nein? In welchem Umfang?«

»Nun, Zensuren sind ja Verwaltungsakte. Die können nicht einfach zurückgenommen werden. Die ministeriale Schulordnung, der wir unterliegen, enthält keine expliziten Regelungen über nachträgliche Änderungsmöglichkeiten. Lediglich das pädagogische Ermessen kann im Nachhinein auf Ermessensfehler hin überprüft werden. Diese Fehler müssen sich zusätzlich auf das Endergebnis ausgewirkt haben, sprich: Wenn ein Schüler das Klassenziel verfehlt hat, aber auch nur dann. Zu den gerichtlich überprüfbaren Ermessensfehlern gehört unter anderem der Ermessensfehlgebrauch, der Ermessensausfall oder das Übersehen der Ausübung des Ermessens überhaupt. Das alles ist aber ein langer, sehr steiniger juristischer Weg.«

Sonnleitner wurde ungeduldig. »Danke für den Exkurs, aber es beantwortet nicht meine explizite Frage von vorhin!«

Jetzt knickte Geiger ein: »Ja, es gab da ein paar Fälle, wo die beiden toten Kolleginnen vielleicht ein klein wenig übers Ziel hinausgeschossen sind, mit nicht genehmigten Versetzungen. Aber das haben wir alles auf dem kleinen Dienstweg im beiderseitigen Einvernehmen zum Vorteil der entsprechenden Schüler korrigiert, um Aufsehen zu vermeiden. Was glauben Sie, was das sonst für Wellen geschlagen hätte?«

»Wie oft?«

»Acht- oder neunmal im letzten Schuljahr. Zufrieden?«

Simon Sonnleitner pfiff durch die Zähne. Wow, sieh mal einer an!, dachte er. Kaum treten Anwälte aufs Parkett und drohen mit Gerichtsverfahren, knickt man ein, aber natürlich redet da keiner gerne darüber. Und wer sich keinen Anwalt leisten kann? Oder wem das juristische Prozedere zu blöd ist? Hat der dann einfach Pech gehabt und verliert ein ganzes Jahr oder sogar seinen ganzen Abschluss? Schönes Elitegymnasium!

»Ist dabei Geld geflossen?«

»Gott bewahre! Selbstverständlich nicht.«

»Auch keine Spenden? Für den Förderverein oder so? Zeitversetzt?«

»Nun ja, Spenden für den Förderverein oder für Anschaffungen nehmen wir natürlich schon hin und wieder an, als öffentliche Schule sind wir auf solche elterlichen Zuwendungen angewiesen … Sie müssen das so sehen, in der Politik gibt es ja auch Parteispenden, aber das heißt noch lange nicht, dass … Mein Gott, das ist doch kein Verbrechen!«

»Also doch!«, entfuhr es Simon Sonnleitner. Er schielte zu Nadine Lange hinüber. Sie wirkte verärgert. Sonnleitner fragte sich, ob es sie wohl wurmte, dass er ihr in die Parade grätschte? Oder ob sie sich durch Geigers Eiertanz provoziert fühlte.

»Ich bitte Sie, das gibt es an jeder Schule. An jeder! Von den Privatschulen ganz zu schweigen, bei denen ist das viel extremer …«

»Abschlusszeugnis gegen Spende?« Nadine Lange war elektrisiert: Oh oh, in was für ein Wespennest haben wir hier gestochen! Sie insistierte: »Und Ihr pädagogisches Selbstverständnis?«

Der Oberstudiendirektor verdrehte die Augen und hob entschuldigend die Hände zum Himmel. Da Geiger nicht mehr widersprach, war für die beiden Ermittler klar, dass sie ins Schwarze getroffen hatten. Sicher war mehr als einmal Geld im Gegenzug für eine Versetzung geflossen, aber vermutlich schön verdeckt.

»Wie haben Frau Gruber und Frau Bigalke darauf reagiert?«

»Oh, sehr professionell. Sie beugten sich den Sachzwängen. Mein Gott, wo bekomme ich denn jetzt bloß mitten im Schuljahr zwei neue Vollzeit-Lehrerinnen her? Das wird ein fürchterliches Chaos. Wir müssen ja den kompletten Stundenplan umschreiben.«

»Herr Geiger«, fuhr Simon Sonnleitner fort, »ich muss Sie das jetzt fragen: Gibt es hier strukturelle Probleme innerhalb des Kollegiums? Etwas, das Sie uns bisher verschwiegen haben?«

»Was soll das jetzt? Wie meinen Sie das? Ich muss doch sehr bitten! Wir sind vielleicht kein Bilderbuchkollegium, aber hier geht alles korrekt zu.«

»Nun«, fiel Nadine Lange ins Wort, »was wir meinen: Intrigen, Neidkomplexe? Unserer Erfahrung nach steckt in solchen Fällen meistens mehr dahinter als im ersten Moment sichtbar ist.«

»Sie glauben doch nicht im Ernst, dass ich Ihnen dazu irgendeine Auskunft gebe. Diese Unterstellungen sind ja wohl nicht ernst gemeint.« Geiger verschränkte seine Arme und schwieg beleidigt.

»Gut. Wir akzeptieren dies selbstverständlich«, sagte Nadine Lange. »Wir bräuchten bitte noch die Kontaktdaten von Herrn Heilander und Frau Bigalkes Fachkollegen.«

»Um Himmels willen, was wollen Sie denn von denen? Was sollen die Ihnen denn erzählen?«

»Auch wenn es Ihnen nicht gefällt, Herr Geiger – aber es spricht einiges dafür, dass der oder die Täterin aus dem engsten Umfeld stammt. Er wusste erstaunlich gut über die Freizeitaktivitäten der beiden Bescheid, er oder sie muss also deren Gewohnheiten genau gekannt haben. Um den Täterkreis eingrenzen zu können, müssen wir die gesamte Umgebung durchleuchten. Also?«

Geiger schnaufte, als ob gerade die ganze Welt über ihm zusammengebrochen sei. Dann öffnete er die Adressdatei seines Computers. »Was den Kollegen Heilander angeht, den finden Sie in der Keller-Schulbibliothek, da habe ich den vorher sitzen sehen. Der ist der Einzige, der in den Ferien reinkommt. Der hat da auch schon übernachtet, für ihn ist das eine Art Abenteuerurlaub. Er ist ein bisschen ... anders. Entrückt! Dem dürfen Sie nicht alles glauben, was der so von sich gibt. Bitte!«

Die Ermittler verließen das Schulleiterbüro und gingen die breite Treppe hinunter in den Keller des Schulgebäudes.

»Grotesk, nicht?«, stellte Nadine Lange fest. »Wir sagen ihm, dass schon wieder eine seiner Lehrerinnen ermordet wurde, und seine Hauptsorge ist, dass er den Stundenplan umschreiben muss.«

»So ist der eben.«

In der Bibliothek brannte Licht. Nadine Lange betätigte den Türöffner. Im hell erleuchteten Raum saßen wie auf einer Bühne zwei Personen an weißen Tischen: ein jüngerer Mann in Bluejeans, blauem Poloshirt und blonden Locken, vermutlich ein Oberstufenschüler, mit Collegeblock, relativ nahe am Eingang an einem Buchregal; etwas versetzt weiter hinten am Fenster ein schmächtiger Mann um die 30. Kurze braune Haare, helles Hemd, dunkelgrüne Cordhose, runde Intellektuellen-Brille à la John Lennon. Beide schmökerten angeregt.

»Herr Heilander?«, sprach Simon Sonnleitner den Mann an, der die »Kluge« von Carl Orff vor sich aufgeschlagen liegen hatte. Der Hauptkommissar erinnerte sich an eine beeindruckende Theatervorstellung dieses kunstvollen Musikalienspiels des Komponisten Carl Orff, die er letzten Sommer auf der Freilichtbühne des Klosters Andechs am Ammersee besucht hatte. Neben dem Buch lag ein dicker Schlüsselbund mit einem Taizé-Kreuz-Anhänger.

Der Angesprochene erhob sich bedächtig. »Mit wem habe ich die Ehre?«

Nadine Lange stellte sich und ihren Kollegen vor und nannte den Anlass ihres Besuches.

»Willkommen. Ich wusste, dass Sie früher oder später bei mir aufkreuzen würden«, äußerte Berthold Heilander, ein smartes Lächeln huschte über sein Gesicht. »Sie haben meinen Namen von Fräulein Neumeier oder von Herrn Dröge, stimmt's?« Ohne eine Antwort abzuwarten, sagte er: »Warum setzen Sie sich nicht?«

Er deutete auf die überall herumstehenden Anthrazit-Plastikstühle mit Federlehne. »Sie möchten mehr über die Tote wissen?«

Die Hauptkommissare setzten sich. »Das auch. Zunächst müssen wir Sie davon in Kenntnis setzen, dass es inzwischen schon zwei tote Lehrerinnen gibt. Am Freitagabend wurde Ihre Kollegin Frau Bigalke ermordet. Wieder mit mehreren Messerstichen. Beim Joggen.«

Berthold Heilander zuckte kurz zusammen, als er die Nachricht hörte. Doch es schien ihn nicht sonderlich zu berühren. Den Jüngling, der in ein Interpretationsbuch über deutsche Gedichte vertieft war und zugehört hatte, riss es: »Was, die Bigalke ist tot? Gibt's ja gar nicht!«

Geräuschvoll klappte er das Buch zu. Er merkte wohl selber, dass er sich erst mal vorstellen sollte. »Sorry. Mooser mein Name. Vincent Mooser. Vom K11, ich mache nächstes Jahr hier Abitur. Hoffentlich.«

»Vincent ist in der SMV-Schülermitverantwortung«, ergänzte Berthold Heilander. »Ein sehr ernsthafter Schüler. Kommt sogar in den Ferien rein, um sein Referat vorzubereiten. Vorbildhaft. Mein pädagogisches Prinzip lautet: vom Gehirn*besitzer* zum Gehirn*benutzer*!«

Vincent Mooser verzog grinsend den Mund. Er stand langsam auf, stellte den Stuhl auf den Tisch und sagte: »Ok, ich verabschiede mich dann mal, für heute bin ich hier fertig.«

Nadine Lange wollte ihn nicht so billig wegkommen lassen: »Moment noch ... Kannten Sie Frau Bigalke?«

Er blieb stehen, machte aber keine Anstalten mehr, sich hinzusetzen. »Nur zu gut. Ich habe in der Mittelstufe drei Jahre lang das zweifelhafte Vergnügen gehabt. Oder treffender: Wir haben sie drei Jahre ertragen müssen.« Er fixierte die Kommissare. »›Lehrer haben vormittags recht und nachmittags frei‹, sagt man ja. Bei der traf das genau zu.«

»Na, na«, mischte sich Heilander ein, »das mag für manche Kollegen zutreffen, aber bei den meisten Lehrern sieht die Realität anders aus, Vincent.«

»Bei Ihnen glaube ich das sofort, Herr Heilander. Aber nicht bei der Bigalke und ihrem Klüngel.«

»Was heißt das?«, erkundigte sich Nadine Lange.

»Wollen Sie das wirklich wissen? Die konnte keinen Anflug von Kritik ertragen. Von keinem. Knallharte Linie. Konnte einem zynisch ins Gesicht grinsen, während sie genüsslich eine Sechs eintrug. Wegen der musste ich die fünfte und siebte Klasse wiederholen, obwohl ich mich voll reingehängt hatte. Und mein bester Freund, der hat sich sogar selber wegen ihr ...« – Er schluckte. »Die Bigalke und die Gruber waren nur die Spitze des Eisbergs, da gibt's hier eine ganze Menge von dieser Sorte. Scheinheilige Bande. Faul und eiskalt.«

Der Schülersprecher hatte sich in Rage geredet. Doch im nächsten Moment glaubte Nadine Lange eine Träne im Auge ihres Gegenübers zu vernehmen. Jetzt wollte sie es genauer wissen.

»Wie meinen Sie das?«

»Sonntags sang die Bigalke im Gospelchor und von Montag bis Freitag hat sie Schüler weggemobbt, die nicht in ihr enges Raster passten. Wenn ein Lehrer will, dann findet der

Mittel und Wege, dich zu demütigen und dir dann mit Recht schlechte Noten zu geben. Das lässt sich wunderbar begründen, oder er schikaniert dich so lange, bis du von selber aufgibst. Das Selbstvertrauen geht da voll den Bach runter, da gibt's hier viele.«

»Na na, jetzt übertreibst du aber etwas, Vincent«, bremste Berthold Heilander seinen Schüler. »Ich kenne niemanden unter den Kollegen, der bewusst schlechte Noten gibt, wenn die Leistung grundsätzlich stimmt.«

»Was sollen Sie auch anderes sagen, Herr Heilander? Aber die Realität sieht anders aus. Mein bester Freund hatte am Ende der sechsten Klasse in Mathe und Deutsch zweimal Note Fünf. Bei Ihnen in Latein kam er jedoch am Ende auf eine Eins: sehr gut – der Einzige in unserer Klasse, der das geschafft hat. Sie können sich sicher noch erinnern! Normalerweise gewährt jede Lehrerkonferenz in solchen Fällen einen Notenausgleich, sodass der Schüler eben nicht durchfällt. Doch die arrogante, selbstverliebte Kuh von Gruber hat so lange auf ihre Kollegen eingeredet, bis die in der Schlussabstimmung den Ausgleich verweigert haben. Und dem Herrn Heilander hat sie noch lautstark vorgeworfen, dass die Eins sowieso geschenkt gewesen sei, was nicht stimmte.«

Berthold Heilander wirkte verlegen. »Kann ich bestätigen. Das ›sehr gut‹ war tatsächlich gerechtfertigt. Die Abstimmung über die nicht genehmigte Versetzung war auch sehr knapp, soweit ich mich erinnere. Das traf mich auch persönlich in meiner Ehre. Aber Mehrheit ist nun mal Mehrheit. – Wissen Sie: Noten haben heute leider einen zu hohen Stellenwert. Demgegenüber tritt die Person des Schülers viel zu sehr in den Hintergrund. Es wird gar nicht erst versucht herauszufinden, welche Begabungen im Einzelnen stecken, um ihn umfassend zu fördern. Wer begabt ist, steht von vornherein fest: der das staatliche Bildungsquantum beherrscht.

Alles muss quantifizierbar sein, der Einzelne tritt total in den Hintergrund, hier leider besonders deutlich.«

»Brauchen Sie noch ein Beispiel?«, schaltete sich Vincent Mooser ein und schaute zwischen seinem Lehrer zu den Hauptkommissaren hin und her. »Einer unserer kreativsten Compi-Nerds, der sich schon mit zwölf Jahren in andere Computer einhacken konnte, der Games programmiert und Videopreise gewonnen hat, der machte neulich in Informatik eine tolle Präsentation mit Effekten, Videoeinspielungen und so weiter. Was bekam er: Note Vier minus. Begründung: Er hätte sich zu sehr in Effekten und Übergängen verzettelt. Völliger Quatsch! Jeder einzelne Effekt war sinnvoll. Die Note hat außer dem Lehrer keiner in der Klasse verstanden. Aber der kann ihn eben nicht leiden, weil er ihm zu aufmüpfig ist und den Lehrer auch schon mal korrigiert, wenn der was zu kompliziert oder gar falsch erklärt, was hin und wieder vorkommt. Danach war dann seine Lieblingsschülerin mit einem sehr mittelmäßigen Vortrag an der Reihe: inhaltlich und präsentationsmäßig totaler Durchschnitt, viel zu leise, sodass wir hinten überhaupt nichts verstanden haben. Aber sie konnte mit ihrem Augenaufschlag punkten. Was bekam sie? Zwei plus. Wir Jungs sind daraufhin alle aufgestanden und aus Protest rausgegangen. Genutzt hat es gar nichts, der Typ hat uns sogar einen Verweis angedroht. Solche Sachen sind wirklich keine Seltenheit. Noten mit dem Glücksrad … Aber entschuldigen Sie, ich muss jetzt gehen – vielleicht geistert der Herr Dorian noch irgendwo in der Mensa rum. Der ist einer der wenigen vernünftigen Leute hier.«

Mit diesen Worten ließ Vincent Mooser die Anwesenden stehen. Simon Sonnleitner dachte an einen Online-Artikel, demzufolge eine Hochschule zu Testzwecken in einer Mittelstufenklasse einen Aufsatz hatte schreiben lassen, der mehreren Lehrern zur Beurteilung vorgelegt wurde, die nichts voneinander wussten, jedoch die Schüler nur teilweise kannten. Es kam heraus, dass für einen und denselben Aufsatz die unterschiedlichsten Noten vergeben wurden. Der Aufsatz versammelte sogar alle Noten von Eins bis Sechs auf sich. Das passt haargenau zu dem, was dieser Junge eben erzählt hat, überlegte er nicht ohne Genugtuung. Hatte ich in meiner eigenen Schulzeit nicht auch mehrfach das dumpfe Gefühl, verschaukelt worden zu sein?

Herr Heilander blickte aus dem Fenster, plötzlich sah er die Kommissare scharf an. »Ich darf Ihnen ja eigentlich keine Schulinterna mitteilen, aber wir haben am RKG seit Jahren ein eklatantes Führungsproblem. Die stellvertretende Schulleiterin zum Beispiel existiert de facto gar nicht. Herr Geiger hält sie als bessere Sekretärin, sie ist dienstunfähig geschrieben. Was Geiger angeht, so ist das Kollegium gespalten: Die einen schleimen sich bei ihm ein, andere sind extrem unzufrieden und sitzen nur noch die Zeit aus, bis die komplette Schulleitung wechselt. Aber fast alle sind genervt von dem massiven Druck, den er weitergibt. Motto: Ober sticht Unter.«

»Etwas genauer!«, forderte Nadine Lange.

»Neurotischer Kontrollwahn. Bevormundungszwang. Einige Kollegen sind seit Jahren in psychotherapeutischer Behandlung.«

»Kann man sich denn da nirgendwo beschweren?«

Heilander hielt den Kopf schief: »Wo denn? Sie sind doch selber Beamtin! Sie müssen doch auch immer den Dienstweg einhalten, sonst bekommen Sie Probleme. Ich kann Herrn Geiger gar nicht übergehen. Und wenn ich mich an den Ministerialbeauftragten wenden sollte, stelle ich mich nur selber ins Abseits. Denn beamtenrechtlich ist Herrn Geiger ja nichts vorzuwerfen, verstehen Sie? So funktionieren diese Hierarchiestrukturen. Dasselbe Problem gibt es doch auch bei der Bundeswehr. Ist das bei der Polizei denn anders?«

Nadine Lange dachte nach. In ihrer Münchner Dienststelle war es tatsächlich ganz ähnlich gewesen – dort war sie auf Schritt und Tritt jenem faden Beamtendünkel begegnet, den Heilander gerade beschrieben hatte. Beschweren war da völlig undenkbar gewesen. Deshalb hatten sich auch einige Kollegen mit Alkohol betäubt, in Zynismus oder die innere Kündigung geflüchtet oder waren einfach sehr lange krank – die Rache des kleinen Beamten. Klar, dass es Johannes Geiger unangenehm gewesen war, über solche Dinge offen zu reden. Denn hier ging es um seine Führungsqualitäten.

»Manche Kollegen nehmen seit Jahren Tranquilizer. Andere wiederum können nur mit Aufputschmitteln unterrichten, wir haben ein Riesen-Suchtproblem im Kollegium. Aber vielleicht sind die beiden Todesfälle ja sowas wie ein Wink des Schicksals, dass wir alle selbstkritisch reflektieren sollen? Das ist ja auch der tiefere Sinn von Leiden, philosophisch betrachtet. Ein Sprichwort sagt: Es gibt nichts Schlechtes, das nicht auch sein Gutes hat.«

Nadine Lange fand, dass alles gesagt war. »Danke sehr für die offenen Worte. Das war's für heute, Herr Heilander. Verreisen Sie in den Ferien?«

»Gott bewahre! Den Stau tue ich mir nicht an, da rekapituliere ich lieber die Catilinarischen Reden des Cicero. Vielleicht bringt der Herr Dröge die ›Carmina burana‹ mal wieder zurück, diese lateinische Vagantenlyrik würde ich mir liebend gern mal wieder vornehmen. Nicht, um damit Heranwachsende zu quälen, sondern weil es mich entspannt und geistige Nahrung gibt. Was braucht der Mensch mehr? Es macht einen Heidenspaß, diese inspirierenden Dichter zu lesen. Soll ich Ihnen was raussuchen?«

Nadine Lange ging nicht darauf ein. »Ach, übrigens«, fiel ihr ein, »Frau Gruber hatte Unmengen Bücher zu Hause.

Wussten Sie davon? Von daher hätten Sie beiden doch eine Gemeinsamkeit gehabt.«

»Aber es gibt einen großen Unterschied: Ich lasse mich inspirieren, Frau Gruber hingegen war eine zwanghafte Bibliomanin. Für sie war es keine geistige Nahrung, sondern Sucht. Sie raffte alles Gedruckte zusammen, was sie bekommen konnte. Nennen Sie es Sammelzwang, Sammelwut, Sammeltrieb. Manche Leute sammeln Puppen, andere Briefmarken oder Bierdeckel, wieder andere Bücher. Weniger aus echtem Interesse als vielmehr aus purer Lust am Besitz. Wussten Sie, dass die Psychoanalyse einen analen Komplex in der Psychodynamik des Sammelns sieht? Bewahren und Behalten können?«

Analer Komplex?, wiederholte Nadine Lange in Gedanken. Ihre riesige Kuscheltiersammlung fiel ihr ein. Die meisten dieser Figuren entstammten ihrer Kindheit. Sie liebte sie alle und verband mit jedem einzelnen Tier tiefe Erinnerungen an früher. Dass dies eine psychische Komponente haben könnte, darüber hatte sie noch nie nachgedacht.

Die Hauptkommissare verabschiedeten sich und ließen Heilander alleine in der Bibliothek zurück. Sie konnten noch sehen, wie er sich wieder über sein Buch beugte. Langsam stiegen sie die Kellertreppe nach oben, durchquerten die Aula und verließen die Schule durch die Schwingtüren am Haupteingang.

»Bibliomanin« – Nadine Lange ließ sich das Wort des Lehrers kopfschüttelnd auf der Zunge zergehen. »Wenn du mich fragst, ist der selber nicht ganz dicht im Kopf. Wer liest schon freiwillig ›Die Reden des Catilina‹? Wenn ich nur daran denke, wird mir schon schlecht.«

Simon Sonnleitner lachte. »Ok, aber die ›Carmina burana‹ solltest du dir wirklich mal gönnen«, riet er. »Mittelalterliche Vagantenlyrik. Texte mit ungeheurer Tiefe, 800 Jahre alt.

Doch exakt unsere modernen Themen: Liebe, Leidenschaft, Tod. Alles zeitlos. Dazu Orffs beflügelnde Musik. Bombastisch. Seine Grabstätte befindet sich übrigens in der berühmten Andechser Klosterkirche, nicht weit von hier. Doch zurück zum Thema – für mich lautet die Grundfrage: Welche Verbindung hat unser Mörder zur Schule? Da sind Emotionen im Spiel. Und Menschen, die Sklaven ihrer Gefühle sind, sind brandgefährlich.«

»Heilander?« Die Kommissarin vermochte den Pädagogen nicht einschätzen. War dessen vergeistigte Haltung echt? Konnte jemand heutzutage so abgehoben überleben? Oder schlüpfte er nur in eine Rolle?

»Vergiss ihn, für den zählen nur die Wissenschaft und seine Schüler – wie der gute alte Sokrates. Der würde definitiv eher selber Hand an sich legen als bei einem anderen.«

»Aber er hat zugegeben, dass er sich gegängelt fühlte. Vielleicht sind ihm die Sicherungen durchgebrannt. Für den beginnt doch jetzt eine ganz neue Ära.«

»Schon, aber um zwei Kolleginnen so eiskalt umzulegen, dafür ist der viel zu sehr in anderen Sphären unterwegs. Sicherungen brennen bei dem nicht durch.«

»Im Affekt?«

»Nadine, denk nach! Die Taten waren minutiös durchgeplant. Der Heilander ist ein Schöngeist, der sein Küchenmesser nur zum Kochen benutzt, jede Wette. Der hat jede seine Vibrations im Griff.«

»Mooser? Einer der älteren Schüler? Eine Mutter?«

Simon Sonnleitner blickte ernst drein. »Schon eher. Aber was glaubst du, wie viele Schüler ihre Lehrer abgrundtief hassen? Wenn da auch nur ein Promille davon zum Messer griffe, wäre vermutlich die Hälfte aller Lehrer vorzeitig unter der Erde. Aber dieser Mooser schleppt schon einiges an Frust mit sich herum. Apropos: Vielleicht treffen wir ihn oder den Hausmeister in der Mensa an, ich hätte schon noch ein paar Fragen an den.«

Die Ermittler gingen schnurstracks zur Cafeteria hinüber. Vincent Mooser saß an einem runden Tisch im Eck und tippte auf einem iPad herum. Vor ihm ein Plastikbecher Mineralwasser. Er kaute an einer Brezel.

»Dürfen wir uns kurz zu Ihnen setzen?«, fragte Nadine Lange.

Vincent Mooser machte eine einladende Handbewegung. Die Ermittler zogen sich vom Nachbartisch zwei Stühle heran.

»Sie wirkten vorhin etwas verärgert wegen Ihrer Schule, Herr Mooser«, sagte Nadine Lange. Es war mehr eine Feststellung als eine Frage.

»Naja, da läuft ja auch einiges schief«, erklärte dieser, »übrigens können Sie mich ruhig duzen.«

»Danke. Könntest du das konkretisieren?«

»Willkür. Wenn deine Mum deine Englischlehrerin zufällig vom Yoga-Kurs oder vom Fitnessstudio her kennt, wird deine nächste Textproduction plötzlich gut bewertet und du weißt gar nicht, wie dir geschieht – ich hab da bei Mitschülern schon die verrücktesten Sachen erlebt. Oder der Physiklehrer kennt deinen Vater aus dem Stadtrat. Verstehen Sie mich bitte nicht falsch: Niemand erwartet, dass Noten verschenkt werden, aber sie sollten fair und transparent erteilt werden. Spätestens, wenn es in Richtung Abitur geht, wird das richtig ärgerlich, wenn im Raum steht, dass manche bevorzugt werden. Vernetzung scheint da alles zu sein. Das beste Beispiel ist für mich der Dröge.«

Nadine Lange und Simon Sonnleitner wurden hellhörig. »Dröge? Was ist denn mit dem?«

»Als der noch mit der Gruber zusammen war, da war der voll in Ordnung und gab oft gute Noten. Aber seitdem die getrennt sind und der Geiger ihn degradiert hat, ist er total frustriert und nervt nur noch mit seinem Pseudo-Psychogelaber. Voll gebrainwasht, der Arme. Unterrichten darf der schon lange nicht mehr, dabei hat der das echt gut gemacht. Das muss für den die Höchststrafe sein.«

»Moment«, hakte Nadine Lange nach, »Herr Dröge und Frau Gruber waren ein Paar?«

»Klar. Mir hat er mal gesteckt, dass alle dem Geiger nach der Pfeife tanzen müssen. Dieser Typ ist so was von krank. Humorlos. Geht zum Lachen in den Keller. So kann man doch keine moderne Schule führen.«

Von diesem Schülervertreter erfährt man in fünf Minuten mehr als in zwei Stunden vom Schulleiter, freute sich Sonnleitner. Er fragte: »Und wie habt ihr Frau Bigalke erlebt?«

»Die war so ziemlich die verlogenste von allen, außerdem hatte die ein sexuelles Problem. Die hat genommen, was sie kriegen konnte.«

Die Ermittler räusperten sich. Nadine Lange musste an ihr Gespräch mit Bigalkes »Tennispartner« Norbert Schümer denken. »Waren denn noch andere Lehrer an Mobbingaktionen beteiligt? Ich frage deshalb, weil es durchaus sein kann, dass wir es mit einem Serienmörder zu tun haben.«

Vincent Mooser nahm einen Schluck Wasser, streckte sich, verschränkte die Hände hinter dem Kopf und schlug die Beine im 90-Grad-Winkel übereinander. »Mich wundert nur, dass es die Vollmer noch nicht erwischt hat. Die ist bestimmt als Nächste dran … falls der Mörder weitermacht. Wahrscheinlich sitzt die jetzt in ihrem Haus und zittert schon.«

Nadine Lange und Simon Sonnleitner sahen sich entgeistert an. »Die Vollmer? Wer ist das? Warum ist die als Nächste dran? Und was meintest du eben mit ›Die hat genommen, was sie kriegen konnte‹, bezogen auf Frau Bigalke?«, fragte Nadine Lange.

Der Schülersprecher war kaum mehr zu bremsen. »Die Vollmer sucht und findet jeden kleinsten Fehler, bis sie dir die schlechtere Note geben kann, dabei geht ihr wahrscheinlich einer ab. Und auch sonst ist die kein Unschuldsengel, die hat jeden angebaggert. Ich hab sie öfters mit wechselnden Typen Hand in Hand gesehen. Würde mich gar nicht wundern, wenn sie auch mit ehemaligen Schülern was am Laufen hätte.«

»Oh oh«, entfuhr es Nadine Lange, die kaum glauben konnte, was sie da hörte.

»Namen?«

»Hallo? Ich will hier Abi machen.«

»Herr Heilander erwähnte etwas von einem Suchtproblem?«

Mooser beugte sich vor: »Speed gehört bei manchen aus der Mittel- oder Oberstufe vor wichtigen Prüfungen zum normalen Programm. Auch Antidepressiva oder Tranquis. Und der Herr Dr. Schemmerer, das ist einer der Chemielehrer, hat in seinem Labor ein ganzes Alkoholarsenal zum persönlichen Gebrauch – das weiß jeder und es stört sich auch keiner dran. Außer ganz vereinzelt einige Eltern, die das zufällig mitbekommen. Und Herr Dorian. Aber der ist neu hier und muss sich noch dran gewöhnen, was hier abgeht.«

»Was für ein Verhältnis hatte dieser Herr Dr. Schemmerer zu den toten Kolleginnen?«

»Der konnte die auch nicht ab. Sie haben ihn mal hingehängt, weil er in den Pausen manchmal Alkohol tankt. Jedenfalls hat er nie jemandem eine schlechtere Note als einen Vierer gegeben. Was für ein Mensch! Nur halt zu schwach.«

»Das hat ihn sicher getroffen, dass die Kolleginnen ihn verpetzten, oder?«

»Seitdem trinkt er noch mehr. Aber die kriegen ihn nicht los, der hätte sonst ja auch nix. Solange er zu seinem Unterricht erscheint und keine goldenen Löffel klaut.«

Die Ermittler schluckten. Alkoholexzesse im Schul-Chemielabor, Noten nach Willkür! Andererseits: War das Suchtthema nicht ein gesamtgesellschaftliches Phänomen? Ein Problem ganz breiter Gesellschaftsschichten? Selbst bei Polizei und Bundeswehr gab es immer wieder Berichte über Alkoholmissbrauch. Nadine Lange musste an Kollegen aus der alten Dienststelle denken – Bier war dort zum Teil wie Wasser konsumiert worden, einige soffen in der Nachtschicht, sogar Vorgesetzte. Ganz zu schweigen von den bekannten Kokainpartys der oberen Zehntausend! Warum sollte da ausgerechnet das RKG »sauber« sein? »Nur«, weil es eine Schule war?

Vincent Mooser schimpfte weiter: »Noch eine letzte Sache zu der Gruber: ›Na, wieder nichts vorbereitet? Die Müllabfuhr wartet schon auf Faulenzer wie dich! Niemand von euch wird gezwungen hier zu bleiben, das ist alles freiwillig.‹ – Sprüche in der Art hat die täglich rausgehauen. Einmal hat sie die Zehnjährigen nach Schulschluss 30 Minuten eingesperrt: ›Ihr kleinen Scheißer schleckt das jetzt alles vom Boden auf!‹ Dabei hatten die ihr Klassenzimmer gar nicht verdreckt, sondern ein VHS-Kurs vom Vorabend. Die meisten verpassten ihren Schulbus und mussten zwei Stunden warten. Bestrafungspädagogik aus dem vorvorigen Jahrhundert. Mehrere Kids kamen damals heulend zur SMV. Eine Mutter wollte sogar Dienstaufsichtsbeschwerde wegen Freiheitsberaubung und seelischem Missbrauch anstrengen.«

»Einsperren geht ja gar nicht«, bestätigte Nadine Lange. Sie musste an ihren Vermieter denken. Davon hatte Herr Brückner gar nichts erzählt. Hatte er das nicht gewusst oder es absichtlich verschwiegen? Dann war allerdings die Frage, warum? War seine Tochter vielleicht diejenige Mutter mit der Dienstaufsichtsbeschwerde gewesen?

In diesem Moment war Nadine Lange heilfroh, keine eigenen Kinder zu haben. Sollte es mal so weit sein, werde ich mir jede Schule sehr genau vorher anschauen, nahm sie sich vor.

»Vielen Dank für deine Offenheit«, beendete Simon Sonnleitner das Gespräch.

Nadine Lange ergänzte: »Alles Gute für deine Pläne! Und falls dich nach dem Abi der Polizeidienst interessieren sollte ...«

Der Schüler winkte ab. »Wahrscheinlich geh ich danach erst mal für ein Jahr ins Ausland, Neuseeland oder so.«

Die Kommissare gingen an den Fahrradständern neben der Turnhalle vorbei zurück zum Auto. Sechs Räder waren angekettet: ein paar All-Terrain-Bikes, zwei klassische Mountainbikes und ein Trekkingrad. Nadine Lange fiel ein hochwertiges schwarzes Carver-Mountainbike auf, das hervorstach. Für ein solches Rad musste man gut und gerne 2.000 Euro hinblättern. Wer stellte in den Ferien ein solch wertvolles Gefährt hier ab? Einige Mittelstufenschüler spielten auf dem Tartanplatz daneben Fußball. Zwei etwa 14-jährige Mädchen versuchten abwechselnd einen Ball in den Basketballkorb zu werfen und störten die kickenden Jungs. Gehörte es einem von denen?

Hausmeister Dorian war damit beschäftigt, ein DIN-A4-großes Nelson Mandela-Graffiti-Konterfei vom Turnhallenfenster zu kratzen. Da er mit bloßen Händen nicht weiterkam, hatte er sich einen großen Wassereimer und ein Lösungsmittel besorgt. Kraftvoll schrubbte er mit einer Bürste am Aufkleber herum und versuchte die Folie einzuweichen. Dabei schimpfte er vor sich hin wie ein Rohrspatz.

»Wissen Sie, wem das Black-Carver-Rad hier gehört?«, sprach ihn Nadine Lange freundlich an und zeigte auf den Fahrradständer.

»Das?« Der Hausmeister schaute genervt zuerst auf die Polizistin, dann auf das Rad, »gehört dem Herrn Dröge.«

»Können Sie uns zufälligerweise sagen, ob hier schon mal ein grünes Bike abgestellt war?«

»Hier stehen alle möglichen Räder herum, sicher auch grüne!«, grummelte der Hausmeister und wischte weiter, ohne die Polizisten zu beachten. Er verzog das Gesicht zu einer Grimasse, weil er so fest aufdrücken musste. »Der Dröge kommt jedenfalls meistens mit dem schwarzen. Übrigens: Wenn Sie hier an der Schule schnüffeln, sind Sie vermutlich auf dem richtigen Dampfer.«

Den Ermittlern fiel alles aus dem Gesicht. »Wie meinen Sie das? Haben Sie was beobachtet, Herr Dorian?«, wollte Nadine Lange wissen.

»Nö. Beobachtet nicht.«

»Aber gehört!«, bohrte sie weiter.

»Auch nicht.« Pause.

»Kommen Sie schon! Lassen Sie sich nicht alles aus der Nase ziehen!« Nadine Lange wurde ungeduldig. Sie hatte nach diesem Tag keine Lust mehr auf Spielchen.

»Man kriegt manches mit, wenn man wo arbeitet.«

»Was genau, Herr Dorian? Bitte! Alles kann wichtig sein. Also?«

Er druckste herum. »Keine weiteren Fragen! Will keine Probleme mit dem Chef. Bin froh, diesen Job hier zu haben. Kann es mir nicht leisten, den zu verlieren. Befristung.«

Die Kommissare fixierten fassungslos ihr Gegenüber. Die Mauer des Schweigens reichte hierarchiemäßig bis hinunter zum Hausmeister.

Nadine Lange nahm einen neuen Anlauf. »Hören Sie, Herr Dorian: Wir ermitteln in einem Mordfall. Genauer: in zwei! Wenn Sie also etwas wissen oder gesehen haben, was Sie uns vorenthalten, machen Sie sich strafbar.«

Dorian schwieg trotzig und fuhr mit seiner Arbeit fort. Nadine Lange stemmte die Arme in die Hüften, aber ihr Kollege zog sie weiter.

Als sie einige Meter entfernt waren, sagte Dorian fast unhörbar: »Da wird's manchmal richtig laut hinter verschlossenen Türen, da brauchst du als Außenstehender Ohropax.

Und nach Schulschluss geht's schon mal schlüpfrig ab. So ein ›Samenraub‹ in der Besenkammer wie damals beim Boris Becker, das würde mich hier gar nicht wundern – je oller, desto doller. Wenn das die Schulaufsicht wüsste! Dabei sollten die Lehrer Vorbilder sein. Die Kids können einem leidtun, aber ich hab nix gesagt, damit das klar ist!«

Die Ermittler horchten auf. Taten sich da gerade ganz neue Motive auf? Untreue, Eifersucht, Abweisung, vielleicht sogar Erpressung?

»Geht's konkreter?«, fragte Nadine Lange nach. »Wer *gegen* wen? Wer *mit* wem? Mischten die beiden Ermordeten da auch mit?«

»Na und ob. Die waren mit am aktivsten.« Er stockte. »In den Pausen habe ich Schülergespräche mitbekommen, wo der eine sagte: ›Wenn du das Klassenziel noch schaffen willst, muss dein Vater halt etwas großzügig zu der Frau xy oder zu Herrn yx sein – dann lässt sich das so regeln wie bei mir!‹«

»Namen?«

Dorian flüsterte jetzt fast: »Vergessen Sie's! Ich rede mich hier um Kopf und Kragen. Meine Frau hat auch gesagt, dass ich bloß die Klappe halten soll. Aber eins weiß ich: Mit den Toten geht das noch weiter. Die beiden waren noch nicht das Ende. Nicht, dass wir noch einen Amoklauf hier kriegen.« Er drehte sich demonstrativ ab.

»Wow!«, entfuhr es der Kommissarin, unsicher, wie sie diese Bemerkung einzuordnen hatte. Sie musste unbedingt mehr aus dem Hausmeister herauskitzeln, doch Simon Sonnleitner machte ihr ein Zeichen, nicht weiter nachzubohren.

»Vielen Dank fürs Erste, Herr Dorian«, sagte er betont lässig, »das war sehr interessant. Wir möchten Sie bitten, weiterhin die Augen offen zu halten. Sie können sicher sein, dass wir alles diskret behandeln werden.«

Dorian schrubbte weiter. Sonnleitner bückte sich, zog ein

Papiertaschentuch aus seiner Hosentasche und hob damit einen Kaugummi auf, der unweit neben dem schwarzen Rad lag, aber noch nicht festgepappt war. »Ein Fall für unser Labor«, flüsterte er seiner Kollegin zu, die verdutzt schaute. Dann gingen sie zu ihrem Dienstfahrzeug.

»Vorladen?«, fragte Nadine Lange und stupste Sonnleiter an. »Dieser Typ weiß doch was!«

»Lass mal. Ich glaub nicht, dass er was Konkretes hat. Der meldet sich schon, wenn er was rausfindet. Jede Wette.«

Sie stiegen ein. Sonnleitner wollte gerade den Motor starten, als er stutzte: »Guck mal, ein Knöllchen unterm Scheibenwischer. Das hatte ich schon länger nicht mehr. Wie süß!«

Nadine Lange zog die Stirn in Falten. »Häh, was denn jetzt? Hier darf man doch parken«, stellte sie mit Blick auf fehlende Parkverbots-Beschilderung verärgert fest. In Gedanken ging sie schon die Namen der Kollegen durch, die sie ansprechen musste, um das Knöllchen im Nirwana verschwinden lassen zu können.

Sonnleitner war ausgestiegen, faltete den Zettel auseinander. Ein DIN-A5-Rechenblatt aus einem Schulblock. Darauf stand mit dickem blauem Filzstift in verstellter Kritzelschrift: »Dr. Jung, Tel. 089 80048574!!!« Drei Ausrufezeichen. Kein Strafzettel, immerhin.

Nadine Lange fand als Erste ihre Worte wieder. »Was ist das jetzt, bitteschön? Verstehst du grade irgendwas?«

Ihr Partner blickte sich nach allen Seiten um. »Hm, vielleicht ein Scherz. Oder ein Schüler hat uns beobachtet und weiß, wer wir sind. Aus irgendeinem Grund denkt er, wir sollten mit diesem Dr. Jung Kontakt aufnehmen.«

»Vielleicht hält der Schreiber diesen für den Mörder!«

»Oder für einen Informanten.«

Nadine Lange legte den Kopf schief. Sie kramte in ihrer Handtasche nach der Liste, die sie vor einigen Tagen von der Schulsekretärin bekommen hatten. Alphabetisch checkte sie die Namen der darauf verzeichneten Schulmitarbeiter – einen Dr. Jung gab es nicht. »Der existiert hier nicht«, sagte sie mehr zu sich selbst.

Kurz entschlossen wählte sie die Nummer auf dem Zettel. Die automatische Ansage einer Frauenstimme. Die Polizistin hinterließ eine Nachricht und bat um Rückruf. Ihr Kollege ließ den Motor an und wollte gerade losfahren, als sie durchs Seitenfenster den Schulpsychologen vom Hauptausgang zum Fahrradständer schlendern sahen; offenbar war er auch noch in der Schule gewesen. Im Gegensatz zu neulich hatte er heute legere Radlerkleidung an. Nadine Lange fand, dass diese bedeutend besser zu ihm passte. Sie betätigte den Fensterheber und rief hinüber: »Herr Dröge, noch nicht in den Ferien?«

Der Psychologe zuckte zusammen, als er seinen Namen hörte. Er blickte in ihre Richtung, erkannte die Kommissarin und formte die Hände zu einem Trichter: »Doch, ab jetzt! Gerade in diesem Moment! Ich musste nur noch kurz ein paar Sachen …«

Nadine Lange hörte gar nicht mehr auf den Rest des Satzes.

»Schickes Mountainbike!«, rief sie. Der Psychologe kam näher, um nicht schreien zu müssen.

Als er nah genug war, bestätigte er: »Ja, gutes Teil.«

Lange entdeckte Kratzspuren an Dröges rechtem Unterarm. Konnte das von einem Fahrradsturz stammen? Oder von einem Kampf? Dröge bemerkte ihren neugierigen Blick und erklärte schmunzelnd: »Mein Nachbarskater! Vorgestern war Mikey mal wieder schlecht gelaunt. Tja, so sind Katzen eben … Vergeht wieder. Was machen Ihre Ermittlungen?«

Nadine Lange überlegte einen Moment, ob sie Andreas Dröge mitteilen sollte, dass es einen zweiten Mordfall im Lehrerkollegium gegeben hatte. Jedoch entschied sie sich dagegen, denn Dröge hätte dann ganz sicher die ganze Geschichte wissen wollen. Für heute hatte sie einfach keine Lust mehr, nochmals alles zu erzählen. Außerdem schätzte sie die Wahrscheinlichkeit, dass der Psychologe etwas wusste, als gering ein.

Simon Sonnleitner sah das offenbar anders. Er zog die Handbremse an und stieg aus.

»Wo wir Sie jetzt gerade treffen«, sagte er mit ernster Miene, »müssen wir Ihnen noch etwas sehr Unangenehmes sagen – Sie würden es sowieso in den nächsten Tagen erfahren, da können wir es Ihnen auch gleich sagen: Letzten Freitag wurde Ihre Frau Bigalke ermordet, kurz bevor sie in die Ferien fahren wollte. Beim Joggen ...« Sonnleitner machte eine kurze Pause, um Dröges Reaktion abzuwarten. Dieser starrte den Kriminalbeamten ungläubig an und schüttelte den Kopf. Noch bevor er etwas sagen konnte, fuhr der Polizist fort: »Wir waren gerade bei Herrn Geiger, um ihn zu informieren.«

»Hat es da jemand auf uns abgesehen?« Umständlich steckte Dröge sich einen Kaugummi in den Mund.

Aha, ein Kaugummikauer!, registrierte Nadine. Sah sie jetzt schon Gespenster?

»Wir sind an verschiedenen Spuren dran«, ließ Sonnleitner alles offen. Ein Versuchsballon. Er wollte die Reaktion des Schulpsychologen testen. Doch dieser blieb neutral. »Denken Sie denn, dass der Mörder weitermacht?«

»Aktuell denke ich nicht, dass sich jemand konkret Sorgen machen muss. Aber es kann sicher nicht schaden, die Augen offen zu halten. Wir wünschen Ihnen erholsame Ferien. Und natürlich halten wir Sie alle über Herrn Geiger auf dem Laufenden.«

Dröge nickte bedächtig, als er umständlich auf sein Rad kletterte. »Also dann. Ich hoffe wirklich sehr, dass Sie schnell weiterkommen. Dieser Zustand, dass ein Verrückter herumläuft und Lehrerinnen ermordet, ist nicht zu ertragen.«

DIENSTAG, 06.06.2017, 10.00 UHR

Dr. med. Dorothea Thalhammer packte genüsslich ihr mit Mozzarella und Tomate belegtes Vollkornbrot aus dem Butterbrotpapier. Seit Jahren war dies ihr Ritual um diese Uhrzeit. Nach zwei Stunden Arbeitszeit gönnte sie sich Punkt zehn Uhr eine 15-minütige Auszeit. Sie streifte ihren weißen Ärztinnen-Kittel ab, setzte sich an den kleinen Holztisch in der Ecke ihres weiß gekachelten Untersuchungsraumes und biss herzhaft von der Schnitte ab. Heute war sie unzufrieden mit sich, ohne sich erklären zu können weshalb. Seit Tagen sezierte sie nun schon mit Unterbrechungen an dieser zweiten Lehrerinnen-Leiche herum und hatte nach allen möglichen und unmöglichen Spuren gesucht, viel länger als normalerweise üblich. Heute Nachmittag würde ihr Abschlussbericht fertig sein und dann würde die Leiche zur Bestattung freigegeben werden. So weit, so gut. Ihr Auftrag war damit erledigt, neue Arbeiten würden auf sie zukommen. Aber irgendwie wurde sie das Gefühl nicht los, etwas übersehen zu haben.

In Gedanken ging sie nochmals penibel alle durchgeführten Arbeitsschritte durch: eine gerichtsmedizinische Autopsie nach Lehrbuch. Stets fing man mit der äußeren Besichtigung an, was sie in diesem Fall bereits am Tatort erledigt hatte. Totenflecken, Grad der Totenstarre, sichtbare tödliche Schuss- oder Stichverletzungen. Im zweiten Schritt hatte sie hier im Institut alles säuberlich dokumentiert und sich mit dem Zahnstatus der Toten beschäftigt, welcher altersgemäß unauffällig gewesen war. Die innere Leichenbeschau hatte sie mit der Eröffnung der Schädel-, Brust- und Bauchhöhle begonnen. Dabei hatte sie alle inneren Organe freigelegt und deren Zustand nach Größe, Form, Farbe, Konsistenz und Kohärenz beurteilt, wobei sie von der Norm abweichende Veränderungen dokumentiert hatte. Im Uterus und im Muttermund der Toten hatte sie Spermien von zwei verschiedenen Partnern gefunden, deren Qualität sie penibel klassifiziert und dokumentiert hatte. Von einigen anderen Organen hatte sie kleine Proben für lichtmikroskopische und mikrobiologische Untersuchungen genommen. Routinemäßig hatte sie auch nach Giftstoffen gefahndet, jedoch Fehlanzeige, dennoch hatte sie vorsichtshalber ein toxikologisches Gutachten erstellt. Besonders viel Zeit hatte sie für die Einstiche aufgewendet. Vier tiefe Einbuchtungen mit einem scharfkantigen Küchenmesser, von denen bereits der erste tödlich war …

Natürlich! Plötzlich wusste sie, was sie vergessen hatte.

Doro, Doro, das hätte dir aber wirklich früher einfallen können!, schalt sie sich selbst, legte das Brot beiseite, zog sich Kittel und Plastikhandschuhe über und besah sich die Wunden erneut von allen Seiten. Sie nahm ein Vergrößerungsglas zur Hand und begutachtete die Einstichwinkel. Zuerst stellte sie sich rechts neben die Tote, anschließend auf die linke Seite. Jetzt fiel es ihr wie Schuppen von den Augen. Die Einstiche wiesen alle ähnliche Winkel und Tiefen auf. Und alles passte nur dann, wenn sie selber rechts neben der Toten stand und mit der *linken* Hand zustechen würde. Und zwar nur dann. Völlig klar: Der Täter musste Linkshänder sein! Anders wäre es technisch kaum möglich gewesen. Dass ihr das durchgerutscht war! Ärgerlich! Wie Dr. Dorothea Thalhammer wusste, betrug der Anteil der Linkshänder in der durchschnittlichen europäischen Bevölkerung gerade mal knapp zehn Prozent. Dies konnte ermittlungstechnisch gesehen ein enorm wichtiger Hinweis sein. Sofort ging sie hinüber zum Wandtelefon, um im Kommissariat anzurufen, als das Ding klingelte.

Nanu, ist das etwa Gedankenübertragung?, fragte sie sich. Doch es war keiner der Kommissare dran, sondern das Speziallabor aus München, das in ihrem Auftrag die Lacksplitter des Fahrradrahmens analysieren sollte.

»Hi, Tini«, begrüßte die Pathologin ihre Kusine Dr. rer. nat. Bettina Lincke, die das Chemische Institut am Goetheplatz leitete, das häufig mit der Kriminalpolizei und dem Gerichtsmedizinischen Institut zusammenarbeitete. »Das ging ja ultraschnell! Sag bloß, ihr habt schon Ergebnisse!«

»War gar nicht so schwer, Thea«, entgegnete diese entspannt. »Wir haben mikrochemische Analysen im Labor durchgeführt und diese mit der europäischen Farb- und Lackdatenbank der Chemischen Industrie abgeglichen, das Ergebnis ist eindeutig. Bei dem Lacksplitter handelt es sich um die Farbenbezeichnung ›greendarkgreenblack‹ des Herstellers ›Ghost‹. Wir haben mit der Entwicklungsabteilung dort Rücksprache gehalten und nochmals alles abgeglichen. Kein Zweifel.«

»Ghost?«, erkundigte sich Dr. Dorothea Thalhammer. »Nie gehört.«

»Ich vorher auch nicht. Renommierter Mountainbike-Hersteller aus dem Bayerischen Wald. Modell Cato 3, Jahrgang 2016, 27,5 Zoll. Also fast neu, falls das für eure Ermittlungen wichtig ist. Diese Firma ist auf diese speziellen Farbmischungen bei Mountainbikes spezialisiert. Kostenpunkt rund 1.200 Euro. Wird übrigens als unisex-verwendbar beworben, also für Männer und Frauen gleichermaßen. Laut Marketingstatistik der Firma wird es aber zu über 70 Prozent von Männern gekauft.«

»Wow!« Dr. Dorothea Thalhammer pfiff anerkennenswert durch die Zähne. »Gute Arbeit, Tini! Danke für deine Mühe. Ich schätze mal, das wird uns bei den Ermittlungen sehr weiterhelfen.«

»Alles klar, Thea. Gern geschehen. Kommst du mal wieder zum Abendessen bei mir vorbei?«

»Klar, gern. Ich melde mich, dann zeig ich dir ein paar Urlaubsbilder aus Zypern.«

»Super. Die Rechnung schick ich dann zu deinen Händen. Ciao.«

Dr. Dorothea Thalhammer lächelte in sich hinein, sie war jetzt sichtlich zufrieden. Da kam also doch noch Bewegung in die Sache. Schnell tippte sie die Nummer des zuständigen Hauptkommissariats in ihr Smartphone ein.

DIENSTAG, 06.06.2017, 12.05 UHR

»Hi Digga, was geht ferienmäßig bei dir?«

»Gamen: Fortnite, Youtube und so, meine Bildschirmbräune pflegen. Endlich mal zwei Wochen keine Asi-Schule. Selber?«

»Exakt so. Du, die Bigalke hat's gecrasht. Steht auf der Homepage. Jetzt sind's schon zwei.«

»Mein Beileid. Wundert mich kein Stück.«

»Mich auch nicht. Hat die Richtigen erwischt. Die kann sich jetzt beim lieben Gott ausvögeln … hihihi.«

»Oder ein paar Etagen tiefer. Das war noch nicht die Letzte, sag ich dir. Wie bei den zehn Negerlein.« Spöttisches Lachen.

»Yo man. Wer ist denn da killermäßig aktiv? Hast du was auf'm Schirm? Vielleicht ›der Highlander‹?«

»Der eher nicht ... zu schwul, zu out of space ... Keine Ahnung ...«

»Wer sonst? Dorian?«

»Eher. Der kotzt jeden Tag über diesen Teacher-Swingerclub. Vergiss mir den Schemmerer nicht!«

»Hm, weiß nicht ... einer aus der Crew? Vincent? ... Seine Homies? ... Erzeuger?«

»Alles möglich. Wird noch spannend die nächsten Wochen.«

»Ich tipp Vincent – ich würd dem so was von ein Denkmal hinstellen, wenn er's war. Und freies Essen und Trinken für seine Zeit im Knast.«

»Yo ... Gibt's eigentlich mildernde Umstände für solche Akte von Gerechtigkeit?«

»Würd' ich mich nicht drauf verlassen. Sag mal, wo warst du eigentlich, als die Alte den Löffel abgab?«

»Bei meiner Oma.« Wieder ein dreckiges Lachen.

»Is klar. Ich hätt' dich so was von gefeiert, Bro...«

»Lass mal. Die blöde Bitch soll auch was mit Ehemaligen am Laufen gehabt haben, wie man so hört.«

»Geile Sau. Krass. Die würd ich nicht geschenkt anfassen mit ihrem Gesichtstuning. Wer hat auf so was Bock?«

»Denkst du ich? Selbst wenn mir einer 'nen Tausender geben würde.«

»Naja, dafür hätt' ich's mir vielleicht überlegt.«

»Spinnst du?«

»Chill mal, war'n Joke. Was hast du noch am Start heute?«

»Enterbrainment: Minecraft und so.«

»Gönn dir, Alda. Bis gleich auf'm Channel.«

»Okidoki, Babo.«

DIENSTAG, 06.06.2017, 12.27 UHR

Die Person war gerade dabei, sich ein paar Schnitten Brot zum Mittag zu machen und suchte im Kühlschrank nach Wurst und Butter, als ihr Handy klingelte.

»Ja ... Hallo?«

»Hi, ich bin's«, meldete sich eine vertraute Stimme. »Wie läuft's?«

»Ach, welch freudige Überraschung!«, antwortete die Person süffisant. »Wie soll's schon laufen?« Sie hatte die Stimme am anderen Ende der Leitung sofort identifiziert. Namen musste man keine nennen, man kannte sich.

»Unter uns: Hast du die beiden umgebracht, um dein Trauma aufzuarbeiten? Wir können ja ganz offen ...«

»Spinnst du?«, entrüstete sich die Person. »Wie kommst du denn auf so einen Mist?«

»Hätte dir gut in den Kram gepasst. Oder etwa nicht?«

»Dir genauso. Vielleicht warst du's ja?« Ein hämisches Lachen.

»Da täuschst du dich. Aber du hast mir die Entscheidung abgenommen, ernsthaft darüber nachzudenken ...«

Die Person veränderte ärgerlich die Tonlage: »Jetzt reicht's mir aber! Du hättest auch allen Grund gehabt, wenn ich mir das so überlege. Schließlich profitierst du nur davon ... wie auch einige andere.«

»Reg dich ab. Du kannst jedenfalls sicher sein, dass ich dichthalte. Ich bin wie Luft, du kannst auf mich zählen.« Klicken in der Leitung. Freizeichen.

»… ich bin wie Luft!« Diese Worte blieben im Gehörgang der Person hängen.

Hatte er das nicht vor ein paar Tagen schon einmal durch dieses Handy gehört, von diesem ominösen Anrufer direkt im Anschluss nach dem Radio-Zeugenaufruf? Was zum Teufel hatte das zu bedeuten? Zufall? Kannten sich die vertraute Stimme und dieser seltsame Anrufer womöglich sogar? Und was hatte diese seltsame Trauma-Anspielung auf sich? Steckten diese beiden womöglich unter einer Decke? Planten sie eine gemeinschaftliche Erpressung? Falls ja, durfte die Person das auf keinen Fall zulassen.

DIENSTAG, 06.06.2017, 12.30 UHR

»Herr Dorian, kennen Sie zufällig einen Herrn Dr. Jung?« Nadine Lange hatte sich ein Herz genommen und den Hausmeister angerufen, denn wenn jemand gut informiert war, dann er.

Er lachte. »Nö, nur eine *Frau* Dr. Jung – und das auch nur am Rande. Eine Lehrerin, genauer gesagt: Exlehrerin. Soll sehr schülerfreundlich gewesen sein, bei Durchschnittsnoten von 4,7 am Jahresende hat sie angeblich nicht sofort ›mangelhaft‹ gegeben, wie sie laut Schulordnung eigentlich müsste, sondern erst mal nachgedacht. Wurde letztes Jahr frühpensioniert. Vor zwei Wochen war sie aber mal für eine runde Geburtstagsfeier hier. Bei der Gelegenheit hab ich kurz mit ihr gesprochen, ich wollte sie erst nicht reinlassen, weil ich sie nicht kannte. Darf ja keine schulfremden Leute reinlassen. Bei der Gelegenheit hat sie sich mir vorgestellt – sehr sympathische Dame. Wirklich.«

»Danke, Herr Dorian. Sie sind uns eine große Hilfe. Bitte halten Sie die Augen offen!«

»Immer doch, Frau Oberkommissarin.«

Nadine Lange lehnte sich aus dem Fenster. Ob sie es wagen sollte, ihren Kollegen zum Kaffee einzuladen. Wie hatte ihr Großvater immer gesagt: ›Nadine, du musst das Eisen schmieden, solange es heiß ist! Warte nicht zu lange, sonst wird es wieder kalt und hart.‹

Sie gab sich einen Ruck und nahm ihren Mut zusammen. »Simon, ich bräuchte da mal eine längere Denkpause. Hättest du Lust auf einen kleinen Nachmittagssnack? Biergarten Kloster Fürstenfeld – ich lade dich ein.«

»Echt jetzt?« Simon Sonnleitner ließ seine Kollegin kurz zappeln. »Also … da sag ich nicht Nein. Worauf warten wir noch?«

»Wir sind dicht dran, Simon …«

Ein paar Minuten später saßen sie im Biergarten der Klostergaststätte und versuchten ihre Köpfe frei zu bekommen. Nadine Lange hatte einen Latte Macchiato bestellt, Simon Sonnleitner eine alkoholfreie Radlerhalbe. Sie genossen die herrliche Aussicht auf die spätbarocke Zisterzienserkirche, eine Stiftung Kaiser Ludwigs des Bayern, der das Kloster im 13. Jahrhundert als Sühne für die Ermordung seiner untreuen Gemahlin Maria von Brabant errichtet hatte. Gerade als Simon Sonnleitner, der über die Geschichte von einem früheren Schulausflug bestens Bescheid wusste, für seine Kollegin die Entwicklungsgeschichte dieser Wittelsbacher-Abtei zum Besten geben wollte, klingelte Nadine Langes Handy.

Die Frauenstimme am anderen Ende der Leitung kannte sie nicht. »Ich wollte Sie schon längst zurückrufen, Frau Lange. Sie hatten mir auf Band gesprochen, mein Name ist Annegret Jung.«

»Ah, Frau Dr. Jung, danke für den Rückruf!«

»Den Doktor können Sie gern weglassen. Worum geht es denn?«

Die Oberkommissarin schilderte den Grund ihres Anrufes. Annegret Jung wusste bereits von den Lehrerinnenmorden.

»Ist ja witzig, dass Sie ausgerechnet durch einen anonymen Hinweis auf mich kommen!«, meinte die Exlehrerin.

»Hätten Sie eine Idee, von wem der Zettel stammen könnte? Anscheinend ist der Schreiber der Auffassung, Sie könnten uns entscheidend helfen.«

»Keine Ahnung. Und ob ich helfen kann, steht dahin. Ich habe früher Biologie und Chemie unterrichtet, bin aber nicht mehr aktiv. Was brauchen Sie denn?«

»Könnten wir bei Ihnen vorbeikommen?«

»Bedaure, das ist leider ganz schlecht«, entschuldigte sich Annegret Jung. »Mein Mann und ich verreisen für drei Tage nach Südtirol. Der Bus-Treffpunkt ist in knapp zwei Stunden. Wenn, dann müssten Sie sofort kommen.«

So was Blödes!, schimpfte Nadine Lange in Gedanken, die das Gespräch nicht so gern am Telefon führen wollte. Jetzt bin ich endlich einmal mit Simon privat unterwegs, da werden wir schon wieder auseinandergerissen! Aber sie war pflichtbewusst genug, um zu wissen, dass der Dienst hier Vorrang hatte. Schließlich war es gut möglich, dass diese Dame über entscheidende Informationen verfügte. Sie warf ihrem Kollegen einen bedauernden Blick zu. Dann sagte sie:

»Ok, wir sind in ein paar Minuten bei Ihnen. Ihre Adresse bitte, Frau Jung!«

»Rosenstraße 5 in Herrsching.«

»Oh, am hübschen Ammersee. Das schaffen wir aber nicht unter einer Viertelstunde. Bis gleich.«

Nadine Lange rief den Kellner zum Kassieren und stand auf. »Das war's dann wohl mit dem gemütlichen Teil.«

Simon Sonnleitner zwinkerte ihr zu. »Don't worry! Ammersee ist auch nicht zu verachten.«

*

20 Minuten später bogen sie in Herrsching in die Rosenstraße, eine ruhige Seitenstraße in bester Wohnlage und unmittelbarer Seenähe, ein. Annegret Jung erwartete sie bereits, sie goss die preisverdächtigen Kletterrosen im Vorgarten ihrer Villa. Das Grundstück lag auf einer leichten Anhöhe in Richtung Kloster Andechs und war in dieser Lage gut und gerne zwei Millionen Euro wert. Hier residierten normalerweise Chefärzte und Promis; Wanderer und Rucksack-Touris kamen hier selten vorbei. Ebenso wenig die Mountainbiker, die seit einigen Jahren das romantische Kiental unterhalb Andechs für sich entdeckt hatten. Sehr zum Leidwesen von Simon Sonnleitner, der den Spazierweg noch aus Kindertagen wie seine Westentasche kannte.

»Hoffentlich erwarten Sie nicht zu viel von mir«, empfing die fast vollständig ergraute, schlanke Endfünfzigerin die Beamten, zog ihre Gartenhandschuhe aus und gab beiden die Hand. »Entschuldigen Sie, ich bin etwas zerstochen …«

Sie gingen ums Haus herum zur rückseitigen Terrasse, und Annegret Jung, die schon abfahrbereit gekleidet war, bot den Gästen zwei Plätze an einem überdimensionalen Gartentisch an. Von hier hatte man einen gigantischen Ausblick über das riesige Blau des Ammersees. Es waren mehrere Segelboote draußen, die Frühnachmittagssonne spiegelte sich auf der azurblauen Wasserfläche.

Klasse Plätzchen zum Urlaub machen, schwärmte Nadine Lange für sich. Absoluter Traum. Wenn ich hier mein Haus hätte, würde ich auf Südtirol pfeifen.

»Ich frage mich, wie der Zettelschreiber gerade auf mich kommt«, eröffnete Annegret Jung das Gespräch, als sie drei Gläser und eine große Wasserflasche hinstellte.

Willkommen im Club der Linkshänder, stellte Simon Sonnleitner fest und suchte Blickkontakt zu seiner Kollegin. Kam Annegret Jung als Täterin in Frage? Nach einer versierten Mountainbikerin sah sie nicht aus, und auch in Joggingschuhen konnte er sie sich kaum vorstellen. Ebenso schien sie nicht sonderlich kräftig zu sein. Aber er war lange genug Polizist, um zu wissen, dass das täuschen konnte.

Seine Kollegin griff die Frage nach dem Zettel auf. »Auf jeden Fall scheint der oder die Schreiberin Ihnen zuzutrauen, etwas zur Lösung beizutragen.«

»Wenn ich nur wüsste, was«, sagte Annegret Jung bedächtig und rückte ihre dunkelrote Hornbrille zurecht, die perfekt zu ihrem Gesicht passte. Nadine Lange fiel ihre elegante Kurzhaarfrisur und ihr beiges Kostüm auf, das bestimmt nicht billig gewesen war. Die Dame strahlte Harmonie aus. »Darf ich offen sein, Frau Kommissarin?« Sie schaute die Beamtin an. »Die beiden Ermordeten gehörten nicht zu meinen Lieblingskolleginnen.«

»Weshalb?«

»Tut hier nichts zur Sache. Alte Geschichten. Diese Schule verfolgt mich anscheinend immer noch, sogar jetzt im Ruhestand.«

»Wir hätten es Ihnen gerne erspart«, sagte Nadine Lange, »aber könnten Sie bitte überlegen, wem aus der erweiterten Schulfamilie Sie solche Taten zutrauen würden.«

»Puh, ich darf da natürlich niemanden falsch beschuldigen.«

Die ehemalige Lehrerin strich sich mit der Hand bedächtig durchs Haar und goss den Beamten ungefragt Sprudelwasser einer Edelmarke in vorbereitete Gläser ein. Sie zögerte etwas und schien mit sich zu kämpfen, ob sie ein heikles Thema ansprechen sollte. »Aber wenn ich es mir recht überlege: Da gibt es schon was, was Sie wissen sollten: An dieser Schule sind in den letzten Jahren zwei schreckliche Schülersuizide passiert. Schlimme Geschichten. Wollen Sie darüber was hören?«

»Wenn es zur Sache gehört.«

»Das müssen Sie selber entscheiden!« Sie blickte zuerst Nadine Lange und dann Simon Sonnleitner an. »Nach der ersten Selbsttötung eines 16-jährigen Zehntklässlers vor knapp drei Jahren hat die Schule versucht, das als eine Art ›Betriebsunfall‹ darzustellen. Pubertätsdepression, Vater gestorben, Mutter überfordert, Sicherung durchgebrannt, vielleicht waren Drogen im Spiel … Tragisch, aber kann halt mal passieren! Hat es schon immer gegeben, etwa nicht? Dass er aber im Vorfeld über einen längeren Zeitraum ganz massiv von zwei Lehrerinnen gemobbt wurde und seine Noten weit hinter dem zurückblieben, was er eigentlich drauf hatte, wollte niemand hören. Tja, Shit happens. Sorry, wir können nix dafür. Und Übergang zur Tagesordnung. Daraufhin haben einige Eltern die Noten ihrer Sprösslinge durch unabhängige Gutachter überprüfen lassen. Und jetzt kommt's: In fast allen Fällen kamen diese zu dem Ergebnis, dass die an unserer Schule erteilten Noten viel zu schlecht waren. Das hat eine regelrechte Welle losgetreten, woraufhin die Schule eingeknickt ist und die sitzengebliebenen Schüler unter dem Druck der eingeschalteten Anwälte dann doch versetzt hat, aber auch nur dann, weil mit Dienstaufsichtsbeschwerden gedroht wurde. Nach dem Suizid ist die Mutter des Schülers übrigens von hier weggezogen, ich glaube nach Berlin. Aber es blieb ein bitterer Nachgeschmack. Wollen Sie raten, wer seine Englischlehrerin war?«

»Carola Bigalke?«

»Exakt.« Pause.

Nadine Lange überlegte. Mobbing ... Rache ... Vergeltung! – Immer wieder hatte sie als Polizistin erleben müssen, dass seelische Verletzungen, die über einen längeren Zeitraum anhielten oder gar Zukunftspläne zunichtemachten, Menschen zu geradezu absurden Taten treiben konnten. War das der Schlüssel?

»Ich habe mich so geschämt, an dieser Schule zu arbeiten. Aber das war nur der Auftakt. Viel tragischer war der zweite Fall. Der war erst 13 Jahre. Achte Klasse. Das müssen Sie sich mal vergegenwärtigen: ein Kind noch. Unmengen von Schlaftabletten! Ich erinnere mich noch genau an ihn: Benni Sellmaier. IQ von 138. Wiederholen hätte er nicht mehr gedurft, weil er schon mal sitzengeblieben war, er wäre also unweigerlich auf die Hauptschule abgestürzt, weil die Realschule ihn wegen Überfüllung nicht aufnehmen konnte. Er war als ›hochbegabt‹ getestet und wollte auf keinen Fall weg, verstehen Sie. Das wären verlorene Jahre für ihn gewesen. Deshalb hat er sich das Leben genommen. Die Eltern haben versucht, es als Unfall darzustellen, weil der Junge auch keinen Abschiedsbrief hinterlassen hatte, aber die polizeilichen Ermittlungen haben damals klar ergeben, dass es ein Suizid war. Ihre Kollegen haben das damals untersucht und auch diverse Gutachter hinzugezogen, soweit ich mich erinnere. Dazu müsste es in Ihrem Hause eine Akte geben ...«

Simon Sonnleitner ging dazwischen, während Nadine Lange eine WhatsApp an die Kollegin in München-Schwabing schickte, die seit Jahren Suizidfälle bearbeitete. »Ich ahne es schon: Es gab zuvor wieder erhebliche Mobbingprobleme, richtig?«

»Und wie! Mit Carola Bigalke und Rike Gruber, aber auch mit Frau Vollmer. Besonders pikant war, dass Bennis Mutter eine ehemalige Schulkameradin von Frau Bigalke war. Verrückt, oder? Die beiden Frauen waren jahrelang zusammen im Gospelchor, bis sie sich wegen eines Mannes verkrachten. Die Lehrerin hat es an ihm ausgelassen. Die beiden ehemaligen Freundinnen gingen daraufhin mit Anwälten aufeinander los, bis Benni für sich selber die Notbremse gezogen hat, wenn man so sagen will. Er wollte einfach seine Ruhe haben und nicht immer dazwischenstehen.«

»Schlimm.«

»Ja. Diese Frau Sellmaier, also die Mutter, hat damals lautstark angekündigt, dass die Lehrerinnen, die ihren Sohn auf dem Gewissen haben, dies eines Tages büßen müssten.«

»Hat sie das wirklich so gesagt? Eine Racheankündigung?«

»Mehr als einmal. Und auch ein Klassenkamerad von Benni beschuldigte die Schule lautstark, der fiel sogar dem Herrn Geiger bei seiner Trauerrede im Gottesdienst zweimal ins Wort. Erst bei der Beisetzung auf dem Friedhof haben sie sich wieder beruhigt. Es war ein ziemlicher Skandal damals.«

»Wissen Sie noch den Namen dieses Klassenkameraden?«

»Vincent Mooser, Bennis Busenfreund. Ging in der Familie ein und aus. Die beiden waren unzertrennlich, wie Zwillinge. Vincent ist, glaube ich, bis heute noch nicht über den Tod seines Freundes hinweggekommen. Natürlich kann man nicht in einen Menschen hineinschauen.«

Nadine Lange und Simon Sonnleitner sahen sich wie versteinert an. Keiner sagte ein Wort, jeder wusste vom anderen, was er dachte. Vincent Mooser, dieser ernsthafte Oberstufenschüler aus der Bibliothek – kam der als Rächer für seinen Freund infrage? Konnte man ihm oder einem anderen Mitschüler zwei kaltblütige Morde aus Rache zutrauen, ohne dass sie dabei nennenswerte Spuren hinterließen? Trugen die Taten nicht eher die Handschrift eines Erwachsenen?

»Wer war der Pfarrer, der den Trauergottesdienst damals zelebriert hat?«, erkundigte sich Nadine Lange.

Sie überlegte keine Sekunde. »Claudius Bachmann, der ist seit 20 Jahren der katholische Ortsgeistliche hier. Sie brauchen nur im Pfarramt anzurufen.«

Die ehemalige Lehrerin kam immer mehr in Fahrt. Es schien so, als kämen alle alten Erinnerungen in ihr hoch. »Danach konnte ich nicht mehr unterrichten. Ich war sehr lange krankgeschrieben, bis ich meine Frühpensionierung eingereicht habe.«

»Dieser Fall hat Sie so sehr mitgenommen?«

Annegret Jung nickte. »Ja, das ist mir sehr, sehr nahe gegangen. In Deutschland gibt es im Jahr etwa 10.000 Suizide, das sind mehr Tote als durch Verkehr, HIV und Drogen zusammen. Die allergrößte Gruppe sind dabei die 14- bis 24-Jährigen, bei den Jugendlichen bis 20 Jahren ist das sogar Todesursache Nummer eins, wobei Jungen viermal so häufig betroffen sind als Mädchen. In der Öffentlichkeit werden die Zahlen gezielt verschwiegen, wegen des Nachahmereffekts, und die Schulen weisen jegliche Verantwortung von sich, dabei sind sie fast immer die Auslöser. Meistens heißt es, es stehe eine psychische Erkrankung dahinter oder Liebeskummer oder Missbrauch oder gewaltverherrlichende Medien oder Stress im Elternhaus. Wie verlogen das Ganze ist, sieht man schon daran, dass immer gesagt wird, rapide Notenverschlechterungen und Rückzug aus sozialen Beziehungen seien Alarmsignale. In Wirklichkeit ist es genau umgekehrt: 40 Jahre nach Abschaffung der Prügelstrafe üben noch immer manche Lehrer Gewalt gegen Schüler aus, nur sind die Methoden subtiler geworden: den Rohstrock gibt's nicht mehr, dafür tonnenweise zynische

Bemerkungen, Demütigungen, Willkür. Schüler, denen niemand hilft, sind Freiwild. Die Jugendlichen werden in Frustration, Verzweiflung und in die Isolation getrieben, aus denen dann im Extremfall der Suizid resultieren kann, weil sie sich als Versager fühlen. Dabei sind sie dazu gemacht worden. So wird ein Schuh daraus, nicht andersherum.«

»Dabei klagen aber doch gerade immer die Lehrerverbände, dass die Lehrer die eigentlichen Opfer des Schulsystems seien, oder?«

Sie lachte bitter. »Ach, jetzt lassen wir aber mal die Katze im Sack. Jeder Lehrer hat doch seinen Beruf frei gewählt und kann das Beste draus machen, oder nicht? Es zwingt ihn ja keiner hinzugehen oder schlechte Noten zu geben. Kinder hingegen müssen zur Schule, das ist der entscheidende Unterschied; sie sind das schwächste Glied, sie haben keine Lobby. Dass die sich dann im Internet wehren oder schlechte Schulbewertungen schreiben, ist nur logisch. Leider überspannen die dabei aus Frust manchmal den Bogen – das hilft keinem. Zum Glück gibt es aber auch ganz viele engagierte Kolleginnen und Kollegen, die eine ganze Menge Gutes bewirken, das fällt in der Öffentlichkeit leider oft unten durch. Die auch mal Fünfe grade sein lassen können und kreative Freiräume geben. Davon bräuchten wir deutlich mehr. Echte Pädagogen eben. Keine beamtenversorgten Jasager-Faultiere und Systemlinge.«

»Aber Schülersuizide hat es doch schon immer gegeben, oder nicht?«, warf Nadine Lange ein.

»Das schon, aber wo die Schüler nicht so leicht durchfallen können, sind sie deutlich weniger. In Bayern sind sie dreimal höher als in Hamburg, das sagt viel aus. Diese Wahrheit will keiner hören. Zwar gibt es Statistiken, aber sie werden schön brav unter Verschluss gehalten. Schülersuizide als Kollateralschäden unserer Leistungsgesellschaft. Die wenigsten wollen wirklich sterben. Einige Kids reagieren aggressiv, andere depressiv, je nach Veranlagung. Sie kennen ja das Problem mit Amokläufen. Manche Bundesländer haben das Durchfallen nicht zuletzt aus diesen Gründen mehr oder weniger abgeschafft. Eine Freundin von mir unterrichtet in Neukölln. Die haben dort einen extrem hohen Migrationsanteil, und doch bringen die durch gezielte Fördermaßnahmen auch solche Schüler zu mittleren oder höheren Abschlüssen, die in Bayern schon in der Unterstufe kläglich gescheitert wären. Das kann man jetzt gut oder schlecht finden, aber auf jeden Fall minimiert es Verzweiflung und Zukunftsangst. Unsere beiden Schüler könnten noch leben, wenn das hier menschlicher zugegangen wäre. Das dürfen Sie mir glauben.«

»Führt das aber nicht dazu, dass das Niveau an den Schulen immer mehr abnimmt?«, wollte Nadine Lange wissen.

»Überhaupt nicht. Das Gefasel vom Niveauverfall ist nur ein Politikermärchen. Schauen Sie sich die heutigen Kids doch an: Die sind doch viel weiter als wir noch vor 30 oder 40 Jahren – nur halt eben in anderen Bereichen. Unser Bildungssystem ist total rückständig, komplett an der Realität vorbei. Logisch schreiben Kinder heute schlechtere Aufsätze, deren Gehirne sind heute doch mit ganz anderen Skills belegt, da haben Rechtschreibregeln kaum mehr Platz – aber ich frage Sie: Konnten wir früher PCs konfigurieren und auf elektronischen Displays Texte schreiben? Software programmieren? Videos drehen? Bearbeiten und cutten? Wir hatten vielleicht eine klapperige Schreibmaschine, wenn wir Glück hatten. Die heutigen Kids wachsen völlig anders auf, das ist ein Quantensprung. Es wurde aber nie bildungspolitisch darauf reagiert, die bekommen immer noch die gleichen alten Hüte vorgesetzt. Stattdessen wird gejammert, was die Kids alles angeblich *nicht* mehr können. Dabei können sie so viele tolle neuartige Dinge wie noch keine andere Generation zuvor, da durften wir früher nur von träumen.«

Spannender Standpunkt, dachte Nadine Lange. So hatte sie das noch gar nicht gesehen. Dennoch ließ sie das Suizidthema nicht los: »Viele Schulen beschäftigen aber doch Schulpsychologen oder Sozialarbeiter – müssten die nicht eigentlich im Vorfeld merken, wenn jemand suizidgefährdet ist?«

»Jetzt gestatten Sie aber mal, dass ich laut lache. Wären diese Psychologen wirklich unabhängig, dann vielleicht. Aber die sind ja selber Rädchen im System – und damit oft Mitursache des Problems. Am RKG unterrichtet der Psychofuzzi gleichzeitig Mathematik. Genau das Fach, an dem sich statistisch gesehen die meisten Schüler die Zähne ausbeißen und über die Jahre hinweg völlig frustrieren. Merken Sie was? Da wird der Bock zum Gärtner gemacht, aber so was von. Genau dieselben Leute, die Urheber waren, schwingen sich anschließend als Therapeuten auf. Das ist nicht nur völlig verrückt, das ist Perversion hoch zehn, wenn Sie mich fragen.«

Nadine Lange überlegte kurz, ob der Psychologe ihnen im Gespräch etwas vorgespielt haben könnte. War es möglich, dass dieser nur eine Maske zur Schau gestellt hatte, um von irgendetwas abzulenken? Sie verwarf den Gedanken jedoch wieder.

»Zum Glück gibt es auch viele tolle Kollegen. Wenn ein Kind hinter seinen Möglichkeiten zurückbleibt, zucken sie nicht einfach mit den Schultern, sondern versuchen es individuell stark zu machen. Die lassen sich nicht von Systemzwängen vereinnahmen. Statusdenken und Karriereabsichten sind denen egal, da zähle ich den Herrn Heilander darunter. Super-Lehrer. Der ist be-geist-ert im wahrsten Wortsinne. Kennen Sie den?«

»Ja, flüchtig«, gab Nadine Lange zurück. »Was halten Sie von einem gewissen Herrn Dr. Schemmerer? Wir hörten, dass ...«

Sie fiel der Kommissarin ins Wort: »... Schemmerer ist ein

Spezialfall. Ich kenne ihn seit 20 Jahren. Experte in anorganischer Chemie. Ursprünglich wollte der mal eine Universitätskarriere machen. Aber an der Machtfigur Geiger ist der zerbrochen, irgendwann hat er zu trinken angefangen, aber zwei Morde hat der jedenfalls nicht begangen, falls Ihre Frage in diese Richtung ging.«

»Ok. Und wenn ich Sie geradeheraus frage: Würden Sie dieser Frau Sellmaier, deren Sohn sich das Leben genommen hat, die Morde grundsätzlich zutrauen?«

Sie verzog die Augen zu einem Schlitz, legte die Stirn in Falten und wiegte ihren Kopf hin und her. »Schwer zu sagen. Ich kann da schlecht mitreden, weil ich ja selber keine Kinder habe, aber immerhin hat sie ihren einzigen Sohn verloren, nicht wahr? Mordlust aus Rache ist ja eines der ältesten Motive der Menschheit, wenn ich nur an die Furien in der griechischen Mythologie denke. Elektras Rachemord im Trojanischen Krieg.«

Simon Sonnleitner hatte interessiert zugehört, ohne die Exlehrerin zu unterbrechen. Aufgrund eigener Erfahrung stimmte er deren systemkritischen Ausführungen zu. Nach seinem zweiten unfreiwilligen Schulwechsel hatte er seinerzeit selber manchmal darüber nachgedacht, dass es vielleicht am besten für alle sei, ganz von der Bildfläche des Lebens zu verschwinden. Nur hatte ihm damals der Mut gefehlt, worüber er heute sehr froh war, denn er war gerne Polizist. Wie sehr wünschte er sich, dass es doch mehr Lehrer vom Schlage dieser Frau geben würde!

Frau Jung redete weiter: »Wir leben in einer Zeit, in der vermutlich 60 Prozent der Berufe, die diese Kinder mal ergreifen werden, noch nicht mal erfunden sind. Wenn Sie sich mal vergegenwärtigen, wie viel unsinniges Zeug tagtäglich in die Gehirne der Kinder hineingestopft wird, dann kann einem übel werden. Rabelle hat einmal geschrieben: ›Kinder wollen nicht wie Fässer gefüllt werden, sondern wie Leuchten entzündet.‹ In ein volles Glas kann ich doch auch nicht immer noch mehr hineinschütten. Und dann diese unsinnige Zeitkompression: Wenn ich eine Blume ständig gieße, wächst die auch nicht schneller, im Gegenteil: Sie geht ein.«

»Schön gesagt.«

»Unsere Gesellschaft im Optimierungswahn raubt den Kleinen das Kleinkindsein, den Kindern die Kindheit und der Jugend die sehr wichtige Phase, sich selbst zu finden und persönliche Neigungen zu erkennen und zu fördern. Unsere Eliteschmieden sind leider oft wie Fabriken. Das liegt aber nicht nur an dem ach so bösen anonymen System, sondern ganz stark an den Unterrichtenden selbst. Die Kinder kommen ja nicht mit ADHS oder Depressionen auf die Welt, auch wenn manche das behaupten. Ich sage, sie werden von der Pädagogik zu Fällen *gemacht*. Aber ein Kollege Heilander und einige andere zeigen ja, dass es auch anders geht.«

»Die beiden Toten sollen Romanzen zu Kollegen unterhalten haben. Ist Ihnen da etwas aufgefallen?«

»Wer sagt so was?«

»Unwichtig … Also?«

Frau Dr. Jung fixierte ihre Gegenüber. »Ja, da gab es schon ab und an wechselnde Kurzbeziehungen innerhalb des Kollegiums.«

»Wie kurz?«

»Sehr. Wochen, vielleicht auch nur Tage. Wobei ›Beziehung‹ dafür eigentlich das falsche Wort ist. Das waren vermutlich eher Spielchen – aber die Handvoll Kollegen, um die es da ging, hatte eh keine festen Partnerinnen, soweit ich das mitbekommen habe. Aber ich bin da die falsche Ansprechpartnerin, mich hat nie interessiert, wer gerade mit wem. Fragen Sie doch mal den Herrn Dorian – eventuell hat der mehr mitbekommen, der kommt ja im Haus rum und hat zwei gesunde Ohren.«

Die entscheidende Frage hatte sich Nadine Lange bis zum Schluss aufgehoben. »Haben Sie etwas von Bestechlichkeit mitbekommen?«

Frau Jung fuhr sich mit den Händen durchs Gesicht, die Schminke verwischte sich etwas. Offensichtlich war ihr das Thema unangenehm. »Oje. Dunkles Kapitel. Wo sollen wir da anfangen und wo aufhören?«

»Zum Beispiel bei der Notenvergabe.«

»Ich hab ja schon gesagt, dass ich an dieser Schule nicht mehr unterrichten konnte, da war zu viel im Argen. Wissen Sie: Wenn da mal einer mit Mauscheleien anfängt, dann greift das ruckzuck um sich, so schnell können Sie gar nicht schauen. Das kriegt dann schnell eine Eigendynamik, die kriegen Sie nicht mehr raus. Und wenn sogar der Chef selbst nicht mit gutem Beispiel vorangeht …«

»Also hat auch Geiger die Hand aufgehalten?«

Sie lachte gequält. »So was läuft indirekt ab, viel subtiler, aber nicht weniger effektiv. Hier eine Elternspende für den Computerraum, für den Schüleraustausch, da eine für den Neubau des Sportplatzes, für digitale Tafeln, natürlich steuerlich absetzbar, Sie verstehen … aber denken Sie bloß nicht, dass das an anderen Schulen nicht so läuft! Und natürlich wirkt sich das nie nie nie auf Noten aus. Aber ich sag Ihnen was: Überall wird nachgeholfen, wenn's hart auf hart kommt. Keine Schule der Welt verdirbt es sich mit zahlungskräftigen Eltern. War schon immer so.«

In diesem Moment erschien Herr Jung auf der Terrasse und erkundigte sich ruhig: »Tschuldigung, Liebling, ich wollte nicht stören. Aber wir müssten dringend los.«

»Sorry, ich hab mich etwas verquatscht«, bedauerte Annegret Jung und schaute auf ihre Armbanduhr, die ein etwas antiquiertes Ziffernblatt hatte. »Du weißt ja, Udo, wenn ich mal anfange, finde ich kein Ende! Oje, wir müssten ja schon seit zehn Minuten weg sein.«

Die Ermittler standen auf und verabschiedeten sich. Nadine Lange gab beiden die Hand: »Ich glaube, Sie haben uns sehr geholfen, Frau Dr. Jung. Hoffentlich erwischen Sie Ihren Bus noch! Wo geht's denn hin in Südtirol?«

»Kalterer See. Wenn wir direkt losfahren, könnte es sich noch ausgehen«, antwortete ihr Mann.

»Auf Wiedersehen und eine schöne Zeit, genießen Sie Südtirol. Wir finden raus.«

Nadine Lange und Simon Sonnleitner gingen um die Villa herum und stiegen schweigend in ihr Auto. Was ihnen Annegret Jung soeben erzählt hatte, wirkte nach. Keiner sagte etwas.

Nadine Lange brach als Erste das Schweigen. »Um diese Frau Sellmaier kommen wir nicht herum, Simon! Das könnte der entscheidende Hinweis gewesen sein, auf den wir die ganze Zeit gewartet haben. Aber vorher rufe ich noch im Pfarramt an, dieser Bachmann interessiert mich noch.«

Von der Pfarrsekretärin erfuhr sie, dass Claudius Bachmann auf Exerzitien in Kloster Andechs weilte. Sie ließ sich seine Handynummer geben. Trifft sich hervorragend! Keine fünf Kilometer von hier, dachte die Kommissarin und klingelte direkt beim Geistlichen durch. Dieser hatte nach seiner Gebetszeit nichts Besonderes vor und war bereit, die Hauptkommissare zu empfangen.

*

»Auf zum Heiligen Berg! Dass wir so schnell gemeinsam zum Orff-Denkmal fahren würden, hätt ich auch nicht gedacht.«

Sonnleiter ordnete sich in den fließenden Verkehr ein und

jagte den Turbodiesel die Serpentinen zu Oberbayerns größtem Wallfahrtsort mit annähernd einer Million Besuchern jährlich hinauf. Andechs war ihm sehr vertraut, hier hatte er früher mit seinen Eltern so manches Wochenende verbracht. Die spätbarocke Klosterkirche mit dem weit über die Landesgrenzen hinaus bekannten Mariengnadenaltar von Johann Baptist Zimmermann thronte erhaben auf dem Berg und war weithin sichtbar. Im großzügigen Klosterkomplex der Benediktinermönche war ein gut besuchtes Veranstaltungs- und Exerzitienhaus angegliedert. Hier hatte er im Theaterstadl vor einigen Jahren eine faszinierende Aufführung von Carl Orffs ›Die Kluge‹ gesehen – ein Musikalienspiel, das ihn tief berührt hatte. Dabei ging es um eine kluge Bauerntochter, der es mit einer List gelang, einen tyrannischen Herrscher zu bezwingen. Unwillkürlich musste er an Berthold Heilander denken.

Sie trafen Prälat Bachmann im sonnenüberfluteten Süd-Biergarten des Kloster-Bräustüberls. Er war etwa 1,75 Meter groß und von kräftiger Gestalt. A gstandns Mannsbild!, wie man in Bayern zu sagen pflegte. Auffällig waren seine kräftigen Hände, die man bei einem Geistlichen eher nicht vermutet hätte. Nach kurzem Small Talk kamen sie schnell auf das eigentliche Thema.

»Sicher erinnere ich mich an Benjamin Sellmaier. Tragischer Fall. Seine Beerdigung war eine der düstersten Stunden meines Seelsorgerlebens«, meinte Claudius Bachmann. Er zögerte einen Moment. »Ein fröhlicher Zappelphilipp. ADHS. Und gleichzeitig hochbegabt. Hatte bei mir Erstkommunion, nachher gab es keinen Kontakt mehr. Wir als Kirche sind zu wenig an den jungen Leuten dran, für die sind andere Dinge attraktiver. Schade.«

»Was wissen Sie über die Familienverhältnisse?«

»Intelligente Leute. Die Mutter ist, glaube ich, selbstständige Beraterin. Neben Benjamin – sie nannten ihn Benni –

gab es noch eine Schwester. Ich weiß nicht, wie es der Familie heute geht. Nach der Beisetzung habe ich mich telefonisch noch mal gemeldet, aber ich hatte den Eindruck, dass sie lieber ihre Ruhe wollten. Falls Sie sie sehen, grüßen Sie sie bitte von mir.«

Jetzt wollte es Nadine Lange genau wissen. »Würden Sie dieser Frau Sellmaier einen Mord aus Rache zutrauen? Sie haben ja berufsbedingt eine große Menschenkenntnis.«

Pfarrer Bachmann lächelte milde. Fühlte er sich geschmeichelt? »Mit der Menschenkenntnis ist das so eine Sache. Wenn ich was gelernt habe in den 30 Jahren meines Seelsorgerdaseins, dann das, dass Menschen in Extremsituationen zu allem fähig sind.«

Für Nadine Lange war das unbefriedigend. Deshalb hakte sie nach. »Was hatten Sie denn für einen Eindruck von ihr?«

Der Geistliche wich aus: »Ein Eindruck kann täuschen, aber einer verletzten Mutter kann man wohl vieles zutrauen.«

»Sie kommen doch mit vielen Leuten ins Gespräch. Wie ist es denn in Insiderkreisen um den Ruf des Robert-Koch-Gymnasiums bestellt?«

Bachmann verzog die Mundwinkel, wiegte bedächtig den Kopf. Offensichtlich gefiel ihm der Begriff »Insider« nicht. »Hm, manche kommen gut zurecht. Ich habe aber auch schon viele kritische Stimmen gehört. Die Anforderungen sollen höher sein als anderswo. Nicht immer nachvollziehbar.«

Nadine Lange hielt inne. In der Gegenwart dieses Geistlichen fühlte sie sich nicht sonderlich wohl. War es sein massiger Körperbau? Seine angepasst wirkende Haltung? Die dicke runde Brille? Weibliche Intuition?

Bachmann schnaufte. Es war überdeutlich, dass ihm diese Fragerei unbequem war. »Vor einem knappen Jahr alarmierte mich die Mutter eines Messdieners, dass ihr 13-jähriger Sohn wegen Religion durchfallen würde. Ich konnte das gar nicht glauben, aber Religion ist in Bayern halt reguläres Vorrückungsfach, wegen dem man tatsächlich auch sitzenbleiben kann – auch wenn das nicht allzu oft passiert. Die Kirchen haben ja ein Akzeptanzproblem mit dem konfessionellen Unterricht. Deswegen müssen wir dieselben Regeln akzeptieren, die auch für andere Fächer gelten. Viele Religionslehrer geben auch Fünfer und Sechser. Der Junge hatte in Religion und Mathe eine Fünf, damit war er durchgefallen. Nicht gut.«

»Nein. Kannten Sie den Religionslehrer?«

»In diesem Fall eine Lehrerin. Aber ich kann ja niemanden zwingen, sich bei mir vorzustellen.«

»Wie ging die Sache mit Ihrem Messdiener aus? Musste der die Klasse wiederholen?«

»Ja. Seine Mutter wollte, dass ich mit Herrn Geiger rede, was ich aber nicht machte. Klar tat mir der Junge leid, aber ich kann mich als Ortspriester nicht in die Belange der Schule einmischen. Damit würde ich meine Kompetenzen überschreiten, das würde mich angreifbar machen. Ich will ja auch nicht, dass mir die Schule in der Pfarrgemeinde reinredet.«

Also *meine* Mutter hätte das nicht einfach so auf sich sitzen lassen!, dachte Sonnleitner. Die wäre von Pontius zu Pilatus und wieder zurückgelaufen, um das Ding zu regeln – auch wenn sie sich danach nirgendwo mehr hätte blicken lassen können.

Pfarrer Bachmann schwieg betreten. Er schien zu reflektieren, ob er richtig gehandelt hatte.

»Was anderes: Wussten Sie von Mobbingfällen gegen Schüler am RKG?«, führte Nadine Lange die Befragung weiter, obwohl sie ahnte, wie die Antwort ausfallen würde.

Pfarrer Bachmann schwieg betreten und senkte den Blick.

»Also, davon war mir nichts bekannt – woher auch?«, sagte

er fast entschuldigend und blickte an den Kommissaren vorbei in die Ferne.

Ja, woher auch? Nadine Lange war auf 180. Du Tulpe läufst ja offenbar mit geschlossenen Augen durch die Welt! Die lassen hier eiskalt einen Messdiener wegen Reli durchfallen, wie muss man als Schule da drauf sein? Und dieser Super-Seelsorger hier sucht noch nicht mal ein Gespräch mit seiner Glaubensschwester, die das verbockt hat – ich kotze!

Sie verabschiedeten sich und ließen Pfarrer Bachmann im Biergarten zurück, der noch mal die Kellnerin heranwinkte. Exerzitien eben.

Als sie wieder in ihrem Dienst-Audi saßen und die Gurte anlegten, platzte Sonnleitner heraus. »Gerade hatte ich ein Déjà-vu. Weißt du, Nadine: Als Jugendlicher habe ich so viele Schulen besucht, dass ich mich gar nicht mehr an alle richtig erinnern kann. Ich bin sitzengeblieben. Ich wurde dringend gebeten, eine altehrwürdige Schule zu verlassen. Der Oberstudiendirektor meines Gymnasiums eröffnete meiner armen Mutter beim Elternsprechtag, dass ich alle Anlagen für eine kriminelle Karriere hätte. Mein Abitur habe ich erst mit 21 gemacht. Als Gastschüler in Kreuzberg. Ja, richtig gehört! Weil es dort viel leichter war als im weiß-blauen Freistaat. In den ersten Semestern nach meiner Einschreibung an der Universität besuchte ich weder Seminare noch Vorlesungen. Die Prüfung an der heiß begehrten Journalistenschule in München habe ich bestanden – bin dann aber nicht hingegangen, was meine Eltern überhaupt nicht verstanden. Stattdessen hab ich mir einen Kindheitstraum erfüllt und bin zur Kripo. Anfangs war meine Mutter dagegen. Sie hätte es lieber gesehen, wenn ihr einziger Sohn studiert hätte. Als sie aber merkten, dass mir der Polizeidienst lag, haben sie mich darin unterstützt. Dafür bin ich sehr dankbar, denn sie musste einiges mit mir mitmachen.«

Nadine Lange nahm seine Hand, die auf dem Schalthebel ruhte, und legte sie auf ihren Oberschenkel. Am liebsten hätte sie Simon umarmt, um ihm zu zeigen, wie sehr sie ihn mochte – nicht nur als Kollegen. Stattdessen sagte sie lapidar: »Danke für diesen sehr persönlichen Einblick.«

»Heben wir dieses Schweigekartell aus, Nadine!«, sagte er ganz ruhig und drückte das Gaspedal etwas heftiger als normal durch. »Da darf kein Stein auf dem anderen bleiben!«

Der Turbodiesel machte einen Satz, beschleunigte auf der freien Landstraße in drei Sekunden von null auf 60 km/h. Nadine Lange warf ihm einen warnenden Blick zu.

DIENSTAG, 06.06.2017, 15.08 UHR

Erneut klingelte das Telefon. Die Person erkannte schon am Display, um wen es sich handelte.

»Ich an deiner Stelle würde diese junge Polizistin von der Kripo FFB nicht unterschätzen«, sagte die vertraute Stimme, »die sieht nicht nur unheimlich gut aus, die kann sicher auch zwei und zwei zusammenzählen.«

»Was soll das? Lass mich gefälligst in Ruhe! Wie kommst du eigentlich darauf, dass ich …«

»Dz, dz, warum so ruppig?«

»Ich lasse mich von dir nicht ...«

Zuckersüß sagte die Stimme: »Vielleicht wärst du sogar ihre Kragenweite? Sie braucht einen Mann. Eventuell fährt sie auf dich ab. Sie sollte doch eigentlich dein Typ sein.«

Jetzt reichte es der Person. Wütend schrie sie in den Hörer: »Was bildest du dir überhaupt ein, du ...?«

Die Stimme fiel der Person ins Wort. »Vorsicht, Vorsicht! Mir musst du nichts vorspielen. Hast du überhaupt ein Alibi für die beiden Morde, hm? Wenn du eins brauchst, könnten wir ins Gespräch kommen. Ich hätte schon eine Idee, was du für mich tun könntest ...«

»Was meinst du damit?«, wollte die Person wissen.

»Manus manum lavat – du kannst doch Latein? Eine Hand wäscht die andere. Leistung gegen Gegenleistung. Also?«

»Du widerst mich an!«

»Hey hey, ansonsten könnte jemand dieser kleinen Polizistin einen Tipp geben ... oder ihrem Kollegen.«

»Wer ist ›jemand‹?«

»Meine Wenigkeit zum Beispiel. Ich meine, ich mach's nicht gern. Aber falls du auf stur schaltest.«

Schlagartig verstand die Person. Das war eine glatte Drohung: Erpressen oder Verpfeifen! Das ging ja gar nicht. Aber es war so typisch ...

»Pass auf«, zischte die Person, »ich lasse mich definitiv nicht unter Druck setzen. Von niemandem. Klar? Die Zeiten sind vorbei.«

»Oh oh. An deiner Stelle würde ich mir das noch mal gut überlegen, wenn du nicht doch noch auffliegen willst.«

DIENSTAG, 06.06.2017, 15.30 UHR

Die Fahrt vom Ammersee nach München-Pasing dauerte im Berufsverkehr mit vielen roten Ampeln und verstopften Kreisverkehren fast eine Dreiviertelstunde.

»Herzlich willkommen am Stadtpark!«, verkündete vollmundig das große grüne Schild am Ortseingang, während es heftig zu schütten begann. Nadine Lange protokollierte in groben Zügen auf ihrem Tablet die Gespräche mit Dr. Annegret Jung und Claudius Bachmann. Dann googelte sie »Sellmaier München«. Wenige Sekunden später zeigte das Gerät mehrere Einträge an. Ganz oben war *www.sellmaier-beratung.de* gelistet.

»Na, wer sagt's denn!« Nadine Lange klickte darauf und fand sich auf der sympathisch wirkenden self-made-Homepage von Brigitte Sellmaier wieder: Beratung, Coaching & Training. Sie scrollte sich durchs ansprechend gestaltete Menü. Laut Impressum zeichnete Brigitte Sellmaier, Enzianstraße 25a, München, allein verantwortlich. »Müsste ganz in der Nähe sein!« Sonnleitner gab die Daten ins Navi ein. »Ein paar Ecken von hier, vierte Querstraße rechts in Richtung Pasinger Marienplatz. Bringen wir's hinter uns!«

Die Quattrohaus-Anlage aus den 1990er-Jahren, wo Familie Sellmaier wohnte, wirkte freundlich. Hier dominierten liebevoll zum Blühen gebrachte Kleinstvorgärten mit bunten Luftballons am Mülltonnenhäuschen. Offenbar war hier vor Kurzem ein Kindergeburtstag gefeiert worden. Wer in diesen halbierten Doppelhaushälften wohnte, gehörte nicht zu den Topverdienern, hatte sich immerhin seinen bescheidenen Traum vom Glück in den eigenen vier Wänden in Besuchsweite der Millionenmetropole erfüllt.

Eine sympathische Mittvierzigerin öffnete die Tür. Nadine Lange und Simon Sonnleitner stachen sofort zwei DIN-A3-formatige Kinderfoto-Collagen gegenüber dem Eingangsbereich ins Auge: ein blau gekleideter Junge und ein rot gekleidetes Mädchen, beide als Kleinkinder – daneben ein Spruchposter: »Wenn du bei Nacht den Himmel anschaust, wird es dir sein, als lachten alle Sterne, weil ich auf einem von ihnen wohne, weil ich auf einem von ihnen lache.« Neben dem Schuhschränkchen stand eine Plastiktüte mit der Aufschrift »Sport Dornacher – immer einen Schritt voraus«.

Brigitte Sellmaier schien kein bisschen erstaunt oder überrascht, als Nadine Lange und Simon Sonnleitner ihr ihre »Hundemarken« unter die Nase hielten und den Grund ihres Besuches nannten.

»Kommen Sie rein, ich hab Sie schon lange erwartet«, sagte die schlanke Frau mit den naturblonden halblangen Haaren im weiß-lila Jogginganzug betont entspannt. War das echt oder gespielt? Barfüßig schritt sie leicht schwingend wie eine Fee über dem hellen Parkett voran und bot den Polizisten einen Platz am viereckigen Wohnzimmertisch aus gebeiztem Buchenholz an.

Sah so eine Doppelmörderin aus? Was machte einen Menschen überhaupt zum Mörder? Unwillkürlich musste Nadine Lange an Nahlah Saimehs Megaseller »Jeder kann zum Mörder werden« denken, den sie in ihrem letzten Kretaurlaub am Strand verschlungen hatte. Die Forensikerin beschrieb darin eindrucksvoll, wie bislang unbescholtene Menschen nach Verlusterlebnissen ohne schlechtes Gewissen grauenhafteste Taten begingen und nach außen hin scheinbar weiterlebten wie bisher.

Den Kommissaren fielen Brigitte Sellmaiers dunkelrot lackierte Fuß- und Fingernägel auf, die perfekt mit ihrer blassen, eleganten Erscheinung kontrastierten. Hoch stehende Wangenknochen und der Ansatz eines Schmollmundes ließen Sonnleitner an Cameron Diaz denken, die eine seiner Lieblingsschauspielerinnen war. Unübersehbar waren freilich Sorgenfältchen, die sich überdeutlich in Stirn und seitlich der Mundpartie eingegraben hatten. Dennoch war Brigitte Sellmaier für ihr Alter überaus ansehnlich. Keineswegs verkörperte sie das, was er sich in seiner Fantasie unter einer verbitterten, fanatischen Lehrerhasserin vorgestellt hatte. Er fragte sich, ob diese zierliche Frau überhaupt *körperlich* in der Lage war, die Morde begangen zu haben. Die Person hatte ja beide Male den Überraschungseffekt ausgenutzt und die Opfer schon mit dem ersten Messerstich kampfunfähig gemacht. Brigitte Sellmaier stellte einen Orangensaft-Tetrapack und drei Gläser auf den Tisch, schaute selbstsicher in die Runde.

»Meine Tochter Svenja ist gerade beim Klavierunterricht. Sie kommt in einer halben Stunde zurück. Könnten wir gleich zur Sache kommen, damit sie nichts mitbekommt? Ich würde sie gerne raushalten, wenn das möglich ist.«

»Wie alt ist Ihre Tochter?«

»16. Sie geht in die zehnte Klasse. In wenigen Wochen macht sie ihren mittleren Abschluss und will dann auf die FOS. Ich bin sehr stolz auf sie, sie ist mein einziges Kind, mein zweites habe ich ja verloren, das wissen Sie vermutlich.«

Sie machte eine bedeutungsvolle Pause. »Deswegen sind Sie doch hier? Meine beiden Kinder waren ein Herz und eine Seele. Mein Ehemann ist mir übrigens nach dem Tod unseres Kindes abhandengekommen, wenn Sie es genau wissen wollen. Der lebt jetzt als Gemüsebauer in einem Hippiebergdorf auf Gran Canaria. Aber jemand musste sich ja um Svenja kümmern.«

Sie schaute auf den Boden zur Seite, um dem Blickkontakt zu entgehen. Nadine Lange kam direkt zum Punkt. »Frau Sellmaier, wir sind hier, weil Sie nach dem Tod Ihres Sohnes Rache angekündigt haben.«

Sie lachte kurz auf. »Sie werden es nicht glauben, aber es ist schon zu mir durchgedrungen, dass diese beiden Biester – Tschuldigung! – nicht mehr unter den Lebenden weilen.«

Sie schaute aus dem Fenster, als gäbe es dort besonders Interessantes zu sehen. »Und jetzt kommen Sie natürlich zu mir, weil Sie denken, dass ich …«

»Und? Haben Sie?«

»Ach, kommen Sie! Ja, ich hätte sie umbringen können, ich hatte so einen Hass. Sie haben meinen hochbegabten Sohn schikaniert, solche Leute sollten nicht als Pädagogen arbeiten dürfen.« Sie schaute Nadine Lange direkt ins Gesicht. »Haben Sie Kinder, Frau Kommissarin?«

Als die Beamtin den Kopf schüttelte, ergänzte sie leise: »Sie hätten auch Rachegefühle, wenn Ihre beste Freundin aus Jugendtagen Ihren ADHS-Sprössling, der ein totales Sensibelchen ist, zynisch niedermacht, bloßstellt und seine Arbeiten nach unten korrigiert, sodass er jeden Abend weinend vor Ihnen sitzt und keine Lust mehr hat, zur Schule zu gehen. Er fühlte sich überhaupt nicht mehr wohl dort, war abwechselnd ängstlich, ärgerlich, wütend und überfordert. In der Schule saß er zuletzt unter dem Tisch und hielt sich die Ohren zu. Er konnte nichts dafür, dass er so war. Mit meiner Freundin hatte ich mich seinerzeit wegen meinem Mann zerstritten gehabt, der war vorher nämlich ihr Freund gewesen, aber er hat sich dann für mich entschieden – das konnte sie nicht verwinden. Schließlich wurde sie, wie der Zufall es so wollte, die Lehrerin von unserem Sohn, dann kam ihre späte Rache. Ich redete lange mit ihr, aber sie hörte mir gar nicht zu. Ja, ich gebe zu, dass ich mich damals in meiner ersten Empörung zu

Bemerkungen habe hinreißen lassen, die man als Tötungsankündigung interpretieren konnte. Aber das war doch nicht wörtlich zu nehmen.«

»Wörtlich oder nicht. Fakt ist, dass Frau Gruber und Frau Bigalke jetzt tot sind. Wo waren Sie letzten Freitagnachmittag? Und wo am 30. Mai, das war der letzte Dienstag vor den Pfingstferien – etwa um 14 Uhr?«

Brigitte Sellmaier fuhr sich mit den Handflächen mehrfach über ihre Wangen, wiegte dabei ihren Kopf langsam vor und zurück. Dann schloss sie die Augen und strich sich mit Daumen und Zeigefinger über die Augenlider. Dabei verwischte sie den schwarzen Kajal. Sie ließ sich Zeit mit der Antwort, schließlich sagte sie: »Das wird schwierig. Am Freitag war ich alleine hier zu Hause. Zeitung gelesen, rumgezappt. Ich war müde, weil ich die Tage vorher anstrengende Kundentermine hatte, ich mache freiberuflich Personalberatung. Svenja war bei einer Freundin und kam erst gegen 18 Uhr zurück. Und was diesen ominösen Dienstag vor den Pfingstferien angeht, da kann ich Ihnen beim besten Willen nicht mehr sagen, wo ich da war, sorry. Ich führe kein Tagebuch.«

»Besitzen Sie Laufschuhe oder ein grünes Mountainbike?«

»Laufschuhe ja, Bike nein.«

»Können wir Ihre Laufschuhe mal sehen?«

»Bitte sehr.« Sie stand auf und schlenderte scheinbar gelangweilt zum Schuhschrank hinüber. Drinnen waren drei Paar Laufschuhe. »Die gelben Nike und die blauen Asics gehören meiner Tochter, die weißen Brooks sind meine. Noch Fragen?«

Nadine Lange und Simon Sonnleitner schluckten. Der Kommissar nahm die Schuhe mit der Größe 41 heraus und besah sich die Sohlen: keinerlei Schmutzspuren, frisch gereinigt. Er schielte zu seiner Kollegin und sagte dann ganz ruhig:

»Frau Sellmaier, wie es aussieht, werden wir Sie zum Spurenabgleich mitnehmen müssen. Selbstverständlich können Sie einen Anwalt hinzuziehen. Wir brauchen auch Ihre DNA und eine Schriftprobe. Außerdem müssen wir sämtliche Küchenmesser beschlagnahmen. Sie sind nicht verpflichtet, uns diese zu überlassen, aber andernfalls sind wir in einer Stunde mit einem Durchsuchungsbeschluss wieder hier.«

Das war ein Schuss ins Blaue, denn Simon Sonnleitner wusste nur zu gut, dass um diese Uhrzeit kein Untersuchungsrichter mehr ein solches Papier ausstellen würde.

»Ich habe morgen einen Kundentermin.«

»Wenn wir es sofort hinter uns bringen und nichts Belastendes finden, steht dem vermutlich nichts im Wege.«

Sie lachte leicht hysterisch, ehe sie in Tränen ausbrach. »Manche verstehen nicht, dass wir noch Fotos von Benni hier haben. Aber die können sich nicht vorstellen, wie das ist. Wenn du ein Kind verlierst, dann verlierst du einen Teil von dir. Man sieht es dir nur nicht an. Es gibt ein Leben vor dem Moment und eines danach. Der Tag, an dem Benni die Schlaftabletten nahm, war ein ganz normaler Samstag. Am Vormittag hatte Papa am Auto die Reifen gewechselt, ich war beim Einkaufen gewesen. Aus seinem Zimmer schallte eine CD. Ich hatte gekocht und irgendwann hatte ich gerufen: ›Komm runter, das Essen ist fertig!‹ Doch er kam nicht runter. Ich rief drei- oder viermal. Und als er dann immer noch nicht kam, ging ich etwas ärgerlich nach oben, um ihn zu holen. Da lag er leblos auf dem Boden. Ich mache mir noch heute Riesenvorwürfe, dass ich die gefährlichen Tabletten nicht versteckt hatte, die hätte ich nie so frei rumliegen lassen dürfen. Aber im Nachhinein ist man immer schlauer.«

Die Kommissare schweigen betreten. Brigitte Sellmaier machte eine kurze Pause und erzählte dann weiter: »Er konnte ein schwieriges Kind sein, ein bockiger Dickkopf. Ich wusste oft nicht, wie ich ihn behandeln oder ansprechen sollte. Manchmal war alles, was ich sagte, falsch. Mit Sicherheit hatte er viel Frust und Ärger und das Gefühl: ›Ach, ist doch alles Scheiße!‹ Dabei hatte er eigentlich eine schöne Kindheit und war voller Selbstbewusstsein. Mit fünf hatte er sich selber das Lesen beigebracht, im Bett las er uns Eltern vor und verwechselte dabei d und b. Wir brachten ihm bei, wie man Mühle, Dame und Schach spielt, wir spielten Halma und ›Vier gewinnt‹. Und wenn wir abends im Bett kuschelten, philosophierten wir so lange über die Sterne, bis alles in einer großen Kitzelei endete. Eigentlich war alles in Ordnung bis zu dem Moment, als er auf diese komische Schule kam. Er hatte zu nichts mehr richtig Lust. Einmal sagte er: ›Die wollen mich hier zu einer Lernmaschine machen. Meine kreative Ader ist denen total egal.‹ Neun Tage lag unser Kind noch im Koma, abwechselnd saßen wir an seinem Bett. Und wenn ich die Stille und den Anblick meines Kindes nicht mehr aushielt, flüsterte ich wieder und wieder: ›Du bist doch stark, du kannst mich doch jetzt nicht verlassen, mein Schatz. Wir können doch für alles eine Lösung finden. Aber lass mich doch jetzt nicht allein. Du warst doch immer mein Ein und Alles. Bis die Ärzte den Hirntod feststellten und uns baten, Organe unseres Sohnes zu spenden, was wir taten. Wir dachten: ›Wenn er schon nicht mehr leben kann, so kann er wenigstens anderen kranken Menschen helfen.‹ Heute weiß ich, dass das ein riesengroßer Fehler war. Sie haben ihn von oben bis unten aufgeschnitten und das war für mich so, als müsste ich ihn ein zweites Mal sterben sehen. Für meine Trauerbewältigung war das katastrophal. Als wir zwei Wochen später einen Brief von der Klinik bekamen, dass seine Leber an ein Kind gegangen war, das sonst gestorben wäre, war das zwar ein gewisser Trost für mich, aber ...«

In dem Moment kam Svenja nach Hause. Schwungvoll warf sie die Haustüre zu und stolzierte mit weiß-rosa Turnschuhen ins Wohnzimmer. Sie sieht ihrer Mutter sehr ähnlich, dachte Simon Sonnleitner, als er den Teenager mit den gewellten blonden Haaren sah. Svenja stutzte, als sie Simon Sonnleitner und Nadine Lange mit ihrer Mutter am Tisch sitzen sah.

»Oh, Besuch?«, sagte sie in Richtung ihrer Mutter und rollte etwas mit den Augen. Das klang so, als wollte sie zum Ausdruck bringen, dass die Gäste sich jetzt, wo sie zu Hause war, verzupfen sollten. »Ist das Abendessen fertig, Mama?«

»Svenja, Liebling. Die beiden Herrschaften sind von der Kripo. Hör zu: Sie müssen mich wegen der beiden Mordfälle an den Lehrerinnen für ein paar Spurentests mitnehmen. Ich komme aber wieder nach Hause. Okay?«

»Häh? Spinnt ihr?«, wurde Svenja in Richtung der Polizisten sofort laut. »Ihr wollt meine Mutter mitnehmen? Habt ihr sie eigentlich noch alle? Was seid ihr bloß für tolle Polizisten? Meine Mutter verhaften, das könnt ihr! Aber die Leute, die meinen Bruder auf dem Gewissen haben, die habt ihr damals weiter frei rumlaufen lassen. Die haben danach genauso weitergemacht und rumtyrannisiert. Ich hab aus Protest die Schule verlassen, obwohl ich Klassenbeste war. Wenn Sie mich fragen, haben die damals ihre gerechte Strafe nicht bekommen. Das ist jetzt nachgeholt worden. Und ich bin kein bisschen traurig darüber.«

Die Polizisten konnten diese Bemerkung schwer einordnen. Mutter Sellmaier räusperte sich und meinte, sich vor ihre Tochter stellen zu müssen. »Sie sollten nicht jedes Wort auf die Goldwaage legen, was Svenja sagt. Sie trägt ihr Herz auf der Zunge.«

»Lass mal, Mama!«, fuhr sie ihrer Mutter über den Mund. »Diese Leute hier«, sie zeigte mit dem Finger auf Sonnleitner und Lange, »die haben doch überhaupt keine Ahnung, was damals alles abgelaufen ist. Das muss denen mal jemand erzählen!«, regte sie sich auf. »Die sensibleren Kinder wie mein Bruder, die nicht in das Bild dieser Durchschnittsarschlöcher passen, die fallen komplett durchs Raster. Denen prügeln sie das letzte Selbstvertrauen raus. Die haben den so lange depressiv gefahren, bis er nicht mehr konnte. Der hat einfach nicht in deren beschränktes triviales Weltbild gepasst.«

»Jetzt lass mal gut sein, Liebling! Das interessiert die Beamten doch gar nicht«, versuchte Brigitte Sellmaier ihre Tochter zu bremsen.

Svenja Sellmaier war jetzt so richtig in Fahrt: »Sollte es aber! Ich zum Beispiel bin nicht halb so begabt wie mein Bruder, trotzdem hatte der immer Scheißnoten, da kann doch was nicht stimmen, während mir die Einser und Zweier hinterhergeschmissen wurden, weil ich viel angepasster war und netter lächelte. Nach zehn Schuljahren fühle ich mich wie ein Mülleimer: vollgestopft und ausgesaugt! Glauben Sie, ich kann einen Dreisatz oder eine Zinsrechnung anwenden? Nix!«

»Wir können deinen Schmerz nachfühlen, aber leider sind wir dafür die falschen Ansprechpartner, denn wir können daran leider nichts ändern, auch wenn das sicher ärgerlich ist. Können wir, Frau Sellmaier?«

Sonnleitner ging in die Küche, nahm mit einem weichen Küchentuch die Messer aus der Besteckschublade und wickelte sie ein.

»Mama, soll ich dir einen Rechtsbeistand besorgen? Ich könnte bei der Anwalts-Hotline anrufen.«

»Lass mal, Liebling.«

Als Svenja sah, wie Nadine Lange und Simon Sonnleitner ihre Mutter in die Mitte nahmen und gemeinsam nach draußen gingen, ließ sie ihren Gefühlen freien Lauf und brüllte aufgebracht: »Ich hasse euch, ich könnte kotzen! Ihr seid für mich das Allerletzte, ihr Schleimscheißer!«

Nadine Lange und Simon Sonnleitner ignorierten die

Beschimpfungen des Teenagers. Sie konnten sich gut vorstellen, was dieses Mädchen in den letzten Jahren durchgemacht hatte. Und jetzt musste sie auch noch mitansehen, wie ihre Mutter aus ihrem eigenen Wohnzimmer mitgenommen wurde. Ganz unvermittelt hörte sie zu schreien auf und brach in Tränen aus, ihre Wut veränderte sich in geräuschvolles Schluchzen. »Was haben wir bloß verbrochen, dass wir immer so ein Pech haben?«

Brigitte Sellmaier umarmte ihre zitternde Tochter. Sie gingen zum Polizeiauto.

*

Nadine Lange setzte sich nach hinten zu Brigitte Sellmaier, während Sonnleitner schweigend lenkte. Als sie durch die Pasinger Intercity-Unterführung in Richtung Dienststelle einbogen, klingelte Brigitte Sellmaiers Handy.

»Eine WhatsApp von meiner Tochter. Sie hat mir eine Nachricht von Vincent Mooser weitergeleitet. Komisch ist, sie besteht nur aus einer Ziffer: einer 3. Letzte Woche hatte er meiner Tochter eine ›2‹ geschickt und vor zwei Wochen eine ›1‹ – ich hab keine Ahnung, was das soll mit diesen Abkürzungen. Svenja hat die immer an mich weitergeleitet. Seltsam, nicht?«

Nadine Lange wollte gerade Brigitte Sellmaier zustimmen, da machte etwas in ihrem Kopf klick.

»Moment mal«, wiederholte sie ganz langsam. »Sie haben letzte Woche eine ›2‹ und davor eine ›1‹ bekommen? Habe ich das eben richtig verstanden? Wann war das genau?«

Brigitte Sellmaier scrollte ihren Nachrichtenverlauf zurück. »Ist das wichtig?«

Als sie keine Antwort bekam, scrollte sie weiter zurück. »Ah, da hab ich's, die ›2‹ bekam ich letzten Freitag.«

»Wann exakt?« Simon Sonnleitner bremste ruckartig.
»Moment. Hier: 13.57 Uhr.«
»13.57 Uhr«, wiederholte Nadine Lange leise. Wow, das konnte hinkommen! »Und Nummer ›1‹?«
»Die ›1‹, das liegt weiter zurück. Jetzt hab ich's: Dienstag, 30. Mai, 12.03 Uhr. Aber ich verstehe nicht, was ...«

Nadine Lange schlug das Herz bis zum Hals. Das konnte, nein, das durfte einfach nicht sein! Wann war noch mal Rike Gruber ermordet worden? So gegen 14.00 Uhr. Und Carola Bigalke? Etwa 16.00 Uhr. Wenn sie jetzt zurückrechnete, so war die ›1‹ etwa zwei Stunden vor dem ersten Mord verschickt worden und die ›2‹ zwei Stunden vor dem zweiten. Konnte es solche Zufälle geben? Und jetzt gerade die ›3‹ – mein Gott! Sollte das womöglich bedeuten, dass ...? Noch zwei Stunden ...

»Frau Sellmaier, das ist jetzt ganz wichtig – Sagen Sie: Wann hat Ihre Tochter die ›3‹ an Sie weitergeleitet? Ich meine, wann hat sie die letzte Nachricht von Vincent bekommen?«

»Ich frage kurz nach. Moment!«

Umgehend blubbte Svenjas Antwort auf. Sie hatte Vincents Nachricht vor drei Minuten erhalten und direkt weitergeleitet. Hammer! Was wusste Svenja Sellmaier über die Morde? In welchem Verhältnis stand sie zu Vincent Mooser? Und auf was, um Himmels willen, hatte sich dieser smarte Oberstufenschüler da eingelassen? Ahnte der ominöse Hausmeister etwas? War der am Ende gar nicht so harmlos, wie es den Anschein hatte? Oder ein ganz anderer ... Nadine Lange spürte, wie sich ihr Magen heftig verkrampfte.

Sonnleitner schaltete sich ein: »Haben Sie sich nie gefragt, was diese Ziffern zu bedeuten haben könnten?«

»Nein, nie. Für mich war das ein Scherz oder ein Versehen. Das kommt ja schon mal vor, dass man mit dem Finger auf dem Display zufällig irgendeinen Buchstaben oder eine Zahl erwischt und womöglich versehentlich absendet. Mir jedenfalls ist das schon öfters passiert. Meine Tochter und ich schicken uns täglich sicherlich zehn bis fünfzehn WhatsApps, da kann schon mal ein Blindgänger dazwischen sein.«

Sonnleitner blieb ganz ruhig: »Wissen Sie, ob Vincent Rechts- oder Linkshänder ist?«

»Linkshänder. Da brauch ich nicht lange zu überlegen«, kam es wie aus der Pistole geschossen.

»Ganz sicher?«

»Ja klar. Er war früher ja oft genug bei uns, die Kinder haben Bilder gemalt. Er war künstlerisch unheimlich talentiert. Nach Bennis Tod kam er praktisch gar nicht mehr, erst in letzter Zeit hat er öfters wieder reingeschaut.«

»In letzter Zeit? Was heißt das, Frau Sellmaier?«

»Naja, so in den letzten zwei, drei Monaten …«

»Kann es sein, dass Svenja und er vielleicht etwas miteinander … also, dass die beiden ein Paar sind?«

Brigitte Sellmaier stutzte. Sie schien zum ersten Mal darüber nachzudenken. »Jetzt, wo Sie das so sagen, mir ist schon aufgefallen, dass sie recht vertraut wirkten, so als ob sie miteinander ein Geheimnis oder so was hätten.«

»Wissen Sie, wo Vincent wohnt? Können Sie uns den Weg zeigen? Wir sollten dringend mit ihm sprechen. Jetzt sofort.«

»Natürlich. Finkenstraße 18. Dazu müssten Sie aber wieder umkehren.«

Sonnleitner stellte das Martinshorn aufs Dach. Jetzt ging es um jede Sekunde. Wenn ihre Theorie stimmte, hatten sie ein Zeitfenster von allenfalls zwei Stunden. Während er über die Landsberger Straße stadtauswärts raste und Nadine Lange über Funk Verstärkung anforderte, ärgerte Sonnleitner sich grün und blau. Hatte Nadine nach dem Gespräch in der Schulbibliothek nicht explizit darauf hingewiesen, dass sie Vincent die Taten grundsätzlich zutraute? Und er hatte ihre Bedenken einfach so weggewischt mit der Bemerkung: Wenn auch nur ein Promille der Schüler ihre Lehrer ermorden würde, dann wäre wahrscheinlich die Hälfte aller aktiven Lehrer dieses Landes unter der Erde.

Klar, Vincent war der beste Freund von Benni Sellmaier gewesen! Nicht nur das. Die beiden waren wesensverwandt. Vermutlich hatte er die ganzen Jahre Rachegefühle gegen die Lehrerinnen, denen er die Schuld am Freitod seines besten Freundes gegeben hatte. Womöglich hatte er nur auf die passende Gelegenheit gewartet! Vielleicht hatte ihn seine Freundin Svenja Sellmaier dazu angestiftet, wer wusste das schon? Hatte sie ihn gebraucht, um ihre eigenen Rachegefühle auszuleben ... Der durchdringende Sirenenton des Martinshorn sorgte dafür, dass sämtliche Autos, die auf ihrer Strecke waren, sofort zur Seite fuhren und den Platz für das Einsatzfahrzeug freigaben.

In diesem Moment sahen sie ihn. Der Radfahrer kam ihnen mit relativ hoher Geschwindigkeit entgegen: Vincent Mooser trat kraftvoll in die Pedale seines schwarzen Rennrades. Simon Sonnleitner bremste scharf und drehte das Einsatzauto quer. Vincent Mooser bremste scharf und kam direkt vor dem Polizeiauto zu stehen.

»Wohin so eilig des Weges?« Nadine Lange war aus dem Auto gesprungen.

»Einen Freund besuchen.«

»Name und Adresse!«

»Äh, ich verstehe gerade nicht.«

Die Kommissarin war jetzt nicht zu Späßen aufgelegt. »Du verstehst sehr gut, Vincent! Absteigen, Fahrrad abstellen! Du bist vorläufig festgenommen!«

Vincent Mooser schaute zuerst Nadine Lange und dann Simon Sonnleitner entgeistert an.

»Los! Wird's bald? Mach, was meine Kollegin gesagt hat!«, schnauzte ihn Simon Sonnleitner an. Er schubste den Schüler ins Innere des Fahrzeugs, wo er Brigitte Sellmaier erblickte.

»Was macht ihr denn hier alle?«, stieß er atemlos hervor. »Wo ist Svenja? Und was soll das Ganze?«

»Das würden wir gern von dir wissen, Vincent!«, herrschte ihn Nadine Lange ärgerlich an. »Du hast diese ominösen WhatsApp-Nachrichten mit den drei Ziffern an Svenja Sellmaier verschickt, ja? Du hast auch die beiden Lehrerinnen ermordet, stimmt's? Und jetzt bist du gerade auf dem Weg zur dritten: zu Frau Vollmer! Aber das wird nichts mehr. Gib's zu!«

Vincent Mooser schnaubte. Er verzog keine Miene, während er im Fond des Wagens neben Brigitte Sellmaier saß. »Ist ja gut, Leute! Coolt euch erst mal down!«

Er merkte, dass sein Spiel aus war. Er atmete ein paar Male tief durch, dann sagte er ganz ruhig und konzentriert: »Ja, es stimmt. Ich hab die beiden umgebracht. Eigentlich wäre das eure Aufgabe als Polizei gewesen, dafür zu sorgen, dass diese Geltungsneurotikerinnen nach Bennis Tod nie wieder unterrichten dürfen! Aber die Polizei hat damals ja gaaanz brav mit der Schule zusammengearbeitet und sich einlullen lassen. Irgendjemand musste die Sache ja mal in die Hand nehmen.«

Nadine Lange schaute ihn entsetzt an. Ein so schnelles, umfassendes Geständnis hatte sie gar nicht erwartet. Brigitte Sellmaier blieb der Mund offen stehen.

»Vincent, du versuchst deine Seelenwunden durch Rache zu kurieren – und begehst dabei zweimal Selbstjustiz?«, stellte Nadine Lange nüchtern fest.

»Habt ihr überhaupt eine Ahnung, wie eng ich mit Benni war? Der war wie ein Zwilling für mich.«

Sonnleitner durchsuchte den Schüler nach dem Messer, fand aber nichts. – Seltsam! Hätte Vincent Mooser die Tatwaffe nicht eigentlich bei sich tragen müssen? Fast entschuldigend zuckte er mit den Schultern, während er Nadine Lange ansah. »Nichts.«

Vincent Mooser überlegte kurz: »Äh, ich wollte die Vollmer am Olchinger See …«, stotterte er. »Dort hätte ich sie mir gegriffen.«

»Wo genau?«, fragte Sonnleitner ungeduldig. »Und warum gerade dort?«

»Weil die da immer …« Vincent Mooser begann zu zittern.

Den Ermittlern kamen Zweifel. War Vincent gar nicht der Täter? Deckte er jemanden? An Brigitte Sellmaiers Schuld glaubten sie nicht mehr.

Simon Sonnleitner beugte sich hinunter zu dem Schüler, der schlotternd auf der Rückbank saß und ziemlich hilflos wirkte. »Eine Frage, Vincent: Wie genau hast du bei dem ersten Mord zugestochen? Schildere mir das doch mal, bitte!«

»Wie? Ich hab sie halt vom Rad gezerrt und dann zugestochen. Was ist denn daran so schwer zu verstehen?«

»Und bei der Frau Bigalke? Wie war das da?«

»Genauso. Runtergezogen und zugestochen – sonst noch Fragen?«

»Du hast sie runtergezogen? Sicher? Von wo runtergezogen?«

»Vom Fahrrad halt.«

»Du hast ihr also aufgelauert und hast sie vom Rad gezerrt. Richtig?«

Vincent Mooser überlegte kurz. Dann sagte er: »Ja. Nee, halt. Quatsch. Jetzt fällt's mir wieder ein. Die dämliche Bigalke machte ja ihren doofen Jogginglauf. Ich stand also hinter so einem großen Busch und hab mich von vorne auf sie gestürzt. Was gibt's denn da zu verstehen, Leute? Was soll das denn jetzt? Stimmt's nicht? Jetzt habt ihr doch euren Mörder – was wollt ihr noch mehr?«

»Du hast sie nicht zufällig von hinten mit dem Fahrrad touchiert und bist dann über die hergefallen?«

Er schaute wie ein Kaninchen, wenn es donnert. »Nein! Äh ... doch, ja. Genau so war's, wie Sie sagen.«

»Mit welchem Fahrrad war das?«

Er dachte fieberhaft nach. »Naja, mit diesem Rennrad hier halt!«

Nadine Lange und Simon Sonnleitner tauschten ausdrucksvolle Blicke aus. Das konnte definitiv nicht stimmen, die Spurenlage sprach eine völlig andere Sprache. Der Mörder hatte ein grünes ›Ghost‹-Mountainbike benutzt – das hatte die Spurensicherung eindeutig festgestellt.

»Und wo hast du das Messer für den geplanten dritten Mord?«, wollte Nadine Lange wissen.

»Das ... das ... das hätte ich mir noch besorgt. Im Kaufhaus. Wie die anderen beiden auch.«

Soso, im Kaufhaus, wiederholte Sonnleitner in Gedanken. Junge, Junge, du hältst uns ganz schön zum Narren! »Und wo hast du die anderen beiden Messer entsorgt? Es waren doch zwei verschiedene, oder?«

»Äh, die habe ich ganz in der Nähe des Tatorts ins Unterholz weggeworfen. Ich bin der Mörder, verstehen Sie's denn nicht? Sogar der Doppelmörder! Damit habt ihr doch alles aufgeklärt! Ich hab die beiden Dreckskühe um die Ecke gebracht. Jetzt fahrt mich doch endlich ins Gefängnis! Oder soll ich erst noch jemanden umlegen? Wollen wir hier noch stundenlang so stehen bleiben? Mein Vater wird mir einen Anwalt besorgen, mildernde Umstände, dann bleib ich nicht so lange im Knast.«

Sonnleitner wurde es zu bunt: »Du kommst überhaupt nicht *rein*, Vincent! Hör auf, solchen Schrott zu erzählen!«

»Häh? Wie? Was jetzt? Was wollt ihr denn noch? Ihr habt doch mein Geständnis.«

Sonnleitner drehte sich zu Vincent: »Junge, hör zu: Du *kannst* es gar nicht gewesen sein. Die Taten sind ganz anders abgelaufen, als du sie gerade geschildert hast. Aber du weißt, wer der Mörder ist. Richtig? Du deckst ihn! Und das ist strafbar. Zumal es jetzt darum geht, einen dritten Mord zu verhindern, uns läuft die Zeit davon.«

»Völliger Quatsch!«

»Ach komm, Vincent!«, versuchte Simon Sonnleitner es noch einmal. »Ist es nicht schon schlimm genug, was damals mit deinem besten Freund passiert ist? Du hast dein ganzes Leben noch vor dir. Also, mach den Mund auf! Bitte!«

In diesem Moment klingelte Nadine Langes Diensthandy – Ritchie Müller von der Kriminaltechnik. Die Kommissarin lauschte mit offenem Mund, was der Leiter der Spurensicherung mitzuteilen hatte. Sie erstarrte.

»Das gibt's nicht!«, sagte sie nach einer Weile. »Sag das noch mal, Ritchie! Ihr habt die DNA abgeglichen? Und jemand aus der Schulfamilie hat dich gerade angerufen? Linkshänder ist unser Mann auch? Hammer!«

Wortlos reichte sie das Smartphone an Simon Sonnleitner weiter. Während dieser von Ritchie Müller auf den aktuellsten Stand gebracht wurde, traf der Streifenwagen, den Nadine Lange angefordert hatte, in der Finkenstraße ein. Nadine Lange sagte zu Vincent: »Wir wissen jetzt, wen du die ganze Zeit gedeckt hast. Ich frage dich das jetzt nur einmal: *Wo* genau soll der dritte Mord stattfinden?«

Trotziges Schweigen.

»Vincent, bitte! Es geht darum, ein Menschenleben zu schützen! Wenn Frau Vollmer allein unterwegs ist, ist sie in allerhöchster Gefahr. Du allein weißt, wo das Ganze stattfinden soll. Ich brauche dir ja wohl nicht zu sagen, dass du dich mitschuldig machst, wenn du bockst. Da kommen ein paar Jährchen zusammen, das kann ich dir versprechen. Wenn du aber jetzt kooperierst, geht es für dich glimpflich aus. Ehrenwort!«

Jetzt fiel Vincent Mooser um. »Ich … ich weiß es doch gar nicht genau. Woher auch? Das … das alles wollte ich doch gar nicht, wir wollten sie doch nur erschrecken, aber …«

»Dann ist das Ganze aus dem Ruder gelaufen, richtig?«

Der Schüler zitterte. »Ja, verdammt! Wer konnte denn ahnen, dass …«

»Wo? Denk nach?«

»Irgendwo in der Emmeringer Leite«, antwortete Vincent gequält. »Das war wirklich nicht meine Idee, verstehen Sie? Wir haben immer versucht, ihn abzuhalten, Svenja und ich. Ehrlich. Das müssen Sie mir glauben. Ich würde doch nie …«

Nadine Lange und Simon Sonnleitner atmeten auf. Immerhin kooperierte der Schülersprecher jetzt.

»Das hilft uns schon mal weiter«, atmete Nadine Lange auf. »Geht es vielleicht etwas genauer, bitte!« Sie dachte mit Schrecken an jenen dicht bewaldeten Hügelkamm zwischen den Orten Eichenau und Emmering mit seinen Dutzenden kleinen Wander- und Wirtschaftswegen. Das gesamte Areal schätzte sie auf mindestens 80 Hektar.

»Vermutlich in der Nähe von Gut Roggenstein, das wäre am logischsten. Aber ich bin kein bisschen eingebunden. Ich weiß nur, dass es heute stattfinden soll, das hat er mir als Ankündigung geschrieben. Bitte glauben Sie mir: Ich würde Ihnen gerne helfen, wenn ich könnte!«

Die Kommissare mussten eine schnelle Entscheidung treffen – Fakt war: Mit den ihnen zur Verfügung stehenden Einsatzkräften konnten sie nicht das gesamte Forstgebiet systematisch absichern. Selbst wenn sie sämtliche verfügbaren Streifenwagen anforderten, so wären sie nie und nimmer in der Lage, eine einzelne Person zu finden, geschweige denn diese zu schützen. Was sie brauchten, waren detaillierte Informationen über die Spaziergewohnheiten des potenziellen Opfers.

»Wo wohnt Frau Vollmer, Vincent?«, drängte Sonnleitner. Der Schüler war leichenblass geworden. Offenbar wurde ihm erst jetzt so richtig klar, in was er da hineingeraten war. »Natürlich, ich dirigiere Sie hin.«

DIENSTAG, 06.06.2017, 19.00 UHR

Mathilde Vollmers Zuhause war ein kleiner, wenig gepflegter Reihenbungalow nahe dem ehemaligen städtischen Hofgut Roggenstein bei der St. Georgs-Kapelle, die seit Jahren zunehmend verfiel. Von hier aus unternahm die Mathematiklehrerin abends gerne ausgedehnte Spaziergänge durch die angrenzende Emmeringer Leite. Das wussten alle Nachbarn. Auch *er* wusste es, denn er wohnte nur drei Straßen weiter. Es würde ein Leichtes sein, ihr im dichten Laubgehölz aufzulauern und das zu geben, was sie nach seiner Meinung unzweifelhaft verdient hatte: den Tod.

Schon seit Stunden hatte die Person alles akribisch vorbereitet. Er klopfte sich selbst auf die Schulter – die ersten beiden hatte er wahrhaftig erstklassig eliminiert, dafür durfte er sich selbst beglückwünschen. Ihm war klar, dass er jetzt besonders vorsichtig sein musste. Nach den ersten beiden Morden war die Öffentlichkeit alarmiert. Sein »Baby«, das »Ghost«-Mountainbike, hatte er im Unterholz versteckt und mit ein paar Zweigen gut bedeckt, so dass man es vom Weg aus nicht sehen konnte. Essenziell war, dass er den Tatort hinterher schnell über den Hügelkamm verlassen konnte. Ärgerlich war zweifellos, dass er vorhin beim Einkaufen zufällig dem Schulhausmeister begegnet war und dieser sein grünes Fahrrad wie einen Panzer angeglotzt hatte, so als hätte er noch nie ein Mountainbike gesehen. Sobald ihm irgendetwas spanisch vorkam, würde er die Aktion abblasen und das Rad verschwinden lassen, völlig klar. Er prüfte noch einmal den festen Sitz seiner Handschuhe. Ein Risiko würde er definitiv nicht nochmals eingehen.

Was qualifizierte Mathilde Vollmer eigentlich dafür, heute sterben zu müssen? Diese kleingeistige, scheinheilige Erpresserin! Dabei war die ach so feine Dame noch nicht mal als Lehrerin ausgebildet – er wusste das: Ihr erstes Staatsexamen hatte sie gefaked, was sie ihm bei einer Fortbildungsveranstaltung mal im stark alkoholisierten Zustand zugelallt hatte. Und sie war eine katastrophale Pädagogin: willkürlich bei völliger Ahnungslosigkeit! Klar hätte er sie an höchster Stelle hinhängen können, aber leider hatte auch sie etwas gegen ihn in der Hand. Warum war er nur so dumm gewesen, ihr damals im Gegenzug zu eröffnen, dass er seinerzeit bei seiner Diplomarbeit beschissen hatte? Er hatte eben auch schon ein paar Bierchen zu viel gehabt damals …

Soso, sieh mal an, dann sind wir ja schon zwei!, hatte sie zuckersüß geflötet. Und nach den Anrufen der letzten Tage war ihm überdeutlich klar geworden, dass sie ein mieses Erpresser-Spiel spielte. *Er*, ja *er* war immer der Anwalt der Schüler gewesen. Bei ihm hatten sie sich immer ausgeheult, weil *sie* nicht in der Lage gewesen war, die Schulmathematik auf Schülererfordernisse herunterzubrechen. Diese geistige Flachpfeife konnte noch nicht mal einen Logarithmus verständlich erklären – von den Kids jedoch hatte sie es wie selbstverständlich verlangt. Diese Erlebnisse hatten sein uraltes Mathe-Trauma wieder angetriggert. Das er längst überwunden zu haben glaubte: Seinerzeit war er als Zehntklässler an seiner damaligen Mathelehrerin gescheitert, die seiner jetzigen Kollegin Mathilde Vollmer verblüffend ähnlich gewesen war. Sowohl optisch als auch persönlich. Ständig hatte diese ihn als Schüler vor der ganzen Klasse bloßgestellt. Begriffe wie Polstellenberechnung, Definitions- und Wertemengen, Ableitungsregeln, Infinitesimalrechnung, Extrempunkt- und Differenzenquotientenbestimmung waren damals in seinem Kopf wie grelle Lichtblitze explodiert. Die zynischen Bemerkungen seiner damaligen Mathelehrerin hatten sich tief in seine jugendlich-sensible Seele eingegraben und schwere Schäden dort angerichtet. Ein Trauma, an dem er bis zum heutigen Zeitpunkt zu knabbern hatte. Selbst Jahre danach, als er schon studierte, hatte er noch an diffusen Angstneurosen laboriert, die psychotherapeutisch behandelt werden mussten und die ihn bis heute begleiteten. Sein sehnlichster Wunsch war es immer, selber Lehrer zu werden und es besser zu machen. Wie hatte er sich dazu überwinden müssen! Aber es hatte ja alles bestens funktioniert: Die Schüler mochten ihn. Jahrelang hatte alles brav unter der Oberfläche geschlummert, es schien überwunden zu sein. Bis … ja bis plötzlich diese Mathilde Vollmer auf der Bildfläche auftauchte und als Kollegin neben ihm anfing pädagogisch zu wüten, als gäbe es kein Morgen. Mit einem Mal war sein altes, längst vergessen geglaubtes Trauma wieder gegenwärtig. Wie ein Raubtier, das lange friedlich gewesen war, bis es erneut gereizt wurde. Mit einem Unterschied: Jetzt war er nicht mehr so hilflos wie seinerzeit als Zehntklässler. Jetzt war er kein pubertärer Schüler mehr. Jetzt konnte, ja jetzt musste er endlich für Ordnung sorgen, damit sich sein Drama nicht an anderer Stelle in anderen jugendlichen Seelen wiederholen würde. *Seine* Aufgabe war es, Schaden von den Schülern abzuwenden! Sie hatte weiß Gott schon genug angerichtet – wie viele Schmerzen hatte diese Frau in den letzten Schuljahren anderen zugefügt! Nur um beamtenmäßig versorgt zu sein – das war ihr stets das Wichtigste gewesen. Und vom Chef hatte sie dafür hervorragende Beurteilungen bekommen. Ganz im Gegensatz zu *ihm*, dem immer nur mittelmäßiges Engagement attestiert wurde, obgleich *er* sich über Jahre hinweg wirklich eingesetzt hatte. Dieser Geiger hatte doch nur Panik um seinen bequemen Sessel gehabt, weil er fürchtete, dass die Gruber ihn dank ihrer Bums-Beziehungen ins Ministerium frühzeitig beerben könnte. Und seine Angst hatte dieser schlaffe Beamten-Sack an *ihm* ausgelassen! Dabei war er stets krampfhaft bemüht gewesen, seinem Chef zu gefallen. Komisch war nur, dass die Beurteilungen auch dann nicht besser wurden, als er – zum äußeren Schein – genau all das umsetzte, was Geiger eingefordert hatte. Sogar bei den Schülern hatte er sich dafür unbeliebt gemacht. Allein daran konnte man doch schon ablesen, wie korrupt und scheinheilig dieses ganze Schul- und Beurteilungswesen war! Aber jetzt hatten diese verlogenen Spielchen ein Ende, jetzt war es höchste Zeit, den Stecker zu ziehen. Die Zeit war jetzt gekommen, allen peu à peu das zurückzugeben, was sie verdient hatten. Einer nach der anderen. Die Zeit der Abrechnung war gekommen …

Die Erste war Rike Gruber gewesen – wie hatte er sie einst abgöttisch geliebt, als sie neu an die Schule kam. Doch sie war nur eine gefühllose Karrieristin mit Tunnelblick. Eine Erfolgsfrau, die nicht nach rechts und nicht nach links schaute; eine, die über Schülerleichen ging. Schließlich hatte sie sich sogar als Ghostwriterin für diesen aalglatten Anwalt prostituiert – wie tief musste man da gesunken sein!

Wie war das doch gleich gewesen, als sich der erste Schüler umgebracht hatte? Damals hatte Rike Gruber doch tatsächlich behauptet, dass dieser psychisch krank war. Wie immer hatte sie die Tatsachen verdreht – darin war sie einzigartig. *Sie* war sein Hauptproblem gewesen. *Sie!* Jeder wusste das, aber keiner wollte es aussprechen. Eine Krähe hackt einer anderen bekanntlich kein Auge aus. Doch der Witz des Jahrhunderts war gewesen, dass Rike Gruber laut der nächsten dienstlichen Beurteilung sogar aufsteigen sollte! Also musste ihr endlich jemand das geben, was sie wirklich verdient hatte. Es war die einzige Möglichkeit gewesen. Er musste es tun. So konnte diese affektierte, um sich selbst kreisende Egomanin wenigstens niemandem mehr schaden.

Nummer zwei: Carola Bigalke – diese hochnäsig-selbstgefällige Hobbynutte! Was für ein Leben hätten sie beide zusammen haben können! Wenn, ja wenn sie ihn nicht eiskalt abserviert hätte! Ihre ständigen losen Bekanntschaften und Affären hatten ihn rasend gemacht, bei ihm hatte sie die Unnahbare gespielt. Ihr dauernder Hang zur Nymphomanie, den sie sogar in der Abstellkammer der Schule ausleben musste. Bis er sie einmal in flagranti erwischte – doch nicht genug damit. Nein, sie hatte sich sogar noch gebrüstet! Und dann ihre eiskalte Haltung gegenüber ihren Schülern! »Die Kids sollen einfach funktionieren und die Klappe halten!«, hatte sie bei besagtem Lehrerausflug im angeheiterten Zustand von sich gegeben, und er stand ihr damals fassungslos gegenüber angesichts dieser Aussage – das war genau zwei Wochen nach dem zweiten Schülersuizid gewesen, als sich dieser unheimlich sympathische Benni Sellmaier aus der 8c das Leben genommen hatte und viele, so auch er, noch unter Schock standen und trauerten. Er wollte ihr damals eigentlich vor versammelter Mannschaft widersprechen, aber er hatte sich nicht getraut, den Teamausflug zu crashen. Wie so oft war er zu feige gewesen. Und dieses Aas von Geiger hatte zu allem Überfluss noch von ihm verlangt, den rigorosen neurotischen Vorzeigeschulkurs mitzugehen. Für zu langsame und unbequeme Schüler sollte *er* sogenannte »Katapult-Gutachten« erstellen. »Abschulen« nannte der Geiger das – wie zynisch! Und *er* hatte natürlich wieder gespurt, bis zuletzt. Jetzt hasste er sich dafür. Nur strenge Lehrer galten bei Geiger als gute Lehrer! Angst als pädagogisches Druckmittel – ja, das war Carola Bigalke gewesen. Schauderhaft. Aber immerhin hatte *er* nun ja für Gerechtigkeit gesorgt!

Nach den Ferien würde *er* wie gewohnt an seinen Arbeitsplatz zurückkehren und so tun, als wäre nie etwas gewesen. Falls die Polizei aufkreuzen würde, so würde er wieder den Betroffenen spielen, wie auch schon in den ersten beiden Fällen. Und falls er durch einen dummen Zufall doch auffliegen sollte, so würde er auf verminderte Schuldfähigkeit und die besonderen emotionalen Begleitumstände plädieren. Falls ... In seinem Falle würde das Gericht bestimmt ganz darauf verzichten, überhaupt eine Haftstrafe zu verhängen, weil erst mal die Frage geklärt werden müsste, ob er überhaupt haftfähig sein würde. Denn seitdem ihm vor Kurzem sein Hausarzt eröffnet hatte, dass er an Bauchspeicheldrüsenkrebs litt und nicht mehr lange zu leben hatte, konnte er jetzt problemlos Vincent und Svenja von ihrem Gewissenskonflikt erlösen. Die beiden würden ihn nicht verraten, da war er sich sicher. Vor einigen Wochen hatte er zufällig mitbekommen, wie sie über die beiden Lehrerinnen abgelästert und Rachepläne geschmiedet hatten – sie litten also noch immer, das brachte für ihn das Fass zum Überlaufen. Da hatte er ihnen vorgeschlagen: »Macht euch nicht die Hände schmutzig. Ihr seid noch zu jung und habt zu viel vor euch.«

Er wollte gar nicht wissen, was genau Svenja und Vincent vorgehabt hatten. *Er* hatte jedenfalls sofort gewusst, was zu tun war. In diesem Moment hatte sein Entschluss festgestanden. Zu tief waren die Wunden, die diese drei Kolleginnen in die Seelen unschuldiger Menschen geschlagen hatten, einschließlich die seine. Die jahrelangen inneren Konflikte waren sicher auch ein Grund dafür gewesen, dass er nun so schwer erkrankt war. Was hatte *er* noch zu verlieren?

Das Warten zermürbte ihn. Zwar war er Warten von den ersten beiden Taten gewohnt, aber es war doch recht schwierig, immer auf demselben Fleckchen Erde stehen zu bleiben, um keine Fußspuren zu hinterlassen. Wichtig war auch, nicht in Pfützen oder Matschstellen zu treten. Zwar hatte es die letzten Wochen kaum geregnet, aber der Waldboden war durch die ungeheuren Regenmassen, die bis Mitte Mai herabgeprasselt waren, noch immer feucht. Denn er unterschätzte keinesfalls die Kriminalpolizei. Vor allem diese Oberkommissarin, die nach dem ersten Mordfall im Lehrerzimmer gesprochen hatte, machte einen sehr aufgeweckten Eindruck, sie konnte zweifellos eins und eins zusammenzählen.

Er schaute auf seine Digitaluhr: 19.18 Uhr zeigte das Display. Wenn Mathilde Vollmer den gleichen Weg nahm wie die letzten Tage, müsste sie jeden Moment hier vorbeikommen. Die Strahlen der untergehenden Abendsonne fanden jetzt immer seltener ihren Weg durch die hohen Rottannen, die um diese Jahreszeit besonders intensiv dufteten. Er steckte sich einen Kaugummi in den Mund, wickelte das Papier sorgfältig zusammen und pfriemelte es in die Reißverschluss-Hosentasche seiner halblangen, eng anliegenden Jogginghose. Er wartete.

Blitzte da in einiger Entfernung nicht etwas Buntes durch die frischen Triebe der Laubbäume? Er lauschte angestrengt, aber außer dem Rascheln eines Eichhörnchens in seiner Nähe, welches über den Boden huschte, konnte er kein Geräusch vernehmen. Doch! Da war etwas. Angestrengt spähte er durch den halbhohen Brombeerbusch, hinter dem er nun schon über eine halbe Stunde gestanden hatte. Ganz klar, da leuchteten Farben, die zuvor nicht da waren. Jetzt konnte er auch Schritte hören. War es so weit? Erst musste er ganz sicher sein, bevor er seinen Standplatz verließ und sich zu erkennen gab. Er wartete noch einige Sekunden, bis er Mathilde Vollmers füllige Figur unzweifelhaft identifizierte. Jetzt steckte er seine linke Hand in seine Trainingsjacke und krallte sich mit seinem Handschuh am Griff des bewährten Küchenmessers fest, mit dem er schon die anderen beiden Lehrerinnen ins Jenseits befördert hatte. Gleich würde sie nichts ahnend an seinen Busch kommen. Er würde den Überraschungsmoment nutzen – kurze Zeit später würde sie sein Messer in der Brust stecken haben und nach einem verzweifelten Todeskampf in eine andere Welt hinübergleiten. Eine Welt, in der andere Maßstäbe galten als hier. Wo sie für ihre Böswilligkeit zur Rechenschaft gezogen werden würde. Wo sie büßen musste.

Entschlossen trat er mit wenigen großen Schritten nach vorne und versperrte seinem Opfer breitbeinig den Weg. »Hallo, Mathilde! So sieht man sich wieder – miese Erpresserin!«

Die Lehrerin blieb überrascht stehen. Erstarrte. Vorsichtig sah sie sich nach allen Seiten um wie ein in die Enge getriebenes Beutetier, das die Umgebung verzweifelt nach einem möglichen Fluchtweg absucht. Ahnte sie, was kommen würde?

»Hast du mich erschreckt.« Sie begriff den Ernst ihrer Lage. Gab sich aber alle Mühe, ihre Angst zu verbergen. »Du warst das also doch mit den beiden Morden, ja?« Mathilde Vollmer versuchte ihr Gegenüber in ein Gespräch zu provozieren. »Perverses Schwein!«

Sie machte einen Schritt rückwärts, sah ihrem Gegenüber tief in die Augen. »Ich warne dich, mein Freundchen: Mit mir wirst du es nicht so einfach haben wie mit Rike und Carola! Ich bin aus einem anderen Holz, musst du wissen!«

Er grinste. Aus einem anderen Holz. Ja, das konnte man wohl sagen. Rein gewichtsmäßig lagen Welten zwischen seinen ersten beiden Opfern und dieser menschlichen Tonne hier. Da werde ich erst mal eine ziemliche Fettschicht durchbohren müssen, plante er. Umso wichtiger war, dass er richtig kräftig zustieß!

Er holte aus – in dem Moment zog sie einen Gegenstand aus der Jackentasche und hielt ihn auf Augenhöhe in die Richtung ihres Gegenübers.

Mist!, schoss es ihm durch den Kopf. Gerade als er sich mit dem Messer voraus auf sie stürzte, drückte sie ab. Das Tierabwehrspray traf den Angreifer mit voller Wucht ins Gesicht. Er röchelte, hustete, rang nach Luft. Sie sprang einen Schritt zur Seite, sodass er ins Leere stürzte und hinfiel. Inzwischen rief sie kreischend um Hilfe und suchte das Weite. Rannte den gleichen Weg zurück, wo sie hergekommen war, in der Hoffnung, dem Angreifer zu entkommen. Dieser war noch immer orientierungslos, fluchte vor sich hin. Der Schmerz auf seiner Augenschleimhaut war so stechend, dass er die Augen mehrere Sekunden nicht öffnen konnte. Als er sie wieder aufmachen konnte, war er so gut wie blind. Schnell wurde ihm klar, was hier geschehen war. Diese hinterhältige Gans hatte ihn außer Gefecht gesetzt. Blinzelnd vermochte er im äußersten Winkel noch die Richtung erkennen, in die Mathilde Vollmer hysterisch schreiend entschwand. Er fühlte sich außerstande, richtig zu atmen. Der Wirkstoff hatte seine Lungenfunktion mehr oder weniger außer Kraft gesetzt. Er musste sie unbedingt rasch einholen und finden, denn sonst war er geliefert. Sie würde alles der Polizei berichten und für ihre jahrelangen Missetaten nie zur Rechenschaft gezogen werden. Ja, dieses gewissenlose Miststück würde sich sogar als Märtyrerin feiern lassen. »Seht ihr, ich hab's ihm gegeben!« Das musste er unbedingt verhindern …

Einige Sekunden später fühlte er sich imstande, die Verfolgung aufnehmen. Er rannte in die Richtung, wo er sein Opfer zuletzt gesehen zu haben glaubte. Der Wald hallte von ihren gellenden Hilferufen! Da. Hinter der nächsten Biegung konnte er sie schon entdecken. Dafür, dass sie so kräftig war, hatte sie ein erstaunliches Tempo drauf. Die Todesangst schien ihr Flügel zu verleihen. Sollte sie laufen, so schnell sie konnte, er würde sie dennoch kriegen! Er holte deutlich auf, auch wenn seine Lungen vor Schmerzen förmlich zu platzen schienen. Jetzt war es nur noch eine Frage von einigen Sekunden, dass er sie schnappen konnte. Er würde sich einfach von hinten mit geschlossenen Augen über sie werfen und blind zustechen. Irgendwo würde er sie schon tödlich treffen. Er musste nur darauf achten, dass er nicht wieder von dem Spray …

In diesem Moment sah er die zweite Person. Diese sprintete mit hohem Tempo seitlich von rechts vorne aus dem Fichtengehölz heran und wich geschickt einzelnen Bäumen aus. Jetzt erkannte er die Person. Er glaubte nicht, was er da sah: War das nicht jene Polizistin, die Kriminalbeamtin, die zweimal mit ihrem Kollegen an der Schule war und allerlei Fragen gestellt hatte? Der er Rede und Antwort gestanden hatte? Wo kam die denn jetzt so urplötzlich her? Sie hielt direkt auf ihn zu, während Mathilde Vollmer bei ihrer Flucht über eine Bodenwurzel stolperte und liegen blieb. Ratlos hielt er inne: Was sollte er jetzt tun? Die Beine in die Hand nehmen und fliehen? Zu seinem Fahrrad? Und dann versuchen in die andere

Richtung abzuhauen? Oder aber den Kampf gegen die zwei Frauen aufnehmen? Da würde er vermutlich alt ausschauen. Wenn die Polizistin schon hier war, würde womöglich ihr Kollege auch nicht weit sein. Außerdem wirkte sie sehr drahtig und war sicher zweikampfmäßig geschult …

»Halt! Stehen bleiben!«, brüllte Nadine Lange in seine Richtung. Ihr Herz pochte. Doch der Angerufene blieb nicht stehen, im Gegenteil: Er ging kurzerhand zum Angriff über.

»Hören Sie auf, Dröge! Werfen Sie Ihre Waffe weg! Sie haben keine Chance! Wir sind zu viele.«

Augenblicklich stürzte sich Dröge mit gezückter Klinge auf Nadine Lange, die jedoch geschickt seitlich zurückwich und nervös an ihrem Pistolenhalfter nestelte, das jedoch gerade jetzt zu klemmen schien. Sie musste sich voll auf diese Situation konzentrieren, wenn sie nicht riskieren wollte, den Kürzeren zu ziehen.

»Hierher! Simon! Jungs, hier ist er!«, brüllte Nadine Lange durchdringend. Sie war sich bewusst, dass ihre Angriffsaktion hochriskant gewesen war. Wer wusste schon, wie lange ihre Kollegen brauchen würden, bis sie bei ihr waren? Konnten sie sie überhaupt hören? Andererseits hatte sie keine andere Wahl. Sie musste eingreifen, schon allein deshalb, um Mathilde Vollmer vor einem neuerlichen Angriff zu schützen. Endlich hatte sie ihre Dienstpistole in der Hand, jetzt musste sie das Ding nur noch entsichern, was wieder wertvolle Sekunden kostete. Da stürzte sich Dröge bereits mit Gebrüll auf sie. Nur mit viel Geschick und Glück konnte sie ihren Oberkörper in letzter Sekunde so geschickt wegdrehen, dass die lange Klinge des Messers neben ihrem Hals in der Luft einschlug. Sie ärgerte sich, dass es ihr nicht gelungen war, ihn direkt zu entwaffnen oder aber zu Boden zu werfen, wie sie es gelernt hatte – schließlich war ihr Widersacher alles andere als ein Profi.

Komm her, Bürschchen, beim nächsten Mal kriege ich dich!, feuerte sie sich selber an und nahm eine Lauerstellung ein, indem sie das rechte Bein leicht angewinkelt nach vorne stellte und die Arme auf 45 Grad anwinkelte.

»Messer weg! Wird's bald!«, forderte sie ihn auf. »Es hat keinen Sinn mehr. Das Spiel ist aus, Herr Dröge!«

Doch der Psychologe ließ noch immer nicht von ihr ab, startete einen neuerlichen Angriff. In diesem Augenblick sah Nadine Lange rund 30 Meter hinter Dröge ihren Kollegen Simon Sonnleitner aus dem Gehölz herbeiflitzen. Dröge schaute hektisch hin und her und schien nicht zu wissen, wen er zuerst angreifen sollte. Da hechtete Simon Sonnleitner in bester Torwartmanier auf ihn zu und warf ihren Gegner mit voller Wucht kompromisslos zu Boden. Kurze Zeit wälzten sich beide auf dem Waldweg, sodass Nadine Lange mit einem Fußtritt Dröges Messer wegkicken konnte. Mit dem Bein blieb sie auf seiner Hand stehen. Dröge jaulte wie ein Köter, dem man auf den Schwanz gestiegen ist. Blitzschnell legte Sonnleitner dem Psychologen die eisernen Handfesseln an, der sich nun nicht mehr wehrte, aber wie ein Rohrspatz schimpfte.

Mathilde Vollmer, die inzwischen wieder aufgestanden war, kam leicht torkelnd heran und trat ihrem Kollegen, der bäuchlings auf dem Boden lag und noch immer von Simon Sonnleitner wie in einem Schraubstock festgehalten wurde, mit voller Wucht in die Seite.

»Du armer Irrer!«, zischte sie. »Hältst dich für den Retter der Welt! Hast du dein Trauma jetzt besiegt?« Für die beiden Kommissare, die sie aus der misslichen Situation befreit und ihr vermutlich das Leben gerettet hatten, hatte sie lediglich ein banales »Dankeschön« übrig.

Über den Waldweg eilten zwei weitere Streifenpolizisten herbei; sie waren durch die Schreie aufmerksam geworden. Im Schlepptau: Ritchie Müller und Vincent Mooser.

»Sorry, hat nicht ganz sein sollen, Vincent!« Andreas Dröge zuckte bedauernd die Schultern, als er seinen Schüler sah. »Aber wenigstens hat es die ersten beiden erwischt. Besser als nix.«

Der Schülersprecher stand sprachlos mit offenem Mund da und starrte ungläubig auf die Szenerie, so als hätte er erst jetzt realisiert, worauf er und seine Freundin sich da leichtfertig eingelassen hatten. Immerhin war das Ganze für Mathilde Vollmer noch gut ausgegangen, sie hatte den Angriff ohne nennenswerte gesundheitliche Schäden überstanden. Leise wimmernd saß sie auf dem Waldboden. Offensichtlich hatte die einen Schock erlitten. Ein Streifenpolizist beugte sich zu ihr hinunter, hakte sie ein und führte sie langsam zum Auto; mit seinem Funkgerät forderte er einen Notarztwagen an.

Vincent Mooser stand neben Brigitte Sellmaier. Beide wirkten verstört und schockiert. Er ließ die Schultern hängen, wirkte wie ein Häufchen Elend. Immer wieder stammelte er: »Benni, ich vermisse dich so sehr!«

»Ihr habt den Falschen gefangen, ihr Penner!«, eiferte sich Dröge lautstark gegenüber den Polizisten. »Klar hab ich die beiden umgebracht, das braucht ihr mir gar nicht erst umständlich nachweisen, das geb ich gerne zu. Aber um das Übel an der Wurzel zu packen, hättet ihr ganz andere aus dem Verkehr ziehen müssen! Bei eurer Zeugenbefragung hab ich mit meiner gespielten Arroganz doch verzweifelt versucht, euch auf die richtige Spur zu bringen, aber ihr habt überhaupt nichts gecheckt, ihr Speichellecker-Bullen! Ja, das seid ihr! Auch später nicht, als ihr mit Vincent gesprochen habt … Wie kann man nur so blind sein!«

Sonnleitner schluckte. Bei der ersten Zeugenbefragung und auch bei der zweiten Begegnung am Fahrradständer war Dröge ihm tatsächlich reichlich seltsam vorgekommen, aber er hatte dessen dünkelhafte Blasiertheit beide Male für bare Münze genommen.

»Die Rike und die Carola, die waren der Gipfel an Bestechlichkeit! Mehr als einmal habe ich sie gewarnt, dass sie damit aufhören sollen, Gefälligkeiten anzunehmen. Doch die Carola, diese Korruptions-Diva, hat mir nur ins Gesicht gelacht und mich als Loser bezeichnet. Und Geiger, dieser opportunistische Gesinnungssack, dieser Prinzipienreiter, hat mich überheblich aus dem Büro hinauskomplimentiert, als ich eine entsprechende Andeutung gemacht hatte. ›Wenn Sie unsere Schule hinhängen, wird das sehr unangenehme Konsequenzen für Sie haben! Dann sorge ich dafür, dass Sie als kleiner Dorfpsychologe nicht mal mehr Hunde therapieren dürfen!‹ – Der Typ wäre der Vierte auf meiner Liste gewesen, der war das Epizentrum in diesem Bestechungssumpf! ›Fundraising‹ nannte der das, der sackte willig ›Elternspenden‹ im vierstelligen Bereich ein! Aber als Oberstudiendirektor war der unangreifbar.«

»Da haben Sie zu Selbstjustiz gegriffen …«

»Einer musste ja für Gerechtigkeit sorgen. Alle, die damals den Angehörigen und aufmüpfigen Schülern den Krieg erklärt hatten, sitzen noch immer in Amt und Würden, das ist doch der eigentliche Skandal. Die haben sich über die Jahre hinweg sogar gegenseitig befördert. Da ist kein einziger Kopf gerollt.«

»Auf Herrn Geiger wird ein Ermittlungsverfahren wegen Bestechlichkeit im Amt zukommen, das kann ich Ihnen versichern.«

»Was soll dabei schon herauskommen? Das wäre ja schon vor Jahren überfällig gewesen, da habt ihr alle geschlafen. Dass die Vollmer seit Jahren ohne Staatsexamen Schüler in die Verzweiflung treibt, hat auch keinen interessiert. Und wer kümmert sich um das Mobbing- und Suchtproblem? Wer?«

Zwei Streifenpolizisten nahmen Andreas Dröge in die Mitte. Widerstandslos ließ er sich den langen Waldweg zurückführen. Nadine Lange sah man die Erleichterung an, weitere Morde verhindert zu haben. Sie blickte zu ihrem Kollegen, der zwei Meter neben ihr stand und sehr nachdenklich schien.

»Gutes Team, Simon!«

Sonnleitner verzog die Mundwinkel zu einem Schmunzeln. »Bei der Erfolgsquote wird uns der Chef wohl zukünftig auch zusammen arbeiten lassen«, gab er mit seinem vertrauten Augenzwinkern zurück.

»Davon geh ich aus. Zwei Morde aufgeklärt und einen dritten und vierten verhindert! Alles andere kann nicht unser Bier sein.«

»Trotzdem schmeckt mir das alles irgendwie nicht besonders.« Sonnleitner schaute in die Ferne. Die Abendsonne versank gerade am Horizont.

»Meinst du mir?«

In diesem Moment piepste Nadine Langes Smartphone. Sie überflog die WhatsApp-Nachricht und zog die Stirn in Falten. »Oh, oh«, machte sie.

»Was ist? Schlechte Nachrichten?«, erkundigte sich ihr Kollege.

»Wie man's nimmt. Die oberbayerische Polizeistaffel kann dieses Jahr wegen verpasster Anmeldefrist leider nicht am B2 run teilnehmen. Die Schussel aus der PR-Abteilung haben das verpennt. So ein Mist!«

Sonnleitner überlegte einen Augenblick. Dann sagte er: »Was würdest du davon halten, wenn wir an dem Abend, wo der Lauf stattfindet, zusammen eine gemütliche Schiffsrundfahrt auf dem Starnberger See machen? Nur wir beide. Dauer eineinhalb Stunden. Anschließend noch ein Freiluft-Absacker in der gepflegten Undosa-Bar-Lounge am See. Ich lade dich ein.«

Nadine Lange sah freudig auf. »Echt jetzt?« Sie strahlte wie ein Teenager. »Super! Da freu ich mich riesig drauf, Simon. Es gibt doch viel Wichtigeres als Firmenläufe. Danke.«

Sie setzten sich Rücken an Rücken auf den weichen Waldboden.

»Wusstest du, dass Vögeln beim Eichen ihres inneren Magnetkompasses der Stand der Abendsonne behilflich ist?«, fragte Sonnleitner nach einer Weile. »Bislang war den Forschern immer ein Rätsel, warum Zugvögel am Äquator nicht die Orientierung verlieren, obwohl die magnetischen Feldlinien dort waagerecht verlaufen. Vögel haben nämlich keine Kompassnadel, die sich nach den magnetischen Polen ausrichtet. Stattdessen erkennen sie an der Neigung der Feldlinien, wo es nach Norden geht. Nun hat man herausgefunden, dass sie bei klarem Abendhimmel die Position der untergehenden Sonne als Gelegenheit zum Nachjustieren benutzen. Toll, was?«

Beide lauschten dem Gezwitscher der Amseln, die wie jeden Abend ihr Konzert veranstalteten, als sei nicht das Geringste geschehen. Als sei die Welt einfach so stehen geblieben. Es gibt Momente, in denen es nichts zu sagen gibt. Wo jedes Wort eines zu viel ist. Wo Schweigen alles sagt.

Irgendwann stand Sonnleitner auf und reichte seiner Kollegin die Hand. Sanft zog er sie vom Moospolster hoch, bis sie neben ihm stand und ihr Oberarm seinen Brustkorb berührte. Ihre Hand fasste die seine, streichelte sie. Er erwiderte die Berührung durch ein zärtliches, lang anhaltendes Drücken. Betont langsam gingen sie durch den abendlichen Wald zurück zum Auto. Heilfroh, dass der Spuk ein Ende hatte. Sie spürten, dass dies nicht ihr letzter gemeinsamer Fall gewesen war. Und auch nicht ihr letzter gemeinsamer Waldspaziergang im schönen Münchener Westen.

*Weitere Titel finden Sie auf den
folgenden Seiten und im Internet:*

WWW.GMEINER-VERLAG.DE

Rache ist süß

© Lolame / pixabay.com
und © Digitalpress / fotolia.com

Kaspar Panizza
Glückskatz
Kriminalroman
281 Seiten, 12 x 20 cm
Paperback
ISBN 978-3-8392-2408-3
€ 12,00 [D] / € 12,40 [A]

Das Ableben des zwielichtigen Abmahnanwaltes Hasso von Käskopf gleicht zwar einer Hinrichtung, löst in München aber Genugtuung aus. Ein weiterer mysteriöser Mord – und schon spricht man in der Stadt von einem Serienmörder, der Recht und Gesetz in die eigenen Hände nimmt. Viele Verdächtige erschweren Steinböck und seinem Team die Arbeit. Dann taucht plötzlich, zu Frau Merkels Missfallen, eine winkende Porzellankatze aus Japan mit einer geheimnisvollen Botschaft auf. Jetzt ist Steinböck wirklich gefordert.

GMEINER SPANNUNG

WWW.GMEINER-VERLAG.DE
Wir machen's spannend

Bernhard Hampp
Bayern erlesen!
Lieblingsplätze
192 Seiten, 17 x 24 cm
Paperback
ISBN 978-3-8392-2289-8
€ 25,00 [D] / € 25,70 [A]

Bayern ist ein Bücherland. Große Literaten lebten hier, darunter Thomas Mann und Bertolt Brecht. Geschichtsträchtige Städte wie Nürnberg und Augsburg zählten zu den Hochburgen des Buchdrucks und auch eines der frühsten poetischen Zeugnisse in deutscher Sprache entstand im Freistaat. Der Autor Bernhard Hampp führt auf einer Reise durch Bayern zu Dichterstätten, Büchermärkten sowie einem Schloss voller Kinderbücher und stellt auf unterhaltsame Weise einen Mann mit Eselsohren sowie ein rätselhaftes Findelkind vor. Eine Region zwischen zwei Buchdeckeln – die schönste Art, das Leseland Bayern zu erkunden.

GMEINER KULTUR

WWW.GMEINER-VERLAG.DE
Mensch, Kultur, Region